ZORN

Falsche Perlen

GÜNTER ZORN, Chef der Region »Asien-Pazifik« einer deutschen Firma, lebt mit seiner Frau Elke seit vielen Jahren in Tôkyô, spricht Japanisch und treibt intensiv *Aikidô*. Diese zweite Episode der Erlebnisse des Jan Wolf wird sicher nicht die letzte bleiben.

Günter Zorn

Falsche Perlen

Edition Chimaira

Das auf dem Umschlag
verwendete Kanji 真, »Shin«,
bedeutet »Wahrheit« oder auch Wahrhaftigkeit«.

Das vorliegende Buch wurde aus der
Fairfield Antiqua aus der Linotype Library
(www.linotypelibrary.com)
in 10/13 pt gesetzt.
Die Schriftnamen sind Marken der
Heidelberger Druckmaschinen AG.

1. Auflage, Juni 2001
Satz und Lektorat: Gerold Schipper
Druck auf einer Heidelberger
der Firma Weihert Druck GmbH in Darmstadt
Bindung: Buchbinderei Ludwig Hoffmann, Darmstadt
ISBN 3-930612-34-8

Vielleicht eine Liebeserklärung?

Handelnde Personen:

Jan Wolf	Präsident der VIW, Tôkyô
Anna Wolf	Jans Frau
Nagai Yasushi	Leiter des Aquariums von Toba
Nagai Fumiko	seine Frau
Nagai Isako	Nagais Tochter, Schülerin in Toba
Suzuki Kiyoko	Isakos beste Freundin
Kawabata Ôgai	Justizminister
Kawabata Yôko	Frau des Ministers
Ôta Minako	Perlentaucherin in Wagu
Tanaka Shôtarô	Gelegenheitskellner in Wagu
Satô Masahisa	Yakuza-Boß & Präsident von Kaneda Electronics, Ôsaka
Andô Shûsaku	Hauptkommissar der Mordkommission
Miyamoto Ineko	Büroangestellte und Call Girl
Katô Manabu	Yakuza-Unterboß in Tôkyô
Nozawa Haruko	Wolfs neue Sekretärin
Abe Keisuke	genannt der Spezialist, Vollstrecker der Yakuza
Kobayashi Tetsuji	Verwalter der »Villa Zermatt«, Toba
Kinoshita Akira	Strohmann Satôs
Watanabe Hideo	Finanzier, Ôsaka
Oda Kôhei	Präsident der Baufirma Yamaha Kômuten, Ôsaka
Gotô Ken'ichi	Stellvertretender Leiter des Bauamtes in Toba
Kurt Schneidauf	PR Manager aus der Zentrale von VIW, Deutschland
Hubertus von Hahn	Wirtschaftsattaché der deutschen Botschaft, Tôkyô
Honda Kenjirô	Präsident der Ikeda Industries, Tôkyô

Die Handlung und die meisten Personen sind frei erfunden. Es wird kein Anspruch auf historische oder sachliche Korrektheit erhoben. Jede Ähnlichkeit mit tatsächlichen Geschehnissen ist rein zufällig.

5. Juni – Wagu

Es erscheint wie eine kleine Ewigkeit, seit mehr als zwei Minuten ist nichts mehr zu sehen. Die Wasseroberfläche ist wieder vollkommen glatt. Sie hebt und senkt sich nur träge im langsamen Rhythmus der flachen Wellen. Die Sonne, die auf das tiefblaue Meer strahlt, scheint unbeeindruckt, im Gegensatz zu mir. Ich mache mir jetzt doch Sorgen. Langsam aber sicher in Panik geratend, bereite ich mich vor, ins Wasser zu hechten.

Da! Endlich taucht ein blaugrauer Schatten aus der Tiefe auf, zerreißt die glatte Wasseroberfläche, und eine weiß vermummte menschliche Gestalt schießt fast bis zur Körpermitte aus dem Wasser, ehe sie wieder zurückfällt. Ich höre nur ein lautes Prusten und das Aufklatschen ihrer Arme aufs Wasser. Jetzt schwimmt sie mit kräftigen Zügen auf das Ufer zu, etwas, das wie ein Korb aussieht, an einem um ihre Hüfte gebundenen Seil hinter sich her ziehend. Eine *Ama*, eine japanische Perlentaucherin, bei der Arbeit.

Am winzigen Strand, der zwischen den steilen Felsen eingekeilt ist, erhebt sie sich aus dem Wasser, die Füße noch umspült, und schiebt ihre Taucherbrille hoch über die weiße Kopfbedeckung. Den Korb auf der rechten Hüfte aufgestemmt, geht sie vorsichtig aufs Trockene. Das traditionelle lange weiße Baumwollhemd, in manchen Gegenden sind es auch manchmal blauweiß karierte kurze Jacken mit kurzen weißen Baumwollhosen, klebt naß an ihrem Körper und ist fast transparent. Man kann die Umrisse ihrer kleinen Brüste mit ihren dunklen Brustwarzen, die keck hervorstehen, mehr als erahnen. Ich sitze auf einem kleinen Felsvorsprung nur wenige Meter oberhalb des Strandes – meine Lieblingsstelle. Sie sieht mich, lacht und winkt mir unvermittelt zu. Ich winke zurück – mein Tag fängt gut an.

Die junge *Ama*, sie ist höchstens sechzehn oder siebzehn, wendet sich ab und geht auf einen Pfad in den Felsen zu. Sie hat ihre Tagesbeute von Abalone gesammelt, die möglichst schnell auf den Fischmarkt gebracht werden muß. Nach wenigen Sekunden verschwindet sie aus meinem Blickfeld. »Ach, schade«, entfährt mir ein tiefer Seufzer. Draußen auf dem Meer tauchen nach und nach noch weitere *Ama* auf und kommen auf meinen Strand zu. Es wird Zeit aufzubrechen, man soll ja aufhören, wenn es am schönsten ist. Und die Schönste ist gerade verschwunden, wie ich wohl weiß.

Vielleicht war es James Bond, der ewige Junggeselle, in »Man lebt nur zweimal«, der als »echter« Japaner verkleidet zum Schein eine schöne Perlentaucherin heiratet und damit am romantischen Mythos der *Ama*, der Meeresfrauen, mitgewirkt hat. Für mich persönlich war es aber mehr das hübsche und gar nicht so unschuldige junge Mädchen in Itami Jûzôs Film »Tampopo«, die in einer höchst erotischen Szene eine Perlenauster öffnet, mit einem scharfen Messer aus der Schale löst und einem mysteriösen Fremden aus ihrer hohlen Hand anbietet, der das Angebot natürlich annimmt und die Auster genüßlich aus der Hand des Mädchens schlürft. Ich stelle mir jedesmal vor, dieser Mann zu sein, wenn ich den Film sehe. Tatsache ist leider, daß dieser tausend Jahre alte Traditionsberuf ausstirbt und ich wohl keine Chance mehr dazu bekommen werde, Austern frisch aus der Hand zu schlürfen, es sei denn, ich könnte Anna, meine Frau mal überreden…

Nein, *Ama* werden wollen heute immer weniger. Wahrscheinlich schreckt das harte Training, dem die Mädchen von Kindesbeinen an ausgesetzt sind, um den Körper für die extreme Anstrengung des freien Tauchens in ziemlich kaltem Wasser zu stählen. Nur mit Taucherbrille, ohne jegliche Beatmungsgeräte tauchen die Mädchen und Frauen bis zu Tiefen von zwanzig Metern und manchmal mehr. Eine nicht ungefährliche Arbeit.

Es gibt berühmtere Orte für *Ama*, aber der kleine Strand von Wagu, etwas abseits vom bekannteren, langen weißen Strand, an dem die meisten der *Ama* in den Sommermonaten arbeiten, ist meine Lieblingsstelle, an der ich gerade sitze und träume, und nicht nur wegen meiner kleinen »Freundin«. Ab und zu stelle ich mir vor, an dieser Stelle ein kleines Haus zu bauen, von dem ich nichts als Meer sehen würde – was für eine phantastische Vorstellung. Und wenn Anna mir dann noch ein Bier reichen würde, ... ich glaube, meine Phantasie ist gerade vollkommen mit mir durchgegangen.

Wagu hat noch weitere Attraktionen zu bieten. Die Fischer und *Ama* in Wagu veranstalten in jedem Jahr ein Fest bei Vollmond Ende Juni/Anfang Juli. Nach einer kleinen Zeremonie im lokalen Schrein geht es ab in die Boote und man »segnet« sich gegenseitig in einer wilden Wasserschlacht. Einmal hatte ich auch das Vergnügen und war danach bis auf die Haut naß und für mindestens ein Jahr bestens gesegnet und gegen alles Ungemach gewappnet.

Die Gewässer rund um die Halbinsel Ise waren schon immer reich an Muscheln, und die Perlen, welche die *Ama* von Zeit zu Zeit mit Glück in den Muscheln fanden, waren eine wichtige Einnahmequelle für die lokale Bevölkerung. Leider hat die Gegend auch unter der wachsenden Umweltverschmutzung zu leiden. In und um Wagu gibt es immerhin noch relativ viele *Ama*, aber statt nach Perlenaustern zu tauchen, leben sie heutzutage überwiegend von *Awabi*, wie Abalone auf japanisch heißt, oder Seetang. Höhepunkt der nur wenige Monate dauernden Tauchsaison ist Mitte Juli. Die meisten der nur noch wenige Tausende zählenden *Ama* Japans sind ältere Frauen, aber es gibt sie noch, die jungen, sehr hübschen.

Platsch, ... ein großer grünlich weißer Klecks breitet sich auf meinem linken Hosenbein aus und reißt mich unversehens aus meinen schönen Gedanken. »Scheiße!« entfährt es mir entsetzt, wenn auch sachlich durchaus korrekt. Richtig, eine dicke, fette Möwe über mir fliegt mit triumphierendem Geschrei davon. Ein guter Abwurf ist ihr gelungen, Volltreffer, und ich soeben noch im Hochgefühl ... na ja, soll Glück bringen, denke ich resignierend. Es dauert eine Weile, bevor ich die Spuren des unfairen Angriffs mit Papiertaschentüchern und etwas Meerwasser abgewischt habe. Es ist Zeit zurückzukehren, ehe noch Schlimmeres passiert.

Ich habe mir einige Tage frei genommen, um mich vom gerade glücklicherweise beendeten Besuch des großen Vorsitzenden unserer Firma aus Deutschland zu erholen. Nach einer äußerst anstrengenden Woche eine absolute Notwendigkeit. Immerhin hatte er bei seinem Abschied viel Gutes über die japanische Tochtergesellschaft und ihren Chef zu sagen: »Nun, Herr Wolf, ich bin zuversichtlich, daß Ihre Gesellschaft auch in diesem Jahr wieder einen positiven Beitrag zum Gesamtergebnis leisten wird.« Aus seinem Mund ein geradezu überschwengliches Kompliment. »Aber«, fuhr er dann leider fort, »Ich mache mir Sorgen, ob Sie auch mit voller Überzeugung hinter unseren Total Quality Management- und ISO-9000-Initiativen stehen, die ich persönlich eingeleitet habe. Ich höre da Gerüchte!« Entrüstet und im Brustton der Überzeugung wies ich die Zweifel zurück und versicherte ihm, daß nichts, aber auch gar nichts wichtiger sei, als auch die winzigsten Prozesse im Unternehmen nur noch in strenger Problemlösungsdisziplin, wie eine der Methoden heißt, anzugehen. Und die ISO-Zertifizierung sei nur noch eine Sache von Wochen, erläuterte ich. Er schien etwas beruhigter zu sein, aber noch nicht voll überzeugt, als er endlich abreiste, obwohl ich ihm noch gezielt den Konferenzraum zeigte, der über und über mit gelben Stickies, wie die Selbstklebezettel heißen, gepflastert war, eine TQM-Sitzung im vollen Gange. Vielleicht war es doch übertrieben, daß über der weißen Wandtafel ein Schild prangte »To ISO with LOVE«.

Er hatte mich kurz mißtrauisch angeschaut, aber nichts mehr gesagt. Ich war froh, als sich die Wagentür hinter ihm schloß und er auf dem Weg zum Flughafen war. *Sayônara*!

Seine vielen nützlichen Anregungen legte ich in mein geistiges Reifeschränckchen, so nennt einer meiner Freunde seine Datei im Computer, in der er E-Mails ablegt, die er nicht für so wichtig hält und die bis auf weiteres, manchmal für ein ganzes Festplattenleben dort verweilen und eben vor sich hin reifen.

Nachdem das überstanden war, hatte ich mich, wie so oft, entschieden, meine Zeit in unserem firmeneigenen Ferienhaus in Toba zu verbringen, einer kleinen Stadt an der Küste der Halbinsel Ise in der Präfektur Mie im Südwesten der japanischen Hauptinsel Honshû, der Wiege Japans, wie die Sage behauptet. Ich bin erst gestern abend spät angekommen und heute am Samstag Morgen in aller

Frühe mit einem Leihwagen nach Wagu gefahren, um die *Ama* nicht zu verpassen.

Freitag abend verließ ich das Büro früh, meine Reisetasche hatte ich schon mitgenommen. Vom Tôkyô-Bahnhof nahm ich den Shinkansen nach Nagoya, der für die gut dreihundertfünfzig Kilometer Strecke knapp zwei Stunden braucht, dann ging es wesentlich gemütlicher mit der Kintentsu-Linie Richtung Ise weiter. Nach ungefähr eineinhalb Stunden kam ich in Toba an, übernahm meinen Leihwagen und erreichte wenige Minuten später mein Ziel, »Villa Zermatt«, wie Anna, meine Frau, das Haus spöttisch getauft hat. Kobayashi, unser Verwalter, war glücklicherweise schon im Bett, und ich konnte ungestört einrücken.

Das Ferienhaus steht an einem Hang hoch über Toba. Der Blick über die Stadt und, viel wichtiger, über die Meeresbucht mit den vielen kleinen Inseln ist es wert, hier von Zeit zu Zeit ein paar Tage zu verbringen. Das Haus selbst ist eher nicht mein Geschmack, um es höflich auszudrücken. Einer meiner Vorgänger als Präsident oder *Shachô* unserer Firma hatte darauf bestanden, das große Gebäude im Stil eines Schweizer Chalets bauen zu lassen, um unseren Mitarbeitern diesen zweifellos bedeutenden Aspekt westlicher Architektur nicht vorzuenthalten. Na ja, von drinnen sieht man es ja nicht, und das *Ofuro*, das japanische Bad, ist glücklicherweise wirklich japanisch, ebenso wie das ausgezeichnete Essen. Wir haben einen eigenen Koch in der Villa, der seine Arbeit liebt, und das schmeckt man eben.

Toba ist eine kleine Hafenstadt mit viel Touristenrummel und sonst ziemlich unscheinbar, sieht man von einigen Ausnahmen ab. Die Hauptattraktionen sind ohne

Zweifel die Perleninsel Mikimoto und das riesige Aquarium. Toba ist heute trotz der Touristen sicher viel weniger aufregend als früher. Die Bucht von Toba und die Küste, geschützt von vielen kleinen Inseln, war vor fünf-, sechshundert Jahren eine Hochburg für Piraten wie Kuki Yoshitaka. Er unterstützte einen der mächtigen *Shôgune*, Toyotomi Hideyoshi, der bis zum Ende des sechzehnten Jahrhunderts herrschte, und baute eine riesige Festung in Toba. Bei der Schlacht von Sekigahara im Jahre Sechzehnhundert, als die Herrschaft über Japan entschieden wurde, befand er sich dummerweise auf der falschen Seite. Auf der Insel Toshijima vor Toba beging er dann auch standesgemäß Selbstmord. Von seiner Festung blieben nur noch wenige Spuren, und Toba wäre wahrscheinlich für immer zur vollkommenen Bedeutungslosigkeit verdammt gewesen, hätte es da nicht jenen Mikimoto Kôkichi gegeben, dem es Ende des Neunzehnten Jahrhunderts gelang, die ersten Zuchtperlen zu produzieren und damit die winzige Insel vor Toba zur Geburtsstätte gezüchteter Perlen zu machen. Mikimotos Zuchtperlen sind heute genau so ein Synonym für Japan wie Autos, Teehäuser, *Geisha* und natürlich *Tamagotchi* und *Pokémon*.

Bis zum Anfang des zwanzigsten Jahrhunderts waren Perlen wegen ihrer Seltenheit nur etwas für Reiche und Privilegierte. Das erste der beiden *Kanji*, der chinesischen Schriftzeichen, die das japanische Wort *Shinju* für Perle formen, steht für »Wahrheit«, »Wahrhaftigkeit« oder »echt«, das zweite deutet etwas Rundes an, wie eben eine Perle. Mit dem Erscheinen der Zuchtperlen fielen zwar die Preise, aber noch heute sind Perlen etwas für Leute mit viel Geld, oder zumindest muß man jemanden kennen, der viel Geld hat.

Heutzutage liegen die Hauptzuchtgebiete in den Gewässern um die weiter außen liegenden Suga-Inseln. In Toba selbst, auf der Mikimoto-Perleninsel, befindet sich nur noch ein Museum und ein riesiger Laden, in dem man nicht nur lernen kann, wie Zuchtperlen entstehen, sondern wo man sie auch gleich in nur von den eigenen finanziellen Verhältnissen beschränkter Menge und Vielfalt erstehen kann. Ich bin schon einige Male durch diese Halle geschlendert, aber mich überwältigen die Mengen an Perlen immer, und ich kann mich letztlich für nichts entscheiden. Es ist wie ein Teller, auf dem zuviel Essen aufgehäuft ist.

Natürlich gibt es auch in Toba noch *Ama*, aber nur für die Touristen, die Mikimoto besuchen. Die Frauen tauchen stündlich von kleinen Booten ins Wasser und sammeln einige Perlaustern ein, die vermutlich dort unten günstig plaziert wurden. Ich gehe lieber in das Aquarium von Toba, eines der besten, die ich kenne.

5. Juni – In der Nähe von Toba

Restlos erschöpft und naßgeschwitzt, aber befriedigt rollt er von dem jungen Körper unter ihm ab und liegt einige Minuten auf dem Rücken, ohne etwas zu sagen. Das Mädchen neben ihm ist froh, daß es vorbei ist. Ihr wäre ein junger Mann lieber, aber der Alte zahlt gut, und es geht ja schnell. Fünfzigtausend Yen für weniger als eine Stunde mit der üblichen Reihenfolge, Betatschen, Ausziehen, Sex, dabei wildes Stöhnen, einen vorgetäuschten Orgasmus und anschließend Bewunderung für seine einmalige Begabung, einer jungen Frau wie ihr Befriedigung zu verschaffen. Duschen, Kassieren und ab nach Hause.

Es weiß ja keiner von ihrer Nebenbeschäftigung, ganz harmlos *Enjo Kôsai* genannt, was quasi arrangierte Gesellschaft, Begleitung oder Freundschaft heißt, außer in dem Telefonsexclub, in dem sie sich hat registrieren lassen. Noch einige Monate arbeiten für den »Terekurabu«, dann kann sie sich endlich die Reise nach Europa während der Ferien erlauben. Hermes, Gucci, MCM, ein neues I-mode Handy mit permanentem Internetzugang, alles geht ihr durch den Kopf. Der Alte regt sich neben ihr, legt seine feuchte Hand auf ihre schon gut entwickelte Brust und erhebt sich leicht, um sie ansehen zu können. »Na, Kiyoko, wie war es, bist du zufrieden oder soll ich es dir noch mal machen?« heischt er um Bestätigung. Kiyoko weiß, wie sie ihm antworten muß. »Sie könnten zwar mein Vater sein«, schmeichelt sie, denn Großvater wäre wohl treffender, »aber keiner meiner Schulfreunde kann es so gut, mit soviel Phantasie und Erfahrung. Aber ich muß jetzt nach Hause, meine Eltern machen sich sonst Sorgen, wenn ich zu spät nach Hause komme.«

Sie ist erst fünfzehn, und er weiß, er darf es nicht überziehen. Nur keine Probleme schaffen. Aber die Kleine ist wirklich heiß, denkt er wollüstig. Wie immer steckt er ihr das Geld in die Handtasche mit der aufgestickten Micky Maus, und wenige Minuten später ist sie verschwunden. Ein Wagen der Sexagentur holt sie ab und bringt sie zurück nach Toba. Ein besonderer VIP-Service, den er seinem guten Bekannten verdankt, dem diese Agentur gehört. Nur noch ein leichter Geruch schwebt im Raum, der an sein Abenteuer erinnert. Er duscht und zieht sich ebenfalls an. Er hat heute abend noch einen offiziellen Termin in Nagoya, eine Wahlveranstaltung, auf der er den lokalen Kandidaten seiner Partei unterstützen muß.

Er zieht die Bettwäsche ab, auf dem Kopfkissen kringelt sich ein langes schwarzes Haar. Beim besten Willen keines von seinen, denkt er amüsiert. Er entfernt es, bevor die Wäsche komplett in den Waschkorb geht. Wie immer wickelt er das benutzte Kondom sorgfältig in Plastikfolie ein und legt noch wie ein Symbol das Haar des Mädchens dazu. Die alte Frau, die ab und zu bei ihm putzt und auch die Wäsche wäscht, soll keine Spuren von seinen Abenteuern finden. Er wird das Päckchen später unterwegs unauffällig wegwerfen. Sein Fahrer wird ihn in weniger als einer Stunde von seinem kleinen, anonymen Wochenendhaus bei Toba abholen. Weit und breit gibt es keine Nachbarn, und selbst im nahen Dorf, wo er sich praktisch nie sehen läßt, kennt man ihn nur als den älteren Herrn aus Tôkyô, der ab und zu ein paar Tage hier verbringt.

Es ist schon fast zehn Jahre her, daß er das Haus errichten ließ. Es steht mitten in einem Naturschutzgebiet, und er hatte den Einfluß seines Parteifreundes, des Bauministers, nutzen müssen, um doch eine Baugenehmigung von den lokalen Behörden zu erlangen. Es war nicht einfach gewesen, aber schließlich wäscht ja eine Hand die andere, und der Bauminister braucht in seinem Metier ja auch ziemlich oft Unterstützung. Im Antrag, der den lokalen Behörden zur wohlwollenden Prüfung vorgelegt wurde, stand als Bauherr ein gewisser Kinoshita Akira aus Ôsaka, Geschäftsmann. Kinoshita wiederum stand in Diensten eines guten und in gewissem Sinne sehr einflußreichen Bekannten des alten Politikers, ebenfalls aus Ôsaka, der in vielen Geschäftsbereichen tätig ist. So konnte er sich heraushalten und sah sich nicht unangenehmen Fragen ausgesetzt. Und sollte ihn jemals jemand zufällig bei seinen gelegentlichen Besuchen im Haus erkennen, dann wäre er eben nur ein Gast des offiziellen Hausbesitzers.

Ein gewisses Risiko waren nur die Schulmädchen, die er jedesmal empfing. Aber welche normale Fünfzehnjährige würde sich schon an Fotos oder Fernsehbilder eines Politikers erinnern, speziell wenn es sich um sein Ressort handelt. Diesen Mädchen schwirrt doch alles andere durch den Kopf. Nein, diese Gefahr war zu vernachlässigen. Und schließlich hatten die Mädchen auch einiges zu verbergen.

Er hört die Limousine, die sich dem Haus nähert, greift seine Jacke, sein kleines Päckchen, schaut sich noch mal um, ehe er die Tür sorgfältig abschließt. Der Fahrer wartet schon in tief gebeugter Haltung und hält die linke hintere Tür auf. »Guten Tag, ich hoffe Sie hatten ein angenehmes Wochenende«, sagt er, ohne eine Miene zu verziehen. Er weiß natürlich, was in diesem Haus so vor sich geht. Aber sein Chef ist immer sehr großzügig, und er fährt ihn schon eine Ewigkeit. »Ah, danke, sehr gut, ich hoffe Sie auch. Ihrer Frau geht es besser?« antwortet der Alte. Die Frau seines Fahrers war einige Zeit sehr krank gewesen, und er hatte die beiden finanziell kräftig unterstützt. Das schafft Loyalität, denkt er. »Ja, danke, sie ist schon wieder ganz auf dem Damm, sie macht mir schon wieder die Hölle heiß, wenn ich mal zu spät vom Kartenspielen komme«, antwortet der Fahrer mit verschmitztem Ausdruck. Er liebt seine Frau über alles und ist seinem Chef dankbar für dessen Hilfe, auch wenn er es nicht richtig findet, was der Alte an manchen Wochenenden treibt. Er kennt seine Frau, eine unscheinbare, frühzeitig gealterte Person. Sie ahnt sicher nichts von den Abenteuern ihres Mannes.

Was der Politiker nicht weiß, der Fahrer hat noch einen Chef, eben jenen wichtigen Geschäftsmann aus Ôsaka, zu dem der Alte so gute Beziehungen hat. Er ist Auge und Ohr für ihn, und als Fahrer bekommt man ja oft mehr mit als die engsten Verwandten. Der Mann aus Ôsaka will über alles informiert sein, ob offizielle Geschäfte oder das Privatleben des Politikers.

Vor vielen Jahren hatte der Fahrer in einem Wutausbruch und sinnlos betrunken, einen Gast in einer miesen Kaschemme in Ôsaka so geschlagen, daß der Mann kurze Zeit später starb. Sowohl er als auch sein Opfer waren lose mit einer der Gangsterfamilien in Ôsaka, den *Yakuza*, verbunden. Solche Angelegenheiten werden innerhalb der Familie geregelt, Polizei wird nicht benötigt. Die Leiche verschwand, und der Fahrer stand für immer in der Schuld und Abhängigkeit des Mannes, der ihm wenige Jahre später diese Stelle als Fahrer besorgte.

Minuten später sind sie auf dem Weg nach Nagoya. Unterwegs gleitet das hintere elektrische Fenster der Limousine runter, und ein kleines Päckchen fliegt hinaus und landet im Straßengraben, für immer vergessen. Nicht ganz, eine Elster, die das glänzende Päckchen sofort erspäht hat, saust im Sturzflug auf die Beute zu. Sie pickt ein paar Mal mit dem Schnabel daran herum und ist überzeugt, daß es sich um gutes Baumaterial für ihr Nest handelt.

5. Juni – Toba

Da fällt mir ein, ich habe mich noch gar nicht vorgestellt: Ich heiße Jan Wolf und wurde vor vierundvierzig Jahren, wie schon vor mir Ludwig van Beethoven in Bonn am Rhein geboren. Es ist über zehn Jahre her, seitdem meine Frau und ich nach Tôkyô gezogen sind, als mir mein damaliger Chef anbot, Marketing Manager in unserer japanischen Tochtergesellschaft zu werden. Noch nie hatte ich mich so schnell entschieden, »Ja« zu sagen. Für Anna und mich, schon damals beide Japanfans, war ein Traum in Erfüllung gegangen. Mittlerweile bin ich Präsident dieser relativ großen Firma, einer der größten Tochtergesellschaften des deutschen Konzerns namens VIW in Frankfurt am Main. Wir beschäftigen uns mit so ziemlich allem: Elektronik, Flugzeugbau, Verkehrssysteme, Medizintechnik, Chemie und so weiter und so weiter. Anna hat sich als Innenarchitektin selbständig gemacht. Wir beide haben uns prächtig eingelebt und einen großen Freundeskreis aufgebaut, Japaner, Deutsche und andere Ausländer. Man kann sagen, Anna und ich gehören mittlerweile schon zum Inventar.

Zur Arbeit habe ich es nicht sehr weit und nehme abwechselnd das Auto, meinen *Bentsu*, wie hier der Wagen mit dem Stern heißt, oder die Yamanote-Linie, die rund um das Zentrum Tôkyôs führt und es dank der vielen angeschlossenen U- und S-Bahnen erlaubt, fast jeden Teil dieser gigantischen Stadt mit ihren über zwölf Millionen Einwohnern in relativ kurzer Zeit zu erreichen. Und wenn man nicht gerade zu den Stoßzeiten morgens und abends fährt, wo scheinbar alle fünfunddreißig Millionen Einwohner der Großmetropole einschließlich der umliegenden Bezirke und Städte wie Saitama, Chiba, Kawasaki und Yokohama gleichzeitig in die Bahn drängen, geht es auch ganz angenehm zu.

Meine Arbeit erfordert nicht nur häufige Reisen, sondern bringt vor allem sehr enge Kontakte mit der japanischen Industrie, den Behörden und Vertretern der Politik mit sich. Mit einigen großen Unternehmen, wie zum Beispiel Ikeda Industries in Tôkyô haben wir sehr enge Verflechtungen. Der Gründer dieser Firma war im letzten Jahr unter mysteriösen Umständen ums Leben gekommen, genau wie sein Partner und ein Chefbuchhalter. Nur kurze Zeit später verunglückte Ikedas Sohn tödlich. Ikeda war für mich wie ein väterlicher Freund und nicht nur ein Geschäftspartner gewesen. Und nur seine Witwe Sonoko, Anna und ich wissen genau, was passiert ist, ach und noch ein durchtriebener Geschäftsmann in Ôsaka. Ich selbst bin dabei fast ums Leben gekommen, als ich mich für meinen Freund einsetzen wollte. Anna sagt immer, ich mische mich zu oft in Dinge ein, die mich nichts angehen. Aber erstens bin ich neugierig und zweitens ein Mann mit ausgeprägtem Sinn für Gerechtigkeit. Anna bezeichnet das als rechthaberisch, Quatsch.

Es war eine turbulente und gefährliche Geschichte, die mir nicht zuletzt auch einigen Ärger mit meinem Freund Andô von der Tôkyô Metropolitan Police einbrachte, der natürlich nicht gern sah, daß ich seine Arbeit übernommen hatte. Er hatte mich unter Druck gesetzt, ihm alles zu beichten, aber ich hatte Ikedas Frau versprochen, niemals jemandem die wahre Geschichte zu erzählen, um ihre Familie und die Firma zu schützen.

Anna und ich, wir sind beide erfahrene *Aikidô-ka*, wie die Leute heißen, die diese japanische Kampfkunst treiben; was bei uns beiden nun schon rund zwanzig Jahre der Fall ist. In Tôkyô befinden wir uns sozusagen im Mekka des *Aikidô*. Das *Dôjô* des Gründers Ueshiba Morihei ist nur zwanzig Minuten von unserem Haus entfernt, was uns erlaubt, fast täglich zu trainieren. Nebenbei und vielleicht zum Aggressionsabbau gehe ich einmal in der Woche zum *Kendô*-Training, wo wir uns mit dem Bambusschwert, dem *Shinai*, kräftig einheizen und oft nicht mal die Rüstung richtig schützt. Andô ist, wie die meisten Polizisten, Experte in *Kendô* und lehrt in meinem *Dôjô*. Er ist mehrfacher Landesmeister, und ich habe bei ihm nie etwas zu lachen, höchstens nach dem Training, wenn wir in unserer Stammkneipe, einem winzigen *Yakitori*-Restaurant, dem Tori-Hachi, ein Bier oder zwei, drei, vier trinken gehen.

Ab und zu kann ich Andô aber auch bei seiner Arbeit helfen. Unsere Firma verfügt über Labors, von denen Andô bei der Polizei nur träumen kann. Und das Beste ist, wenn er mich nett fragt, kann ich auch die Prioritäten zu seinen Gunsten setzen. Schon mancher DNA-Test hätte Andô wohl erst nach dem natürlichen Ableben des Verdächtigen erreicht, wenn er auf den Amtsweg angewiesen gewesen wäre. Auch in Japan mahlen Amtsmühlen langsam.

Anna hat pünktlich zu ihrem zweiundvierzigsten Geburtstag ihren Kurs in Chinesischer Medizin abgeschlossen und sich zur Belohnung eine Reise nach Deutschland gegönnt. Sie wird wie immer zuerst ihre Eltern, die von Ambergs, in Bonn besuchen, wo der Vater früher ein großes Architekturbüro betrieb. Wie man sieht, ist Annas Beruf kein Zufall. Dann wird sie aber unweigerlich Frankfurt ansteuern. Unsere Freunde Stamatis und Fotini, die Besitzer des Omonia, unseres Lieblingsgriechen, werden sich freuen. Jutta Vogler, die Besitzerin einer kleinen Boutique auch, ich sehe schon die gewaltige Abrechnung der Kreditkarte vor meinem geistige Auge.

So, und ich bin also jetzt hier in Toba, um ein paar Tage Urlaub zu machen, einsam und alleine, auch nicht schlecht. Wie sagte der Dicke im deutschen Fernsehen immer: »Man gönnt sich ja sonst nichts.«

Es ist gerade früher Nachmittag, die Fahrt von Wagu zurück nach Toba ist angenehm, kaum Verkehr. Ich biege auf einen Parkplatz in der Nähe des Aquariums ab, es ist noch zu früh, um schon zur »Villa Zermatt« zu fahren. Meinen kleinen Nissan stelle ich ab und gebe dem freundlichen, alten Parkwächter meinen Schlüssel. Er kennt mich schon von meinen vielen Besuchen. »Guten Tag«, begrüßt er mich freundlich, aber förmlich, »wie immer auf dem Weg ins Aquarium? Es sind viele neue Fische angekommen, es wird Ihnen gefallen.« Ich lache nur und bestätige ihm, daß ich in der Tat dort hin will. Ich kenne den Direktor des Aquariums, Nagai Yasushi, schon seit vielen Jahren, er besitzt das Haus direkt neben unserem Ferienhaus, und vor Jahren war etwas geschehen, daß unsere Freundschaft wohl für ewig zementiert hat. Aber davon später.

Herr Nagai erlaubt mir jedesmal, hinter die Kulissen seines Aquariums zu schauen, zum Beispiel in die Kinderstube der Robben mit den niedlichen Neugeborenen. Aber am witzigsten ist der Blick von hinten durch die Fischtanks auf die davor stehenden Touristen, also etwa der gleiche Anblick, der sich den Fischen bieten muß. Es ist schon komisch, die stummen Bewegungen der Menschen zu beobachten. Die Mäuler öffnen und schließen sich wie bei Karpfen und die Arme fuchteln wild umher. Kinder und Erwachsene drücken sich die Nasen platt und versuchen durch Klopfen, die Aufmerksamkeit der Tankbewohner zu erringen, vergeblich. Wenn die Fische es könnten, würden sie sicher nur den Kopf schütteln über so viel Hektik. Ich weiß nicht, was die Fische denken, aber es ist sicher nicht schmeichelhaft für die Krone der Schöpfung.

Auf dem Weg zu Nagais Büro kommt dieser mir schon entgegen. »Ah, Wolf-*san*, schön Sie zu sehen, wann sind Sie denn in Toba angekommen?« Ich erzähle ihm kurz von meiner späten Ankunft am gestrigen Abend und von meinem kleinen Ausflug nach Wagu. Von der kleinen *Ama* erwähne ich nichts. Nagai hat eine Tochter fast im gleichen Alter und vielleicht kein Verständnis für meinen harmlosen Flirt. »Wolf-*san*, wie wäre es mit einem Kaffee und einem Stück echter Schwarzwälder Kirschtorte im Aquariumscafé?« fragt er. »Kaffee ist prima, die »echte« Torte möchte ich erst sehen oder nehme lieber gleich Käsekuchen, das erscheint mir sicherer«, antworte ich vorsichtig. Schwarzwälder Kirschtorte in Toba, das muß ja daneben gehen, denke ich im stillen.

Kaum sitzen wir an einem kleinen Tisch in einer Ecke des Cafés, kommt schon die Bedienung, die natürlich den Direktor kennt. Beim Hereinkommen habe ich nur einen kurzen Blick auf die angepriesene Torte geworfen und mich für Käsekuchen entschieden. Nagai, fest entschlossen, bestellt sich die heutige Spezialität des Hauses. Ich frage mich nur, wer auf die Idee gekommen ist? Vielleicht war jemand in Deutschland zu Besuch? Gibt es vielleicht ein Aquarium im Schwarzwald, am Fuße des Feldbergs? frage ich mich. Wir unterhalten uns einige Minuten übers Wetter, die Neueingänge des Aquariums, meine Geschäfte in Tôkyô und dieses und jenes. Nagai schiebt sich die Torte tapfer rein, und ich stochere in meinem Käsekuchen. Na ja, das Sacher ist das hier nicht, ich hätte es beim Kaffee belassen sollen, denke ich.

»Wie geht es Ihrer Frau und Isako?« erkundige ich mich. »Danke, sehr gut, ich hoffe, Sie haben dieses Mal Zeit, uns zu besuchen. Meine Frau wird etwas Leckeres kochen, und meine Tochter kann sich mal wieder mit einem zivilisierten Menschen aus der großen Stadt unterhalten«, antwortet er. Ich mag die beiden gerne und sage zu, am nächsten Abend zum Essen dazusein. »Planen Sie immer noch, Ihr Haus auszubauen?« frage ich. Nagai will schon seit Jahren einen Flügel anbauen, weil er immer noch glaubt, daß seine Tochter eines Tages heiraten und dort einziehen will. Ich glaube, er ist auf dem Holzweg, und habe ihm das auch schonend beigebracht, aber er hat es sich in den Kopf gesetzt, und wer weiß, vielleicht irre ich ja oder er kann die Wohnung immer noch an jemand anderen vermieten.

Nagais Gesicht verfinstert sich. »Ja, ich habe es immer noch vor, aber diese verfluchte Behörde gibt mir keine Baugenehmigung für das kleine Grundstück, das ich damals hinzugekauft habe. Dabei würde der kleine Anbau kaum auffallen. Aber diese Typen sind zu bürokratisch und korrupt!« schimpft er los. »Na, na, Nagai-*san*, Sie urteilen aber hart, die halten sich wohl nur streng an die Regeln«, versuche ich, ihn zu beruhigen.

»Ich weiß, wovon ich rede. Oder glauben Sie, es ist richtig, daß mein Projekt abgelehnt wird und gleichzeitig ein großes Hotel direkt vor Ihre und vor meine Nase gesetzt werden kann und uns den Blick auf die Bucht nimmt?«

Jetzt bin ich an der Reihe, die Stirn zu runzeln. »Was meinen Sie damit, was für ein Hotel, vor unseren beiden Häusern ist doch kein Bauland, im Gegenteil.« Nagai schaut mich verwundert an und fragt, »Heißt das, Sie wissen nichts von den Bauplänen? Das kann doch gar nicht sein, Sie müssen doch um Ihre Stellungnahme gebeten worden sein?«

»Nagai-*san*, ich habe keine Ahnung, wovon Sie sprechen. Als ich das letzte Mal hier war im April, habe ich nichts davon gehört. Jetzt erzählen Sie doch mal der Reihe nach«, fordere ich ihn auf, da ich inzwischen doch leicht beunruhigt bin.

Nagai berichtet, daß kurz nach der Goldenen Woche, Anfang Mai, das ist die Zeit mit mehreren Feiertagen aufeinander, die halb Japan benutzt, um Urlaub zu machen, eine Aufforderung der städtischen Baubehörde gekommen sei, Stellung zu einem großen Hotelprojekt auf einem Grundstück unterhalb unserer beider Häuser zu nehmen. »Ich kenne das Grundstück, das schon seit mehreren Jahren brachliegt. Ein Bau dort würde nicht weiter stören, davon abgesehen, daß jede weitere Bebauung mehr Verkehr und Störungen bringen würde, besonders ein Hotel.«

»Was mich aber stutzig gemacht hat, war die Beschreibung des Projekts, aus der klar wurde, daß dieses Hotel mit seinen bis zu vier Stockwerken nie und nimmer auf das ziemlich kleine Grundstück passen würde«, erklärt Nagai. »Die darüber liegende Freifläche zwischen unseren beiden Häusern und dem Neubau hat ja den Status unverbaubarer Freifläche, um den Naturcharakter der Landschaft oberhalb der Stadt so weit wie möglich zu erhalten.« Ohne ihn zu unterbrechen, denke ich, daß diese freie Fläche Land uns Sicht auf die Bucht von Toba garantiert. Nagai hatte das wertlose Stück Land vor zwei Jahren zu seiner großen Verwunderung für einen recht ordentlichen Preis an einen Mann verkaufen können, der davon sprach, einen Garten anlegen zu wollen. Daraus ist aber nie etwas geworden, statt dessen wuchs das Grundstück allmählich mit Wildkräutern und Gräsern zu. Auch gut.

»Auf mein Nachbohren hin gestand der zuständige Beamte ein, daß man den Bebauungsplan geändert und der Investor die Freifläche erworben und in die Planung mit einbezogen hat«, fährt Nagai fort. »Etwas von unvermeidlichem Fortschritt für die wirtschaftliche Entwicklung Tobas hat er gefaselt. Ich war verständlicherweise wütend und habe meinen energischen Widerstand angekündigt. Es hat mich schon gewundert, daß Sie oder Ihre große Firma keinen Einspruch erhoben hatten. Ich dachte, vielleicht betrifft es Wolf-*san* ja nicht unmittelbar«, sagt er und schaut mich fragend an. »Das ist ja unglaublich!« bin ich jetzt an der Reihe, aus der Haut zu fahren. »Ich hatte keine Ahnung von der Sache und bin natürlich überhaupt nicht einverstanden, schon deswegen, weil der Wert unseres Hauses erheblich beeinträchtigt wird, wenn der Blick verbaut ist. Ich fühle mich hier sehr wohl und werde diese Schweinerei nicht zulassen!« versichere ich ihm mit allem Nachdruck und erregter Stimme. Die Leute am Nachbartisch schauen schon besorgt drein. »Ich verstehe nur nicht, warum mich unser Hausverwalter nicht informiert hat, ich werde ihn gleich nachher zur Rede stellen«, murmele ich deutlich leiser vor mich hin.

Wir reden noch eine Weile über dieses ärgerliche Problem, das mir die Stimmung deutlich vermiest hat und beschließen, auf jeden Fall gemeinsam etwas zu unternehmen. Mir ist jetzt nicht nach Touristengucken durch den

Wassertank, mich zieht es zur Villa. Ich muß dringend mit Kobayashi, unserem Verwalter, sprechen.

5. Juni – Toba

So hatte ich mir meinen Urlaub in Toba nicht vorgestellt. Ich wollte herkommen, um mich zu entspannen, um abzuschalten und Kraft zu tanken, denke ich, während ich meinen kleinen Wagen vorsichtig die enge, gewundene Straße hoch zu unserem Ferienhaus lenke. Ich hatte es diesmal wirklich nötig, nicht nur wegen des »Staatsbesuchs« aus Deutschland. Auch sonst war es turbulent hergegangen. Die Wirtschaftskrise, in der Japan nun schon seit einigen Jahren steckt, fordert alle mehr als sonst heraus, sich zu behaupten.

Meine Firma, die in Japan über ein außerordentlich diversifiziertes Programm von Produkten und Leistungen verfügt und zahlreiche enge Verbindungen mit japanischen Firmen unterhält, ist bisher gut über die Runden gekommen. Ja, wir konnten sogar die Gelegenheit nutzen, uns zu vergrößern, indem wir zwei lokale Firmen übernahmen, deren Produkte im einen Fall und deren Vertriebskanal im anderen sehr gut zu unserem Angebot paßte.

Aber Firmenübernahmen und die damit verbundenen Änderungen für die Menschen und den Arbeitsablauf sind überall eine riesige Herausforderung. Um so mehr in Japan, wo Firmenübernahmen und dann noch durch Ausländer nach wie vor die Ausnahme sind und erst in den letzten Monaten Akzeptanz gefunden haben. Einer der zur Zeit häufig gebrauchten Begriffe im japanischen Geschäftsleben ist *Risutora*, vom englischen Begriff »restructuring« abgeleitet. Vielleicht hat auch zu dieser schnellen Entwicklung beigetragen, daß selbst ein Gigant wie der zweitgrößte Autokonzern Nissan, eine Ikone des japanischen Wirtschaftswunders, nicht länger widerstehen konnte, de facto vom französischen Konkurrenten Renault übernommen wurde und jetzt einen Ausländer als Chef hat.

Ich unterhalte mich oft mit meinem Freund Honda, Präsident der Ikeda Industries, einem unserer engsten Partner in Japan, über die Tatsache, daß es für viele Japaner nicht länger merkwürdig ist, einen *Gaijin*, wie alle Ausländer abgekürzt und manchmal etwas herablassend bezeichnet werden, an der Spitze eines japanischen Unternehmens zu sehen. Im Gegenteil, viele erhoffen sich neue Impulse, um ihr Unternehmen, das ihr ein und alles ist, wieder flott zu machen.

Es sind also mehr und mehr Japaner überzeugt, daß sich etwas ändern muß, um die Wirtschaft wieder flott zu bekommen – Skandale wie bei Mitsubishi Motors und Firestone/Bridgestone tragen zu dieser Einstellung bei. Dabei bin ich fest davon überzeugt, daß die japanische Krise, im Gegensatz zu der im übrigen Asien, wo es wirklich bei fehlender Substanz zu rasant mit dem Wachstum gegangen war, sich in erster Linie in den Köpfen der Menschen abspielt. Was fehlt, ist nicht Geld – davon gibt es genügend –, auch fehlt es nicht an Kapazität, und selbst die Rekordarbeitslosigkeit, die im Vergleich zu Ländern wie Deutschland oder Frankreich immer noch niedrig ist, ist nicht das Hauptproblem; natürlich müssen viele Dinge modernisiert, dereguliert und reformiert werden, aber was den Japanern am meisten fehlt, ist Selbstvertrauen und damit der Mut, etwas Radikales zu unternehmen. Solange niemand dem Land Selbstvertrauen gibt, werden die Leute lieber weiter jeden Yen sparen als ihn zu investieren, obwohl es praktisch keine Zinsen dafür gibt. Politiker, die solche Impulse geben könnten, sind zur Zeit leider nicht in Sicht. Bei Vorträgen, die ich gelegentlich halte, weise ich immer auf diese Punkte hin und ende meistens damit, daß jeder einzelne Bürger verantwortlich ist, diesen »Ruck«, der so dringend gebraucht wird, mitauszulösen. Und hier können »importierte« Ideen und Menschen vielleicht helfen.

Meine philosophischen Gedanken werden unterbrochen, vor mir liegt »Villa Zermatt« in all ihrer Schwyzer Pracht, selbst die roten Geranien fehlen nicht – furchtbar. Aber vielleicht bin ich auch nur voreingenommen. Es kann ja sein, daß sich unsere Mitarbeiter, für die das Haus schließlich in erster Linie erbaut wurde, sich fast wie auf einer Reise ins Land von Sprüngli und Alphörnern fühlen, wenn sie dort verweilen. Ich sollte einfach mehr Größe und Toleranz beweisen und solche Merkwürdigkeiten schlicht ignorieren. Aber jetzt muß ich mich erst für ein schwieriges Gespräch mit Kobayashi wappnen, denn das bedeutet selbst unter normalen Umständen eine Herausforderung an meine Geduld. Kobayashi hat sehr eigenwillige Ideen für die ständige Verschönerung »unseres« Heims, und die geraten nur zu oft in Konflikt mit den meinen. Jede Diskussion darüber endet gewöhnlich wie das oft zitierte Schießen bei Hornberg, ich drücke bei jeder dieser Diskussionen mild meine Unzufriedenheit aus, und die Veränderung, die Kobayashi eigenmächtig vorgenommen hat, bleibt bestehen.

Heute ist mir nicht nach Toleranz und Milde zu Mute. Wenn das stimmt, was mir Nagai erzählt hat, dann habe ich allerdings ein Hühnchen mit Kobayashi zu rupfen. Ich parke den Wagen direkt vor dem Eingang, nehme meinen kleinen Rucksack, den ich für den Ausflug nach Wagu dabei hatte, heraus und betrete das Gebäude, dessen breite Außentür weit offensteht. Im *Genkan*, dem Eingangsbereich, ziehe ich die Schuhe aus und schlüpfe in die auf der erhöhten Stufe des inneren Bereichs bereitgestellten Pantoffeln, die wie immer sechs Nummern zu klein sind.

»Willkommen, Wolf-*shachô*, Sie müssen müde sein«, schallt es mir schon förmlich und wie immer nur mäßig warm von Kobayashi entgegen. Der Mittfünfziger ist für mich der Prototyp aller Hausmeister dieser Welt. Alles, was man so gemeinhin über diese Berufsgruppe an Vorurteilen hat, trifft bei ihm zu, die guten, aber leider auch die schlechten Angewohnheiten. Das Haus ist immer peinlich gepflegt, das *Ofuro* sauber, die Wäsche gereinigt, im Garten findet man nicht die kleinste Spur von Unkraut.

Auf der anderen Seite kann ich das Gefühl nicht loswerden, daß er das Haus eigentlich als sein Eigentum betrachtet und uns alle als unvermeidliche Störenfriede. Er ist kleinlich, wenn bei einer Feier schon mal jemand zu laut *Karaoke* singt oder gar in den Garten pinkelt. Letzteres ist vielleicht verständlich, wenn es sich, wie im letzten Jahr, um unseren Finanzdirektor handelt, sonst ein sehr zurückhaltender Mensch, der im Vollrausch vom Balkon im zweiten Stock sein Geschäft erledigte und dabei auch noch versuchte, genau zu zielen, um ein kleines Vogelbecken aus weißem Gips in der Form einer Venusmuschel zu treffen, das den Garten verziert. Das geht nun wirklich zu weit. Kobayashi hat ihn für den Rest des Aufenthalts keines Blickes mehr gewürdigt, aber vorsichtshalber das Vogelbecken einige Meter nach außen versetzt.

»Guten Tag, Herr Kobayashi, ich hoffe, es geht Ihnen und unserem Haus gut«, antworte ich, nicht ohne Ironie, die er aber entweder ignoriert oder – was noch schlimmer ist – gar nicht spürt. Er ergreift meinen Rucksack, und nach mehrmaligen Hin- und Hergezerre überlasse ich ihm das Ding, wenn auch ungern. Ich will nicht dankbar sein müssen. Mein Zimmer ist bereits wieder aufgeräumt, und die obligatorische elektrische Heißwasserkanne für den Grünen Tee steht bereit.

Während ich meine Sachen, die noch im Koffer liegen, in den Schrank packe und meinen Laptop ans Telefon anschließe, man will ja schließlich mit der Welt verbunden bleiben, füllt Kobayashi aus einer kleinen, mit bunten Papier bezogenen Blechdose zwei gutgehäufte Teelöffel der zarten grünen, feingehackten Teeblätter in das feine Sieb in einer dunkelbraunen Keramikkanne, füllt mit heißem Wasser auf und schließt die Kanne mit dem Deckel.

Ein Stück süße Sojabohnenpaste liegt auf einem kleinen Lacktablett mit einem zartgemusterten Blättchen aus Papier, ein Lackspießchen daneben, um die klebrige Masse essen zu können. Er verbeugt sich tief. »Ich wünsche Ihnen einen guten Aufenthalt«, sagt er mit einer weiteren tiefen Verbeugung und verläßt den Raum, indem er die Schiebetür hinter sich zuzieht. »… und hoffentlich bald eine gute Rückkehr nach Tôkyô«, beende ich in Gedanken seinen Satz. »Ja, vielen Dank, bis später, ich muß etwas Dringendes mit Ihnen besprechen«, sage ich laut.

Ich lasse mir Zeit mit meinem Tee und genieße den unendlichen Blick über die Bucht und die vielen kleinen Inseln. Werde ich diesen Panoramablick bei meinem nächsten Besuch noch haben, oder werde ich statt dessen die Hinteransicht eines Betonklotzes mit vielen Fensterschlitzen vor mir sehen, frage ich mich und spüre bei diesem Gedanken eine Sauwut in mir aufsteigen. Ich kann das Grundstück des geplanten Hotels sehen, und richtig, es steht schon ein großes Schild mitten drauf, auf dem wahrscheinlich alle Details wie Bauträger, Ausmaße, Baudauer, Baufirmen und so weiter stehen. Ich werde mir, bevor ich mit Kobayashi spreche, das Schild aus der Nähe ansehen, beschließe ich und leere den Teebecher in einem Zug. Auf der Treppe vor der Villa sitzend, schlüpfe ich wieder in meine Schuhe und mache mich auf zur Baustelle, es ist ja nicht weit. Um das Grundstück windet sich ein wackliger alter Drahtzaun, an dem alle paar Meter ein Schild steht: Privatgrund, Betreten verboten! Das Schild, das ich schon von meinem Raum sehen konnte, steht etwas zurückgesetzt hinter einem Tor, das mit einer rostigen Kette und einem mickrigen Vorhängeschloß versperrt ist. Ich kann das Schild nicht richtig lesen, aber die Kette ist kein Hindernis für mich. Ein Tritt, und der Weg ist frei. Mit Wut im Bauch baue ich mich ostentativ vor dem Schild auf, zücke meinen Notizblock und Kugelschreiber und schreibe mir Namen, Anschriften und Telefonnummern der Baugesellschaft und des Architekten auf, ebenso wie die der zuständigen Baubehörde in Toba. Denen werde ich zeigen, was es heißt, mich zu reizen.

Ich bin ganz in meine Vorbereitungen für meinen Feldzug vertieft und erstarre fast zur Salzsäule, als mir jemand unvermittelt von hinten auf die Schulter klopft und mich wenig freundlich anknurrt: »Was machen Sie da? Sie stehen auf einem Privatgrundstück!«

Ich drehe mich um, offensichtlich hat mein *Ki* mal wieder total versagt, sonst hätte ich den Mann, den ich jetzt vor mir sehe, doch hören müssen. Wut macht eben taub, und zwar nicht nur die Ohren. Apropos *Ki*, so bezeichnen die Japaner eine innere Energie und Kraft, die einen, wenn sie denn nicht, wie in meinem Fall, versagt, seine Umgebung und was sich so abspielt, regelrecht spüren läßt.

Es ist wohl der Wächter des Grundstücks. Komisch, normalerweise sind das doch alte Rentner, die sich noch etwas Geld verdienen müssen, geht mir durch den Kopf. Der Mann vor mir ist höchstens dreißig, in Jeans, Turnschuhe und T-Shirt gekleidet, mit dem Logo der Baugesellschaft auf der Brust. Er ist kräftig gebaut, wie ich sehen kann.

»Gehören Sie zu dieser Firma?« frage ich überflüssigerweise. »Ich schreibe mir gerade die Anschrift auf, weil ich mich beschweren will. Auf diesem Grundstück darf nicht gebaut werden, und ich lasse es nicht zu, daß mir die Aussicht von einem häßlichen Betonklotz vermiest wird«, ereifere ich mich, dabei auf Villa Zermatt zeigend.»Das ist Ihr Haus?« fragt der Wächter ungläubig und, wie ich finde, mit geringschätzigem Unterton, als ob er mir so etwas nicht zutraut, schließlich ist unser Ferienhaus ziemlich groß, eben ein Ferienhaus für eine ganze Firma. »Na klar, denken Sie, das Haus gehört dem Papst?« erwidere ich unwirsch, wobei mir sofort klar wird, daß mein Gegenüber keinen blassen Schimmer hat, wovon ich rede. »Mann, ich rate Ihnen, verziehen Sie sich, Sie haben das Schloß aufgebrochen und sind hier eingedrungen, ich habe es vom Container dort drüben genau gesehen.« Tatsächlich steht auf der anderen Seite der Straße ein Wohncontainer für die Baumannschaft.

»Sie haben mir überhaupt nichts zu sagen«, gebe ich störrisch zurück, »schließlich will Ihre Firma ja hier illegal bauen.«

Statt zu erwidern, greift er unvermittelt, aber um so heftiger mit der rechten Hand in mein Hemd, das glücklicherweise aus derber Baumwolle ist und nicht gleich nachgibt. Damit begeht er allerdings einen Fehler!

Ohne das geringste Zögern setze ich ihm mit meiner Rechten einen *Atemi*, einen Schlag mit dem Handballen unters Kinn, nicht besonders fest, eher zur Ablenkung. Und richtig, er gerät aus der Balance, meine rechte Hand gleitet zurück und greift von oben fest um seine Faust, die sich in mein Hemd verkrallt hat. Eine kräftige Drehung im Uhrzeigersinn, mein ausgestreckter Ellbogen dient dabei als Hebelverlängerung, und gleichzeitig ziehe ich mit meiner linken Hand seinen rechten Ellbogen nach außen. Mein Gewicht auf dem linken Bein, den Körper etwas in ihn hineingelegt, gehe ich kurz in die Knie. Meine Brust drückt gegen seine verdrehte Faust, und er kann sie nicht wegnehmen. Der Arm des Wächters ist etwa in der Form eines langgezogenen »S« verdreht, wobei sein Handgelenk durch meine Kniebeuge zusätzlich nach oben verbogen wird.

Das ist zu viel für ihn. Mit verzerrtem Gesicht und einem lauten, überrascht klingenden Aufschrei geht er, so schnell es seine Beine ihm erlauben, auf die Knie, um dem scharfen Schmerz in seinem verdrehten Handgelenk zu entgehen. Ich vollende die *Aikidô*-Technik, indem ich ihn durch meine kurze Körperdrehung zwinge, sich auf dem Bauch langzulegen und nagele ihn mit einem Haltegriff auf dem Boden fest.

»Du Pfeife, versuch das nicht noch mal, sonst mach ich *Sashimi* aus dir!« drohe ich ihm. Der Mann ist zu verblüfft, um zu antworten. Ich lasse ihn vorsichtig los, bin mir dabei der Gefahr bewußt, daß er vielleicht wieder angreift, aber er springt einfach hoch und saust wie ein Blitz in Richtung Stadt davon. Na also, jetzt ist klar, wer hier Herr des Berges ist, denke ich, nicht ohne eine gewisse Befriedigung, und mache mich auf zu unserem Haus.

Die Tatsache, daß ich seit vielen Jahren *Aikidô* treibe, erklärt sicher nicht meine vielleicht zu aggressive und überzogene Reaktion auf das Handeln des Wächters, ganz im Gegenteil. Da muß man schon viel weiter in meiner Vergangenheit suchen. Als Kind war ich ziemlich klein und schmächtig, wenn auch nicht gerade zurückhaltend. In unserer Schulklasse war Otto, zwar nicht der Hellste, dafür aber der Stärkste. Ich hatte ihn zu meinem Verbündeten erklärt, und seitdem konnte ich mich selbst mit den größeren Jungs aus den Klassen über uns anlegen. Otto erledigte die Details für mich. In der gleichen Schule hatten wir einen Lehrer, der seine Schüler oft mit dem Lineal malträtierte. Ein echter Widerling, aber mir passierte nichts, weil mein Vater ihm klar gemacht hatte, daß, wenn er mich auch nur falsch anschauen würde, er ihm die Hucke vollhauen würde. Der Lehrer nahm diese Drohung offenbar immer ernst. Ich hielt mich also immer für ziemlich clever und hatte meine Beschützer.

Wer weiß, was aus mir geworden wäre, wenn nicht die Sache mit Otto passiert wäre, vielleicht Politiker? Eines Tages hatten sich einige aus der A-Klasse zusammengetan und Otto und mir aufgelauert. Statt abzuwarten, bis Otto sie aufmischen würde, schlug ihm einer ohne Vorwarnung von hinten mit einem Brett auf den Kopf. Otto sank zusammen und blutete ganz schrecklich. Die Jungs bekamen einen riesigen Schreck. Das hatten sie nicht gewollt. Schließlich sah man doch in jedem besseren Western, wie der Held eins über die Rübe gezogen bekommt und trotzdem weiter mitspielt. Von Blut war da nicht die Rede. Die Jungs liefen alle weg, und ich war alleine mit Otto. Ich weiß noch genau, wie ich heulte und eine Heidenangst hatte. Da Otto sich nicht rührte, bin ich dann zum nächsten Haus gerast. Die Leute riefen einen Krankenwagen. Es dauerte viele Wochen, bis Otto aus dem Krankenhaus entlassen wurde. Er war aber zunächst nicht mehr in der Lage zu sprechen. Schock, hatte man mir erklärt. Erst nach fast zwei Jahren Therapie wurde es wieder besser. Ich fühle mich an der ganzen Sache schuldig, selbst heute denke ich manchmal noch mit einem schlechten Gewissen, daß Otto sich für mich geopfert hat.

Es war ein Erlebnis, das mir für immer haften geblieben ist. Später, als Jugendlicher, machte ich noch zwei andere böse Erfahrungen. Einmal zusammen mit meinem Vater, als ich miterleben mußte, wie er sich einer Bande von Schutzgelderpressern entledigte und ich dabei, als einer der Männer meinen Vater von hinten angriff, in Panik den Mann außer Gefecht setzte. Hinterher war ich tief beschämt, daß ich soviel Angst dabei gehabt hatte. Ein anderes Mal, als ich mit meiner ersten Freundin unterwegs war, mußte ich mich eines stadtbekannten Schlägers erwehren, der ohne erkennbaren Grund im Vollrausch auf uns los gegangen war.

In beiden Fällen kam uns niemand zu Hilfe, weder Nachbarn noch Zuschauer. Ich lernte daraus, wie wichtig es ist, sich selbst verteidigen zu können. Es sind aber auch die Wurzeln für meine Schwäche, schnell aus der Haut zu fahren und grob zu reagieren, wenn ich glaube, eine Ungerechtigkeit zu entdecken, wie es gerade der Mann auf der Baustelle erfahren mußte. Ein Grund für mich, *Aikidô* zu praktizieren, ist es, gerade meinen Jähzorn besser zu kontrollieren, jedoch nur mit mäßigem Erfolg, wie man sieht.

5. Juni – Toba

Außer Atem, sein schmerzendes rechtes Handgelenk noch immer reibend, saust der Baustellenwächter in die nächste Telefonzelle nur einige hundert Meter unterhalb der Baustelle. Er wählt ohne nachzudenken eine Nummer in Ôsaka. »Hier ist Suzuki von der Hotelbaustelle in Toba, Oda-*san*, sind Sie es?«

»Ja, was willst du, du sollst diese Nummer doch nicht vom Container aus anrufen!«

»Habe ich auch nicht, ich bin extra in Richtung Stadt gelaufen. Hören Sie zu, es gibt Ärger. Erst dieser Nagai und jetzt gerade noch ein Ausländer, der behauptet, ihm gehöre das große Haus direkt über unserer Baustelle.«

»Du quatschst in Rätseln, was für Ärger, was für Leute, drück dich gefälligst klar aus!« fährt Oda, Präsident von Yamaha Kômuten, der Baugesellschaft, die das Projekt in Toba plant, den jungen Mann an, den er speziell für diese etwas heikle Aufgabe ausgesucht hat.

»Sie wissen doch, dieser Nagai vom Aquarium in Toba. Er hat sein Haus oberhalb unseres Projekts und beim Bauamt Einspruch gegen unser Vorhaben eingelegt. Sie haben sicherlich den Bericht von Gotô aus Toba.« Oda kann sich jetzt erinnern, richtig, der stellvertretende Leiter des Bauamts, ein gewisser Gotô, steht ja auf seiner Gehaltsliste und hatte ihm von diesem lästigen Nagai berichtet. Kein Problem, Gotô ist ein zuverlässiger Mann, er hatte Nagais Einwände erst einmal schroff zurückgewiesen, ihm eine regelrechte Abfuhr erteilt. Aber wenn der jetzt nicht nachgibt, ziehe ich andere Saiten auf, denkt Oda.

»Und was ist mit diesem Ausländer?«

»Ich weiß nicht, wer das ist. Er stand plötzlich auf unserem Grundstück. Er hat einfach das alte Schloß aufgetreten und schrieb sich gerade die Bauinformationen von der Anzeigetafel ab.«

»Na und?«

»Ich fragte ihn, was er da macht und habe ihn aufgefordert, sofort das Gelände zu verlassen.«

»Und dann, das war alles? Vielleicht ist er an dem Hotel interessiert?«

»Nein, nein, er sagte, das große Haus oberhalb sei seines und er werde es nicht zulassen, daß wir ihm einen Betonklotz vor die Nase setzen.« Was danach geschah, läßt der Wächter lieber aus, auch wenn ihn sein Handgelenk immer noch schmerzhaft daran erinnert. »Er ist dann gegangen.«

»Mmh, weißt du seinen Namen oder sonst was?«

»Nein, aber ich finde es sicher noch heute raus«, verspricht der Wächter eilfertig. »Nein, laß sein, ich kann das über Gotô schneller machen, er muß wissen, wem das Haus gehört. Gut, geh zum Container zurück und paß auf, was sonst so passiert. Gut gemacht!«

Oda runzelt die Stirn und legt langsam den Hörer auf. Ein Ausländer, na, das sollte doch wohl kein großes Problem sein, was kann so ein *Gaijin* schon ausrichten bei einer japanischen Behörde. Der soll doch froh sein, daß er überhaupt in Japan ein Haus haben darf. Ich werde mal Gotô anrufen, der kann das regeln, denkt er.

5. Juni – Toba

Auf dem Weg von der Baustelle zur Villa ist meine Wut schon wieder verraucht und der Gelassenheit gewichen, die wie viele glauben, eine meiner Stärken ist, außer Anna, die kennt mich eben genauer. Im Prinzip habe ich sogar ein schlechtes Gewissen, den Wächter, der ja nur seine Pflicht tun wollte, so grob behandelt zu haben. »Er hat ja schließlich angefangen«, widerspreche ich meinem Gewissen. »Aber du bist ein erfahrener Kämpfer«, erinnert es mich, »und schließlich liegt der Sinn des *Aikidô* ja nicht darin, andere Leute zu verprügeln, sondern Harmonie zu schaffen.«

»Ist ja schon gut, ich gebe dir recht«, versuche ich, es zu besänftigen. »Ich werde mich bessern«, verspreche ich.

»Wolf-*san*, ich habe gar nicht bemerkt, daß Sie aus dem Haus gegangen sind«, tönt mir, wie ich finde, leicht vorwurfsvoll, die Stimme Kobayashis entgegen. Richtig, ich hätte mich beim Herbergsvater abmelden sollen. Ich bin schon wieder dabei, meine guten Vorsätze zu vergessen.

»Ach gut, daß ich Sie gerade treffe«, schieße ich mich ein, »ich muß dringend mit Ihnen reden, und zwar jetzt!« Kobayashi ahnt, daß Widerstand zwecklos ist. Er sieht sicher, daß ich nicht in der Laune bin, seine üblichen Spielchen mitzuspielen. »*Hai*«, antwortet er auch nur und blickt angestrengt auf den Boden.

Er folgt mir in den großen Aufenthaltsraum, in dem sich außer uns keiner befindet. »Setzen Sie sich!« Kobayashi hockt sich nieder und studiert aufmerksam die Astlöcher in der Tischplatte.

»Warum haben Sie mich nicht über den Bau des Hotels da unten informiert?« lege ich ohne weitere Verzögerung los. »Ich verstehe nicht, wieso dort ohne eine Befragung der Anwohner gebaut werden darf, speziell wo das Grundstück nicht als Bauland ausgewiesen ist. Ich weiß das von unserem Nachbarn Nagai.«

Außer bedeutungsschwangerer Stille und einem gelegentlichen »Mmh« meines Verwalters tut sich für fast eine Minute nichts. »Nun?« ermuntere ich ihn. »Wolf-*san*, es tut mir leid, ich hätte Sie natürlich informieren sollen, aber man kann doch sowieso nichts gegen die Behörden unternehmen. Ich habe im Mai ein Formular erhalten, das ich innerhalb von vierzehn Tagen ausfüllen mußte. Die Baubeschreibung klang korrekt, und das Hotel wird auch kaum unseren Blick auf die Bucht verdecken.« Er wirft mir einen süßsauren Blick zu. »Jedenfalls nur ein bißchen, höchstens zur Hälfte, oder so...« Seine Stimme wird immer leiser.

»Und da haben Sie einfach zugestimmt und unterschrieben, ohne mich zu informieren?« frage ich ihn ungläubig. »Sind Sie denn noch bei Trost? Sie haben überhaupt kein Recht, so etwas zu unterschreiben. Wissen Sie überhaupt, wieviel dieses Haus an Wert verliert mit einem Betonklotz vor der Nase?« Ich bin jetzt richtig sauer. Kobayashi ist zu weit gegangen, ich sollte ihn rausschmeißen.

Er ist ganz bleich im Gesicht und kann nur stotternd antworten: »Aber Wolf-*san*, bitte, der hohe Beamte vom Bauamt hat mich doch regelrecht gezwungen. Er hat uns Probleme angedroht, wenn ich nicht zustimmen würde, und Sie wissen doch, wie mächtig Behörden sind.«

»Was für Probleme, was meint er denn?«

»Ich weiß nicht genau, aber er hat angedeutet, daß er unsere Baugenehmigung überprüfen lassen will, speziell ob der Anbau, den wir vor ein paar Jahren errichtet haben, auch der Genehmigung entspricht. Sie wissen doch, wir haben damals die Deckenhöhe um zwanzig Zentimeter angehoben, weil sich einige unserer ausländischen Besucher sonst vielleicht den Kopf angestoßen hätten.«

»Na und, das stört doch keinen, und außerdem haben die damals den Bau genau so abgenommen, das möchte ich sehen, wie dieser Beamte das noch bemängeln will. Und wenn überhaupt, müssen wir vielleicht das übliche Entschuldigungsschreiben schicken, aber sonst passiert da nichts, gar nichts.«

»Ja, aber der Beamte war ein ganz hohes Tier, da kann ich doch nicht widersprechen. Ich wollte Schaden von unserer Firma und dem Haus fernhalten«, verbiegt er die Wahrheit ein kleines bißchen. »Sie müssen das verstehen, Wolf-*san*, bitte!« Ich verstehe genau, was Kobayashi mir sagen will, und obwohl ich seine Art nicht ausstehen kann und schon überhaupt nicht mit seiner Vorgehensweise einverstanden bin, habe ich ein gewisses Verständnis für seine Zwangslage.

Es fällt dem Durchschnittsjapaner immer noch schwer, Anordnungen oder Regeln der Obrigkeit, und seien sie noch so hirnverbrannt, zu ignorieren oder ihnen gar zu widersprechen. Na ja, diese Einstellung findet man wahrscheinlich in vielen Ländern. Als Ausländer, speziell in einer wichtigen Funktion, habe ich da eindeutige Vorteile gegenüber den Einheimischen. Meine stärkste Waffe aber ist: Ich kann feste auf den Tisch klopfen, egal, wen ich vor mir habe. Ich erinnere mich an ein Ereignis, das geradezu typisch ist: Vor einiger Zeit brauchten wir dringend ein Visum für einen unserer Mitarbeiter aus der Volksrepublik China, damit er an einem Projekt in Tôkyô mitarbeiten konnte, alles zugegebenermaßen sehr kurzfristig. Unsere chinesischen Kollegen reichten alle vorgeschriebenen Dokumente beim japanischen Konsulat in Hongkong ein. Als nächstes erreichte mich ein Notruf unserer chinesischen Kollegen, daß die Bearbeitung des Antrages mindestens drei Wochen erfordern würde, was viel zu spät wäre für unser Projekt. Zunächst versuchte mein General Affairs Manager sein Glück und rief beim Konsulat an, um eine Verkürzung der Bearbeitungsdauer zu erreichen. Ohne jeglichen Erfolg. Der anonyme Sachbearbeiter im Konsulat hatte nur erklärt, daß das eben seine Zeit erfordere, und mein Manager, amtshörig, gab auch gleich auf. »*Shôganai*, da kann man nichts machen«, erklärte er mit Bedauern auf dem Gesicht und einem Achselzucken.

Nicht mit mir! Die Nackenhaare gesträubt, Wut im Bauch über diese Amtstypen und auch über meinen Manager, der sofort aufgegeben hatte, verlangte ich unverzüglich, mit dem Konsulat verbunden zu werden. Meine Sekretärin war zögerlich, sie befürchtete das Schlimmste, und mein Manager versicherte mir, daß auch ich keinen Erfolg haben werde. Ich bestand aber auf meinem Anruf. Zwanzig Minuten später, nach einer Mischung aus freundlichem Beharren, Drohungen, Wutausbrüchen, einem halben Dutzend Leuten, die ihr Gesicht verloren, einschließlich meiner selbst versteht sich, hatte ich mich vom Sachbearbeiter bis zum Konsul selbst durchgefochten. Auch der gab nach wenigen Minuten nach und verriet mir den Namen und die Telefonnummer eines Beamten im Auswärtigen Amt in Tôkyô, um mich endlich loszuwerden. Das Gespräch mit dem Mann vom Auswärtigen Amt verlief dann auch ganz zivilisiert. Er hörte zu, hatte Verständnis, und mein Chinese drei Tage später ein Visum. Den Triumph in meinem Gesicht mußten meine beiden japanischen Kollegen noch den ganzen Tag aushalten. Doch zurück zu Kobayashi.

»Gut, geben Sie mir die Unterlagen, eine Kopie haben Sie ja wohl wenigstens erhalten?« lenke ich ungnädig ein, »ich werde mich selbst um die Sache kümmern, diesen Beamten knöpfe ich mir morgen vor.« Kobayashi, froh, daß es vorbei ist und daß er mir jetzt diese äußerst unangenehme Sache an den Hals hängen kann, verschwindet wie ein Blitz und kommt Minuten später mit der Kopie der Einverständniserklärung zurück. »Da haben wir es ja«, rufe ich triumphierend aus, »ein gewisser Gotô, stellvertretender Leiter des Bauamts Toba, steht hier, der wird mich kennenlernen. Und, Kobayashi, machen Sie das nicht noch mal. Ich will von allen wichtigen Dingen informiert werden!« Das »sonst« hängt unausgesprochen in der Luft. Der Verwalter hat verstanden und zieht sich schnellstens und in tief gebückter Haltung zurück.

Wir befinden uns ja im Cyber Age, also wird es mir ein Leichtes sein, herauszufinden, wer diese Firma Yamaha Kômuten ist, die den Bau durchführen will, und bei wem ich mich beschweren kann. Kaum in meinem Zimmer angekommen, werfe ich meinen Laptop an.

Ich sage immer »anwerfen«, weil es genau so viel Zeit benötigt, bis endlich alle Windows-Programme hochgefahren sind und der Computer bereit zum Arbeiten ist, wie es braucht, einen alten Schiffsdiesel zum Laufen zu bringen. Endlich ist es soweit – ich habe mir währenddessen einen Grünen Tee zubereitet – ich kann mich ins Internet einklinken. Als erstes versuche ich es ganz allgemein im Yahoo Japan Browser unter dem Begriff »Yamaha Kômuten, Ôsaka«. Es dauert eine Weile, bis sich etwas finden läßt, in der Villa haben wir leider noch keinen ISDN-Anschluß.

Es gibt acht Hinweise, aber keinen auf eine eigene Homepage der Firma. Am interessantesten erscheint mir eine ältere Erwähnung in der Tageszeitung »Asahi Shinbun«. Ich öffne die Datei: »Skandal bei Ôsaka Bauunternehmen?« Der Artikel befaßt sich mit einem Bauprojekt in Kôbe, das als eines der wenigen Neubauten beim großen Hanshin-Erdbeben am siebzehnten Januar 1995 zerstört wurde. Die meisten der katastrophalen Schäden waren ja im alten Teil der Stadt mit seinen kleinen, engstehenden Holzhäuschen und den schweren steinbedeckten Dächern verursacht worden.

Als um genau fünf Uhr sechsundvierzig für nicht mehr als zwanzig Sekunden die Erde bebte, wurde Energie freigesetzt, die etwa dem Achtfachen der Atombombe von Hiroshima entsprach, wie ein Wissenschaftler in einer Zeitung erklärte. Eine Feuersbrunst, verursacht durch aufgerissene Gasleitungen, hatte schnell um sich gegriffen und die Häuser regelrecht aufgefressen. Viele der mehr als sechstausend Opfer starben, weil sie nicht mehr unter den zusammengebrochenen Steindächern wegkamen. Im neuen Teil Kôbes, wo moderne Häuser stehen, gab es dagegen kaum Schäden – etwas, was die ausländische Presse und die Fernsehsender immer geflissentlich ignorierten. Nachrichten über brennendes Inferno und zusammengebrochene Autobahnstücke verkaufen sich eben besser, wie mir mal der Japankorrespondent einer bekannten deutschen Tageszeitung eingestand.

So war es auch merkwürdig, daß ein gerade fertiggestelltes Hochhaus so mir nichts, dir nichts zusammenklappte wie ein Kartenhaus, obwohl gerade Hochhäuser wegen der vielen Erdbeben in Japan besonders stabil und flexibel zugleich gebaut sind. Glück im Unglück war, daß wegen der sehr frühen Stunde, zu der das Erdbeben stattfand, sich niemand in dem Neubau aufhielt.

Das heißt, einen gab es schon. Ein obdachloser Tippelbruder hatte sich in der kalten Winternacht durch eine schmale Öffnung im Bauzaun gezwängt und ein relativ warmes Plätzchen im Keller des Hauses gefunden. Es war sicher eines der kleinen Wunder des Kôbe-Erdbebens, daß die schwere Betondecke sich verkantete, als sie krachend auf ihn herabstürzte, und statt ihn zu Brei zu verarbeiten, eine kleine Höhle von knapp fünfzig Zentimetern Höhe ließ.

Der Mann wurde noch am gleichen Tag mittels einer hochempfindlichen Horchsonde entdeckt und mit schwerem Gerät vollkommen unverletzt befreit. Die Zeitung ließ weiter verlauten, daß es dem Mann aufgrund reichlichen Genusses von billigem Reisschnapps während der ganzen Zeit seiner Gefangenschaft prächtig ging und man ihn über die Sonde hatte singen hören können.

»Asahi« berichtet weiter, daß es eine Untersuchung gab, und es stellte sich heraus, daß die Baufirma, Yamaha Kômuten aus Ôsaka, offensichtlich eine ganze Reihe von Bauvorschriften verbogen oder mißachtet hatte. Der eigentliche Skandal lag aber wohl auch darin, daß die zuständige Baubehörde alle notwendigen Genehmigungen immer erteilt hatte.

Hier wird der Bericht etwas unscharf. Zu einer offiziellen Untersuchung oder gar Bestrafung der Schuldigen kam es nicht. Es hatte ja weder Opfer gegeben noch war außer der Baufirma und den Investoren jemand geschädigt worden. Merkwürdig war allenfalls, daß keiner der Investoren Anspruch auf Schadensersatz erhob. Es gab einige neue Zuständigkeiten beim Bauamt, und der Präsident von Yamaha erklärte seinen Rücktritt vom Amt, um als einfaches Vorstandsmitglied weiterzumachen.

Ich speichere den Artikel auf der Festplatte ab. Die anderen Artikel befassen sich ebenfalls mit dem Unglück, bis auf den letzten. Es ist ebenfalls ein Zeitungsbericht, diesmal in der »Yomiuri Shinbun«. Es wird berichtet, daß der neu ernannte Präsident von Yamaha Kômuten aus Ôsaka, ein gewisser Oda Kôhei, 52, vom Verdacht freigesprochen wurde, einen Beamten der Präfektur Mie bestochen zu haben. Es wurde eindeutig festgestellt, daß ein Bauleiter Yamahas bei einem öffentlichen Projekt, einer Grundschule, auf eigene Faust und ohne Odas Wissen handelte und dem Beamten einen kleinen Anbau an dessen Privathaus kostenlos hatte errichten lassen, um die Abnahme des Schulprojekts, die ansonsten korrekt war, zu beschleunigen. Der Bauleiter und der Beamte kamen mit Geldstrafen davon, und Oda mußte, wie üblich, nur im Namen der Firma ein Entschuldigungsschreiben verfassen.

Auch diesen Artikel speichere ich ab. Das scheint ja eine feine Firma zu sein, die uns hier vor die Nase baut, denke ich. Mal sehen, was ich sonst so finde. Also wähle ich mich mit Hilfe eines geheimen Kennwortes, an das ich mich zu meiner großen Überraschung erinnern kann, ohne meine Sekretärin fragen zu müssen, in die Internet-Version des Japan Company Handbook ein, wo alle börsennotierten Firmen Japans zu finden sind.

Ich finde Yamaha Kômuten in der sogenannten zweiten Sektion, also bei den kleineren Unternehmen, einschließlich genauer Anschrift. Eine kurze Beschreibung des Unternehmens, seine geschäftlichen Schwerpunkte, Geschichte und eine Beurteilung der Zukunftsaussichten ergeben nichts Auffälliges. Die Firma ist von einem Yamaha Akira in den Dreißigern gegründet worden. Als amtierender Präsident ist Oda genannt. Ich schaue mir die Geschäftsentwicklung an – nicht berauschend und kaum Profit. Aber das ist nicht ungewöhnlich zur Zeit. Wie üblich sind die wichtigsten Anteilseigner mit den jeweiligen Prozentanteilen gelistet. Banken, Versicherungen, mehrere Mitglieder der Gründerfamilie, eine Investmentfirma mit dem Namen Nippon Investors KK, mit fast 30% Anteil schon ungewöhnlich hoch und fast beherrschend. Eine kurze Queranfrage ergibt nichts über diese Firma, also nicht an der Börse. Nun gut, zu Hause werde ich mir das mal genauer über die Teikoku Datenbank anschauen, was ich dann auch prompt vergesse, weil in der folgenden Woche eine der Seemöwen aus Deutschland einfliegt und mich ablenkt. Ich nenne Besucher aus dem Headquarter Seemöwen, weil sie immer unvermittelt einfliegen, eine Menge Mist hinterlassen und mit viel Getöse wieder ausfliegen. Dieses Mal ist es der Publicity Direktor, der spontan, angeregt vom erfolgreichen Besuch unseres großen Vorsitzenden, einen Artikel über die japanische Tochtergesellschaft für den nächsten Jahresbericht unseres Unternehmens vorbereiten will. Also schon fast ein akzeptabler Besuch.

Aber zurück zum Thema, Teikoku ist die führende Auskunftei Japans, und meine Firma ist mit einer Standleitung verbunden, da wir täglich viele Anfragen haben, Finanzauskünfte über Firmen, die bei uns kaufen wollen, Hintergrundinformation bei Akquisitionen, Wettbewerbsbeobachtung, Verflechtungen der Industrie. Die Datenbank ist eine reichhaltige und ziemlich zuverlässige Auskunftsquelle. Ich werde schon bald wissen, wer genau hinter dieser Nippon Investors sitzt.

5. Juni – Kabukichô

Endlich haben sie ihn erwischt. Seit Tagen haben sie es beobachtet, wenn er nachts aus seinem Stripclub in Shinjukus Kabukichô kommt, immer umgeben von mehreren gefährlich aussehenden, bewaffneten Leibwächtern, die die Umgebung keine Sekunde aus den Augen lassen und ihren Chef schnellstens in einen schweren 7er BMW verfrachten. Es ist immer genau um dieselbe Zeit, fast vier Uhr in der Frühe. Die letzten Kunden sind alleine oder mit den Mädchen nach Hause oder ins nächste Love Hotel verschwunden. Die Einnahmen des Tages sind gezählt und in Stahlboxen gepackt, die sicher im Kofferraum des Wagens vor der Tür liegen. Für die nächsten Stunden übernimmt jetzt ein Reinigungskommando die Szene.

Samstag morgen waren sie endlich mit der Planung und Vorbereitung fertig. Der Clubbesitzer ist einer der wichtigsten Führer der Chinesischen Mafia, die sich seit einigen Jahren im Kabukichô eingenistet hat und dabei die bisher herrschende einheimische *Yakuza* mehr oder weniger verdrängte, oft mit Gewalt, meistens aber mit besserem Service, frischeren Mädchen aus China oder Rauschgift aus Südostasien, wo sie zuverlässige Quellen besitzen. Aber vor allem mit der absoluten Rücksichtslosigkeit der Chinesen und ihrer völligen Mißachtung der langentwickelten Spielregeln und des Ehrenkodex' konnten die Japaner lange nichts anfangen und standen fast hilflos daneben, wenn ihnen ein Filetstück nach dem anderen aus den lukrativen Geschäften der Halb- und Unterwelt geschnitten wurde. Erst allmählich begannen sie zurückzuschlagen. Der *Oyabun*, der Boß der größten *Yakuza*-Familie, hatte seine besten Leute beauftragt, den Chinesen einen Denkzettel zu verpassen und ihnen die Grenzen aufzuzeigen. Und an diesem frühen Morgen schlagen sie zu. Für den *Yakuza*-Boß ist es nicht nur eine Sache zwischen Konkurrenten. Er muß Härte zeigen, um sich bei seinen eigenen Leuten zu behaupten. In letzter Zeit gibt es gewisse Anzeichen, die ihn beunruhigen.

Der BMW, gefolgt von einem zweiten BMW mit zwei seiner Bodyguards, gleitet schnell durch die um diese Zeit leeren Straßen Shinjukus in Richtung Yotsuya, wo Chan Seng Liu, wie der Boß heißt, ein riesiges Appartment in einem der neuen Blocks besitzt, in denen selbst eine hundert Quadratmeter große Wohnung nicht unter hundertmillionen Yen zu haben ist. Chans Wohnung im obersten Stockwerk mit einer riesigen Terrasse und Blick auf das Gästehaus des Kaiserpalasts hat ihn mehr als zweihundertfünfzigmillionen Yen gekostet, also rund fünf Millionen Mark.

Sein Wagen, den einer seiner Leibwächter fährt, biegt kurz vor dem Ziel in eine der engen Straßen ab, die für diese Gegend so typisch sind. Der zweite Wagen will folgen. Plötzlich schießt aus einer Einfahrt einer dieser kleinen blauen Müllfahrzeuge, die im Straßenbild Tôkyôs wie lästige Insekten auftauchen, auf die Kreuzung und blokkiert die kleine Straße vollständig. Ehe die zwei Chinesen in ihrem Wagen noch reagieren können, springt der Fahrer des Mülltransporters aus der Führerkabine und kommt, eine gezogene Pistole in der Hand, auf den Wagen der beiden zu. Aus der Einfahrt rennen zwei weitere Männer heran, die ebenfalls bewaffnet sind. Die beiden Chinesen schauen in die Mündungslöcher und sehen dahinter Japaner, offensichtlich *Yakuza*, wie sie an der Kleidung und am charakteristischen krausen Haarschnitt erkennen, keine Polizei. Im Gegensatz zum Auto ihres Bosses ist ihres nicht gepanzert, und sie steigen, nachdem sie sich kurz zugenickt haben, vorsichtig aus, ihre Hände nach oben gestreckt, so daß die Japaner sie immer gut sehen können. Keiner sagt einen Ton, alle wissen, was vor sich geht. Der Fahrer des Müllwagens deutet an, die beiden sollen sich hinknien. Die anderen tasten die beiden kurz ab und konfiszieren zwei Pistolen, zwei Klappmesser und zwei kleine Handies. Zum Dank ziehen sie den Chinesen einen Scheitel mit ihren Pistolen. Die beiden bewußtlosen Männer landen im Kofferraum ihres eigenen Wagens, den einer der Japaner auf einem leeren Parkplatz eines Shopping Centers in Nerima-*ku* parkt, gut zwanzig Kilometer entfernt.

Es dauert nur wenige Sekunden, bis dem Fahrer des großen BMW auffällt, daß der andere Wagen nicht mehr im Rückspiegel aufgetaucht ist, seitdem sie abgebogen sind. Vorsichtshalber greift er zum Handy, keine Antwort. »Was ist los, irgendetwas nicht in Ordnung, Ping?« will Chan von seinem Leibwächter wissen. »Ich weiß nicht, Zhao und Wang sind nicht mehı hinter uns, und sie antworten nicht am Telefon, irgendetwas muß los sein, vielleicht eine Polizeikontrolle? Aber ich habe nichts gesehen.« Instinktiv drückt Chan auf den Knopf und schließt die schußsicheren Fenster. Keine Sekunde zu früh, die kleine Straße ist an der nächsten Kreuzung blockiert, ein Möbelwagen mit einer Rampe an der offenen Heckklappe.

Und von hinten nähert sich im Affenzahn eine Baumaschine mit einer riesigen Schaufel vorne dran, die gerade langsam nach unten klappt, wie der chinesische Fahrer zu seinem Schrecken im Rückspiegel sieht.

Der Rückzug ist damit auch verbaut. Chan bemerkt den wilden Blick seines Fahrers und dreht sich um, das gleiche Bild bietet sich vor seinen Augen. Sie hatten weder den Müllwagen noch den Raupenschlepper in der Einfahrt bemerkt. Jetzt ist es zu spät. Neben dem Möbelwagen stehen plötzlich links und rechts Männer mit Maschinenpistolen, und auch auf der Raupe sitzen zwei Bewaffnete neben dem Fahrer. Jetzt den Wagen zu verlassen, wäre Selbstmord, zumal nur Chans Wächter eine Pistole hat. Die drei Fahrzeuge verursachen zwar einen erheblichen Lärm in der engen Straße, aber keiner der Anwohner bemerkt es oder kümmert sich drum. Zu oft werden in Tôkyô mitten in der Nacht Straßen aufgerissen und neu geteert oder Gasleitungen verlegt, damit der Verkehr am Tage nicht zu sehr gestört wird. Sehr rücksichtsvoll, zumindest für die motorisierten Verkehrsteilnehmer.

Chan ist klar, daß er es mit der *Yakuza* zu tun hat und ganz schön in der Scheiße steckt. Sein Fahrer dreht sich um. »Boß, was sollen wir machen, soll ich draufhalten?«

»Bist du verrückt, unser Wagen ist zwar gepanzert und die können uns mal mit ihren Kanonen, aber den Lastwagen schaffst du nicht. Warte einfach ab, was passiert, und ruf schon mal Hilfe.« Der Fahrer greift zum Handy, sie brauchen aber nicht lange abzuwarten. Sein Versuch zu telefonieren wird grob unterbrochen, als die Schaufel der Raupe unter den BMW fährt und die Hinterräder abhebt. Verzweifelt versucht er, die Nummer der anderen Bandenmitglieder zu wählen. Nicht einfach, wenn man gleichzeitig versucht zu bremsen und sich selbst aufrecht zu halten. Auch Chan hat sich an der Lehne des Vordersitzes festgeklammert, zum ersten Mal spürt er eine Heidenangst.

Unaufhaltsam, trotz der Bremsversuche mit den vorderen Bremsen, schiebt die Raupe den Wagen über den Asphalt, auf dem zwei Gummispuren zurückbleiben. Ohne Mühe verfrachtet sie den BMW samt der beiden Passagiere in den Möbelwagen. Klappe zu, und schon setzt sich der Laster in Bewegung. Das Betäubungsgas im Inneren des dicht versiegelten Möbelwagens strömt zischend aus zwei kleinen Druckbehältern, und ehe die beiden Chinesen im Inneren des BMW reagieren und die noch immer laufende Klimaanlage abstellen können, ist das Gas schon ins Innere eingedrungen, und die beiden verlieren fast umgehend das Bewußtsein.

Die Raupe fährt wieder zurück zu ihrer Einfahrt, wo sie wenige Stunden später von einem verdutzten Hausbesitzer neben einem Müllwagen in seiner Einfahrt gefunden werden wird. Die Polizei, die kurze Zeit später eintrifft, kann sich das ganze nur damit erklären, daß Studenten der nahen Juristischen Fakultät sich einen üblen Scherz mit dem armen Mann erlaubt haben. Er ist zwar nicht vollends überzeugt von dieser Theorie, aber froh, als die beiden Ungetüme endlich wieder vor seinem Haus verschwunden sind und er seinen eigenen Wagen aus der Garage fahren kann. Die langen Bremsspuren, die einer der Beamten in der kleinen Straße hinter der Einfahrt gesehen hat, werden nicht mit den gestohlenen Fahrzeugen in Verbindung gebracht – sie weisen eine ganz andere Spurweite auf. Die Fahrzeuge werden ihren rechtmäßigen Eignern zurückgegeben, das ganze findet sich als

Protokoll in den Akten der Polizei wieder und ist damit abgeschlossen.

Die Fahrt des Möbelwagens dauert nicht sehr lange, zum Glück für die beiden Gefangenen, denn der Motor ihres Wagens läuft noch immer, und im hermetisch abgeschlossenen Inneren des Möbeltransporters nimmt die Konzentration von tödlichem Kohlenmonoxid rapide zu.

Vorsichtig öffnet sich die Heckklappe, man weiß ja nicht, ob das Gas gewirkt hat, die *Yakuza* warten in Dekkung, die Waffen im Anschlag. Aber ihre Vorsicht ist überflüssig, die beiden Chinesen schlafen fest, wenn auch nicht selig. Einer der Japaner öffnet die verschlossene Wagentür, indem er ein flaches, gebogenes Blech in den schmalen Spalt zwischen Fenster und Tür schiebt und die Verriegelung hochzieht, schaltet den Motor aus, und Momente später sind beide Opfer aus dem Wagen entfernt und befinden sich in einer alten Lagerhalle. Noch bewußtlos setzt man sie auf Stühle und fesselt sie, so daß sie weder Arme noch Beine bewegen können. Allmählich wachen sie wieder auf, Chan ist der erste. Seine Augen sind schwer, die Lider flattern. Er versucht, sich zu bewegen, nichts. Der Fahrer macht die gleiche Erfahrung. Beide sind jetzt hellwach, zwei Eimer mit eiskaltem Wasser haben die Sache beschleunigt.

Tief in der hinteren Ecke der Halle außerhalb des Lichtkreises der Deckenlampen sitzt ein Mann. Sein Gesicht ist im fast schwarzen Schatten der Ecke nicht zu erkennen. Er ist eigens aus Ôsaka angereist, um an dieser wichtigen Zeremonie teilzunehmen. Aber nur wenige kennen ihn und wissen, wer er ist, darum bleibt er im Hintergrund. Die anderen *Yakuza* wissen, daß falsche Neugier nicht zu den erwünschten Tugenden der Familie gehört.

Sie wissen nur, es ist der *Oyabun* der Yamaguchi-*gumi*, ihr oberster Boß, der ihnen mit seiner Anwesenheit eine Ehre erweist. Sie haben ihn bisher nie enttäuscht und werden dies auch in Zukunft nicht.

»Chan, hören Sie mir gut zu«, hört der Chinese eine Stimme aus der dunklen Ecke, in bestem, akzentfreiem Englisch, »wir haben Euch bisher in Ruhe gelassen und die Geschäfte geteilt. Die *Yakuza* sind faire Geschäftspartner, aber ihr kennt keine Grenzen, und jetzt reicht es. Sie werden heute eine Nachricht in Empfang nehmen und an ihre Freunde weitergeben. Wir werden kein weiteres Vordringen mehr hinnehmen, sonst rotten wir die ganze Chinesen-Mafia aus und holen uns die Geschäfte zurück.«

»Wer sind Sie, zeigen Sie sich«, fordert Chan erregt, er ahnt es zwar, fragt aber trotzdem, vielleicht auch nur, um Zeit zu gewinnen. »Ich spreche für die *Yakuza*, wer ich bin, ist nicht wichtig, nur der Inhalt meiner Botschaft.«

»Sie Feigling, wir machen Sie fertig, wenn…«. Er kann seinen Satz nicht beenden, einer der Japaner hat ihn gerade, mit einem Schlagring bewaffnet, ins Gesicht geschlagen, Blut schießt aus einer klaffenden Wunde an der Oberlippe Chans. Sein Leibwächter versucht, sich vergebens und ohnmächtig vor Wut aus den Fesseln zu befreien, wobei er samt Stuhl umkippt und mit dem Hinterkopf auf den harten Boden schlägt. Die Japaner richten ihn wieder auf, und er bekommt ebenfalls einen Schlag ab. »Noch mal, hören Sie nur zu, für jede Unterbrechung werden Sie büßen.«

Die Chinesen beißen wütend die Zähne zusammen, sagen aber kein Wort mehr. »OK, hier ist die Regelung, ihr könnt Eure bisherigen Läden in Kabukichô behalten, aber keine neuen eröffnen, wir erhalten zehn Prozent der Einnahmen aller Aktivitäten, und es gibt keine Ausdehnung in andere Stadtteile mehr, wie Shin-Ôkubo. Falls es neue Geschäftsmöglichkeiten gibt, werden wir uns darüber unterhalten, wie diese Geschäfte aufzuteilen sind. Im Gegenzug helfen wir Euch beim Import von Immigranten ohne Visum. Wir arbeiten schon jetzt gut mit den Snakeheads aus Shanghai zusammen. So das wär's. Wenn ihr schlau seid, verabreden wir ein Treffen, bei dem wir alle Details festlegen können. Ich hoffe, Sie haben kapiert, dann kann es für alle eine profitable Beziehung werden und sonst könnt ihr eben wieder nach Hause schwimmen oder im Sarg reisen. Genau das kannst du deinen Leuten mitteilen.« Der Mann im Schatten, hat jetzt jegliche Höflichkeit fallen lassen. »Ach, und wir haben noch ein kleines Geschenk, damit alle sehen, daß wir es ernst meinen«, beschließt der *Oyabun* seine knappe Rede, steht auf und verschwindet durch eine Tür im Hintergrund. Einen Moment später hört man den Zwölfzylinder-Motor seines *Bentsu*, der sich rasch entfernt.

Chan und sein Fahrer haben sich jeden Kommentar verbissen, zu schmerzhaft. Chan denkt rachsüchtig daran, was er und seine Leute unternehmen werden, sobald er wieder frei ist. Krieg wird es geben, fertig machen wird er diese arroganten Arschlöcher mit ihrem Ehrenkodex. Verrecken soll der Mann im Dunkeln daran, sobald er weiß, wer das war. Sollte kein Problem sein, denkt er genüßlich, schließlich sind die Chinesen Meister der Folter, und irgendeiner der Typen wird reden. Er fühlt sich schon wieder fast oben auf, als sein Kopf plötzlich von eisernen Fäusten von hinten festgehalten wird und ein anderer Mann ihm mit einem raschen, aber trotzdem schmerzhaften Schnitt ein Ohr abtrennt. Er brüllt auf, überrascht, voller Schmerz, Wut und Haß, alles ist in diesem Schrei vereint.

Ungerührt legt der Japaner das Ohr in ein schönes kleines Holzkästchen, schließt es sorgfältig und schiebt es in einen gefütterten Umschlag. »Wir schicken das lieber per Post an deine Freunde, damit es nicht verloren geht«, verspottet er den blutenden Chan. Sein Fahrer ist bei der Aktion ganz bleich geworden, er fürchtet auch um seine Ohren. Aber er hat Glück, der Ehrenkodex der *Yakuza* bewahrt ihn vor sinnlosem Bluvergießen.

Der Mann, der ihm das Ohr abgetrennt hat, nimmt eine Zigarrette aus einer Packung, zündet sie an und steckt sie Chan in den Mund. Eine Geste. Chan, obwohl voller Schmerzen und Wut, zieht fast dankbar an der Zigarette, den Rauch tief inhalierend. Der *Yakuza* drückt ihm die halbleere Packung der Marke »PEACE« in die gefesselten Hände.

Die Japaner verschwinden ohne weitere Kommentare, und in der Halle breitet sich sofort Stille aus, sieht man vom leisen Stöhnen Chans einmal ab. Es dauert fast zwei Stunden, bis der Fahrer seine Fesseln soweit gelockert hat, daß er sich befreien kann. Sekunden später ist auch sein Boß frei. Mit seinem Unterhemd verpaßt er Chan einen provisorischen Verband, obwohl die Wunde schon seit einiger Zeit nicht mehr blutet, und stützt ihn beim Verlassen der Halle. Draußen steht wider Erwarten der BMW, allerdings ohne Handies, Pistole und, am schlimmsten, ohne die Stahlboxen mit den Einnahmen des Clubs.

Daß in der Zeit, als sie in der Halle festsaßen, auch noch der Club vollständig ausgebrannt ist, macht das Maß voll. Chan schwört Rache. Aber erst wird er mit den anderen sprechen, nur nichts überhasten. Es steht zu viel auf dem Spiel, und die Warnung der *Yakuza* muß sehr ernst genommen werden, vielleicht sogar das Angebot. Aber diesem *Yakuza*-Boß werde ich seine eigenen Eier zum Fressen geben, was immer meine anderen Mafiabosse beschließen, denkt er rachsüchtig und voller Haß. Das fehlende Ohr kann er mit langen Haaren verdecken, aber nicht die Schmach und den Gesichtsverlust.

6. Juni – Toba

Ich liebe Sonntage: lange schlafen, faulenzen, nach Lust und Laune Dinge tun, die nicht geplant waren – so stelle ich mir einen richtigen Sonntag vor. Leider kommt das nicht so oft vor, aber heute versuche ich, die Gelegenheit zu nutzen, im *Futon*-Bett liegen zu bleiben, bis es schmerzt. Schon seit acht Uhr hatte die bienenfleißige Reinigungscrew von drei alten Frauen versucht, mich aus meinem Zimmer zu vertreiben durch Anklopfen, Staubsaugen auf dem Flur, lautes Reden und ähnlich perfide Methoden psychologischer Kriegsführung. Aber ich habe ja nicht umsonst jahrelang Bücher über *Zen* gelesen. Ich begebe mich gewissermaßen in einen Schwebezustand des bewußten Ignorierens durch intensives Weghören und widerstehe allen Versuchen der drei, mich zu stören. Ich halte auch volle dreißig Minuten durch. Vielleicht hätte es länger geklappt, aber meine Blase verbündet sich just in diesem Moment mit meinen Peinigerinnen, und ich gebe auf. Ein Buch »Zen und die Kunst des Nichtmüssens« gibt es wahrscheinlich noch nicht.

Nun gut, ein frühes Bad im heißen *Ofuro* ist auch nicht schlecht, und nach dem Frühstück beschließe ich, Mikimoto auf der Perleninsel einen Besuch abzustatten. Vielleicht finde ich ja dieses Mal etwas für Anna, obwohl ich ihr ja gerade zu ihrem Geburtstag ein schönes Geschenk gemacht habe. Ich hoffe, sie weiß das edle Stück zu würdigen, das mein Neffe, der Schmuckdesigner, für sie entworfen hat, Palladium mit einer wunderschönen, raren und ungewöhnlich gleichmäßig runden Südseeperle.

Kurze Zeit später schlendere ich durch die weitläufigen Hallen der Perlenfirma, schaue den Frauen über die Schultern, die gerade Austern präparieren und ende im verdunkelten Videosaal, wo gerade ein Vortrag über die Geschichte der Perlen beginnt. Ich beschließe, etwas zu lernen. Wer weiß, vielleicht liegt ja die Zukunft in Perlen?

Der Sprecher beginnt mit dem Anfang der Perlenzucht. Fotos und frühe Schwarzweißfilme wechseln sich mit Landkarten, Graphiken und Zeichnungen ab. Mikimoto Kôkichi waren erste Ansätze zur Perlenzucht schon 1893 gelungen, als er noch ein junger Mann war, aber es dauerte lange, nämlich noch ein Vierteljahrhundert, bis er erste Zuchtperlen 1921 auf der Weltausstellung in Paris zeigen konnte, eine Sensation, eine neue Industrie war geboren.

Zu Beginn der Perlenzucht kopierte Mikimoto einen natürlichen und sonst zufälligen Vorgang. Die Perlenauster lebt am Meeresboden und ernährt sich von Plankton, das von der Strömung in ihr Innerstes gespült wird. Steckt in diesem Plankton zufällig etwas, was die Auster nicht verdauen kann, beispielsweise ein Sandkorn, setzt sich die Auster sofort zur Wehr und isoliert diesen Fremdkörper. Um das Sandkorn wird eine Schicht Perlmutt gebildet. Der Grundstein für eine Perle ist gelegt. Im Laufe der Zeit wird immer und immer wieder eine neue Schicht Perlmutt um den Fremdkörper gebildet, bis schließlich eine Perle entstanden ist, natürlich vollkommen unregelmäßig, dem Fremdkörper entsprechend geformt.

Mikimoto begann, indem er wilde Muscheln aus dem Meer holte. Er pflanzte ihnen winzige Perlmuttstückchen ein, und die Muscheln begannen sofort, diesen Fremdkörper mit einer Schicht von Aragonitkristallen und Conchyn, so eine Art organischem Uhu-Klebstoff, zu umhüllen. Das Ergebnis war immer noch vom Zufall abhängig. Mit den Jahren entwickelten japanische Wissenschaftler die Perlenzucht zur Perfektion. Genaues Studium der Lebensbedingungen und die eigene Weiterzüchtung besonders geeigneter Muschelarten, wie die *Akoya*-Auster, ermöglichen heute eine Perlenproduktion mit fast vorhersehbaren Resultaten.

Das Ergebnis sind Perlenernten mit hoher Qualität, die auch dem Normalverdiener, blöder Ausdruck, denke ich, den Erwerb von hochklassigem Perlenschmuck erlaubt. Dennoch ist und bleibt die Perlenzucht von der Natur abhängig. Taifune, die die See bis zum Grund aufwühlen, Schwankungen der Wasserqualität oder natürliche Feinde machen der Muschel das Leben und Überleben schwer und die Perlenzucht zum Wagnis, fährt der Sprecher mit seiner Erklärung fort. Jetzt sehen wir Detailaufnahmen der Technik. Nachdem die Perlmuschel einen kleinen Spalt geöffnet worden ist, wird ihr vorsichtig ein Kern aus Perlmutt ins Fleisch eingesetzt.

Mir fällt unwillkürlich jener alte deutsche Perlenhändler ein, der seit über fünfzig Jahren seine Geschäfte in Japan betreibt. Die anderen Besucher der Videovorführung schauen mich befremdlich an, weil ich plötzlich lache, obwohl es auf der Leinwand nichts zu lachen gibt. Sie können ja nicht wissen, daß ich gerade an die einzige persönliche Begegnung mit dem Alten denke, der den damaligen Bundesminister Möllemann, zu Besuch in Japan, vollkommen aus der Fassung brachte, als er ihm treuherzig für den Besuch und seine Rede beim Essen der deutschen Kammer dankte und ihm erklärte, daß der letzte bedeutende Deutsche, den er bei einem ähnlichen Anlaß in Japan gesehen und gehört habe, kein anderer als Admiral Wilhelm Canaris gewesen sei, Chef der Abwehr im Reichskriegsministerium, so etwa Neunzehnhundertsechsunddreißig.

Während sich die anderen Gäste amüsierten, war Möllemann, anders als gewohnt, sekundenlang sprachlos und sichtbar nachdenklich, ob der Mann ihn vielleicht hochnehmen wollte. Als er endlich eine Antwort fand, war sie äußerst lahm, so etwas wie »Danke für den Hinweis« oder so, murmelte er kaum hörbar.

Ich schaue wieder ernst drein, ohne mich nach den anderen umzuschauen. Der Sprecher fährt fort mit seinen Erläuterungen. Die Szene wechselt aufs Meer. Die Muscheln kommen in Drahtnetze und werden im Wasser versenkt. An Perlflößen hängend, können die Netze zum Beispiel im Winter in wärmere Gewässer gezogen werden, oder es kann die Tiefenlage der Muscheln verändert werden. Täglich überprüfen die Perlenzüchter die Temperatur und die Qualität des Wassers. Entsprechend werden dann die Netze positioniert. So ist gewährleistet, daß die Muscheln stets ideale Bedingungen vorfinden. In regelmäßigen Abständen werden die Muscheln aus dem Wasser geholt, dann werden sie gesäubert und von Tang befreit. Die Schalen werden behandelt, um sie vor Parasiten zu schützen. Schließlich, nach Jahren mühevoller Pflege, winkt der Lohn der Arbeit. »Wenn die Muschel die natürlichen Gefahren des Meeres überlebt hat, erntet der Züchter eine wunderschöne Perle«, hören wir den Sprecher mit Pathos in der Stimme und sehen eine Reihe wunderschöner gleichmäßiger Exemplare auf der Leinwand. Der Film endet mit einer Show von Naturperlen, sogenannte Orientperlen, die durch Zufall entstehen, und Prachtexemplaren der Zucht, und zum Schluß mit einer Aufforderung, nicht die Verkaufsräume Mikimotos zu versäumen. Auf keinen Fall, denke ich.

7. Juni – Tôkyô

Montag morgen, es ist fast elf Uhr. Ich sitze gerade in meinem Büro über ein *Ringisho* gebeugt, das ist das in Japan übliche Umlaufformular für alle wichtigen Angelegenheiten, zum Beispiel Investitionen. Der Antragsteller startet den Prozeß, beschreibt das Projekt, die Kosten, den Zeitrahmen und so weiter, dann geht das Formular zu allen, die etwas dazu zu sagen haben, und wenn alle unterschrieben haben, geht es dann sofort in die Realisierung. Ein nützliches Verfahren, keiner kann sich rausreden, jeder muß etwas Verantwortung mit tragen. Ein lautes Pochen an meiner wie immer weit offenstehenden Tür. Ich schaue auf, ah, unser Publicity Chef, Kurt Schneidauf, er heißt wirklich so, ich schwöre es. Sein Spitzname, die Trompete, ist ja noch schlimmer. Eigentlich mögen wir ihn alle ganz gerne, immer lebhaft, witzig und voller Neuigkeiten, das ist ja schließlich sein Job. Ich gehe ihm entgegen und begrüße ihn herzlich. »Kurt, hereinspaziert, wie war die Reise«, will ich wissen. »Na, das Übliche, Schampus, Essen, Rotwein, Film, schlecht schlafen,

Frühstück, im Flughafen rasieren und Hemd wechseln, noch Fragen?« antwortet er herausfordernd. Er sieht in der Tat etwas zerknittert aus nach der langen Reise. Trotzdem ist er gleich vom Flughafen ins Büro geeilt, ein sehr pflichtbewußter Mann, der Schneidauf, denke ich. »Ja, dann schlage ich vor, Kurt, wir bringen Sie doch erst mal ins Hotel, und heute abend gehen wir zwei aus, und ich baue Sie wieder auf«, schlage ich uneigennützig vor, denn ich habe noch viel zu tun. Kurt ist nicht unglücklich über meinen Vorschlag und nimmt nach nur formellem Zögern an. Prima, erst mal erledigt mein Besuch. Aber er wird ja bis Donnerstag bleiben, da werde ich sicher noch genug Zeit mit ihm verbringen können.

Es ist acht Uhr und stockdunkel, ich habe Kurt im Hotel »Vier Jahreszeiten« am Chinzan-sô-Garten, einer der schönsten in Tôkyô mit seiner alten Pagode, abgeholt, und wir betreten gerade über einen kurzen, von Bambus gesäumten Pfad ein winziges Restaurant, das Toki in Mejiro. Ich schiebe die mit Papier beklebte Holztür, ein *Shôji*, auf, wir müssen uns beide tief bücken, ehe wir das Innere betreten können. Wir befinden uns in einem mit dunklem Holz getäfelten Raum, gedämpftes Licht von der hellen Decke, samtweiches Licht fällt durch das mattweiße Papier der beiden kleinen *Shôji*-Fenster, sehr gemütlich.

Eine junge Kellnerin im Kimono begrüßt uns mit dem traditionellen »Irasshaimase« und einer tiefen Verbeugung. Auch der Besitzer und gleichzeitig Koch des Toki kommt hinter der Theke hervor, um uns zu begrüßen. Ich stelle Schneidauf, der zum ersten Mal hier ist, als berühmten Schriftsteller vor, vielleicht hilft es ja beim Service oder bei der Rechnung, die später folgen wird. Der

Wirt scheint auch tief beeindruckt, während mein Kollege Kurt natürlich nicht weiß, was ich auf japanisch gesagt habe, aber freundlich und zustimmend zu meinen Worten nickt. Das einzige, was ihm auf japanisch einfällt, verwirrt alle, weil er sich mit seinem fröhlichen »Sayônara« gleich wieder verabschieden will. Aber wir umschiffen diese kleine Klippe und nehmen endlich an einem schwarzen, quadratischen Holztisch Platz. Vor uns tiefrote Lacktabletts, die sich fast nur durch ihren matten Schimmer vom Tisch abheben. Das Restaurant ist spärlich dekoriert, nur einige japanische Rollbilder. Wir sind nicht die einzigen Gäste. An einem anderen Tisch sind schon zwei Damen mittleren Alters ins Gespräch vertieft. Sonst aber ist es leer. Ohnehin passen höchstens fünfzehn Gäste ins Toki.

Wir bestellen jeder ein Bier, ein Yebisu, eiskalt in wunderschönen, unregelmäßig geformten Keramikbechern. Eine feste Schaumkrone läßt das Bier noch appetitlicher Aussehen. Wir entscheiden uns für das große *Kaiseki*-Menü. Die Wahl fällt leicht, denn das ist alles, was auf der Karte steht. Man kann nur wählen zwischen der Fünftausend- und Siebentausend-Yen-Version. Die Besonderheit des *Toki* ist nämlich, daß man ißt, was auf den Tisch kommt. Auf einem handgeschriebenen Blatt aus dickem, weichen *Washi*-Papier stehen feinsäuberlich in *Kanji*, die einzelnen Gänge beschrieben. Auch ich habe Mühe, alles zu lesen, für meinen Gast ist es ohnehin ein Buch mit sieben Siegeln. Essen in einem *Kaiseki*-Restaurant ist eben Vertrauenssache, oder eine Mutprobe, das mag jeder für sich selbst beurteilen.

Die junge Frau bringt uns ein kleines, delikates Gericht nach dem anderen, Gemüse, Fisch, roh oder gebacken, alles auf kleinen Lacktellerchen oder in Lackschüsselchen, liebevoll angerichtet. Kleine Kunstwerke auf Bambusrohr oder auf Keramikplättchen aus verschiedenen Gemüsen, Pilzen oder Wurzeln stellt sie vor uns. Eine Augenweide und ein Fest für die Geschmacksnerven. Selbst Kurt, der Urbayer, der normalerweise Schweinshaxe mit Semmelknödel und eine ordentliche Maß bevorzugt, ist sprachlos und müht sich ohne zu Murren mit seinen Holzstäbchen ab. Statt Bier steigen wir jetzt auf trockenen kalten *Sake* um. Der Besitzer des Toki wechselt zwischen der Küche, wo er ganz alleine herrscht, und dem Restaurant, um seiner Kellnerin zu helfen und um zu sehen, ob seine Gäste zufrieden sind, mit dem, was er so kunstvoll kreiert. Wir haben keinen Grund zur Klage und zeigen unsere Begeisterung offen, was ihn zum Strahlen bringt.

Kurt Schneidauf ist aber nicht nur zum Essen hier, schließlich soll er ja einen interessanten Bericht über unsere japanische Tochterfirma schreiben. Er will aus berufenem Munde wissen, was es an großen Neuigkeiten gibt und was sich, seitdem ich in Japan bin, so geändert hat. Zuhause weiß man ja zwar alles schon ganz genau von den vielen Zeitungsartikeln und Berichten in den einschlägigen Magazinen, in denen Experten und viele, die sich dafür halten, vom Verfall dieser Nation berichten. Aber Kurt will mehr wissen, Hintergründe, Details. Eine schwierige Frage, speziell beim Abendessen und nach reichlich *Sake*. Ich habe heute keine rechte Lust, darauf zu antworten, aber spontan fällt mir eine, wie ich finde äußerst wichtige Beobachtung ein. »Mein lieber Kurt«, hebe ich an, »Was sich so geändert hat in Japan in den letzten Jahren? Na, zum Beispiel trugen die jungen Mütter ihre Babies früher meistens in Tüchern oder in einer Tragetasche, die in den Mantel eingearbeitet war, wie bei einem Känguruh, nur hinten.« Kurt blickt auf, um zu sehen, ob ich vielleicht Anzeichen von Trunkenheit zeige. Ich fahre mit ernstem Gesicht fort: »Dies war schon alleine wegen der Enge und dem Gewühl in der U-Bahn von Nutzen. Aber heute sind Kinderwagen in. Neulich, bei einem Gang durch den kleinen Park nahe an unserem Haus, kam ich am Eingang an einer langen Reihe von geparkten Kinderwagen vorbei, aufgereiht wie die Limousinen bei einem Staatsempfang, während die dazugehörigen Mütter und Babies im Park auf dem Rasen spielten.« Kurt sieht mich an, als ob ich ein paar Schrauben locker hätte. »Und was hat das mit unseren Geschäften zu tun?«

»Nichts«, gestehe ich fröhlich, »es sei denn, wir steigen bei Kinderwagen ein.« Kurt kommen jetzt sicher Zweifel daran, ob ich ihn ernst nehme. Ich glaube, er ist verschnupft. Ich bestelle uns ein kleines Keramikfläschchen *Shôchû* aus Kagoshima auf Kyûshû, um ihn zu versöhnen. *Shôchû* ist Schnaps aus Reis oder Süßkartoffeln mit etwa vierzig bis fünfundvierzig Prozent Alkohol, also schon ganz kräftig. Im Sommer trinkt man ihn gerne pur auf Eiswürfeln und im Winter gemischt mit heißem Wasser, so eine Art Grog à la Nippon.

Wieder aufgemuntert, lade ich Kurt nach unserem langen Mahl noch auf einen Besuch ins Blue Note, den besten Jazzclub in Tôkyô ein. Ich hatte dem Tôkyô Journal entnommen, daß heute John Zorn spielt, ein Avantgardist. Es wird ein perfekter Abend. Kurt ist wieder versöhnt und lacht sogar, als ich noch mal auf das Thema Neuigkeiten in Japan komme und ihm ein Beispiel nenne, das zumindest mein Interesse geweckt hat, der »Spotclear Pocket«, so eine Art Miniatur-Nasenstaubsauger, mit dem man Fett aus den Poren der Nase saugen kann. Erst gab es die nur für Frauen, aber jetzt wird er für Männer immer beliebter. Nieder mit der Pickelnase! Kurt reibt sich bei meiner Schilderung unbewußt über seinen beachtlichen Riechkolben. Ich beschließe, ihm ein nützliches Abschiedsgeschenk zu besorgen.

9. Juni – Tôkyô

Statt wie üblich mit dem Auto, wenn ich ins Büro muß, fahre ich heute morgen mit der Yamanote-Linie und dann noch ein kleines Stück mit der U-Bahn zur deutschen Botschaft in Hiroo. Ich brauche mal wieder eine amtliche Bestätigung, daß es mich wirklich gibt, mit Brief und Siegel gewissermaßen. Wir haben uns endlich entschlossen, doch eine Wohnung oder ein Haus in Tôkyô zu erwerben, und jetzt beginnen also die Mühlen der Behörden und Banken zu mahlen. Ich bin zwar seit über zehn Jahren Kunde bei meiner Bank, aber jetzt, da ich Geld will, scheint mich keiner mehr zu kennen.

Ausnahmsweise habe ich etwas länger gefrühstückt, weil bis halbzehn Uhr morgens die Bahn in Richtung Shinjuku immer gepackt voll ist, und so früh macht das Konsulat wahrscheinlich eh nicht auf, rede ich mich heraus. Am Mejiro-Bahnhof schiebe ich meine Magnetkarte in den dafür vorgesehenen Schlitz an der automatischen Durchgangssperre. Ich bin immer wieder fasziniert, egal wie herum ich die Karte einschiebe, der Automat liest sie korrekt und spuckt sie auf der anderen Seite der Sperre in der richtigen Position sofort wieder aus. Wunder der Technik!

Ich habe Glück und erwische einen Sitzplatz, es ist fast

leer im Wagen, könnte man sagen. Ich fahre leidenschaftlich gerne mit der Yamanote-Linie, die rund um Tôkyôs inneres Zentrum führt, wenn man das so beschreiben kann. Es sind neunundzwanzig Stationen, wenn ich mich nicht verzählt habe, darunter die großen wie eben Shinjuku, Shibuya, Shinagawa, Tôkyô, Ueno und Ikebukuro, alles Bahnhöfe von Dimensionen, die man in Europa nirgends findet. Über mehrere Etagen führen Eisenbahnlinien, U-Bahnen und Schnellbahnen über- und untereinander, jeweils ein weiteres Netz von Bahnen in alle Himmelsrichtungen verbindend. Es soll schon vorgekommen sein, daß ein Tourist aus Köln erst nach drei Tagen den Ausgang in Ueno gefunden hat. Ohne dieses dichte System von Bahnen wäre der Verkehr auf den vielen Straßen und Stadtautobahnen der riesigen Metropole längst zum Stillstand gekommen, regelrecht erstickt.

Die Bahn beschleunigt, und nach genau zwei Minuten sind wir an der nächsten Station, Takadanobaba. Als routinierter Bahnfahrer schalte ich ab, bis ich an der richtigen Station wie von einem inneren Wecker ohne Fehl aufgeschreckt werde. Die Japaner sind Meister in dieser Kunst, und ich habe ebenfalls erhebliche Fortschritte im Laufe der Jahre gemacht.

Seit Jahren träume ich davon, eines Tages, wenn ich meinen wohlverdienten Ruhestand angetreten habe, einem meiner Hobbys nachzugehen und mir eine Rolleiflex Mittelformatkamera zu kaufen. Dann werde ich Tag für Tag auf der Yamanote-Linie von Station zu Station fahren, um dort jeweils etwas fotografisch zu dokumentieren, was ich persönlich für typisch halte oder was mir aufgefallen ist. Eine volle Runde um das Herz Tôkyôs dauert ziemlich genau eine Stunde, aber es ist wie eine Reise um die Welt. An jeder Station gibt es bekannte und – für mich noch interessanter – unbekannte Sehenswürdigkeiten und Kuriositäten. Den Bildband werde ich schlicht »Die neunundzwanzig Stationen an der Yamanote-Linie« frei nach Hiroshiges Vorbild der berühmten Bilder der »Dreiundfünfzig Stationen an der Tokaidô-Straße« seiner Reise von Edo nach Kyôto nennen. Nur keine falsche Bescheidenheit.

Tôkyô ist eigentlich keine Stadt, sondern eine Ansammlung Tausender winziger Dörfer, und es gibt in jeder Ecke, in jeder kleinen Straße etwas anderes zu sehen. Zum Beispiel hier in Takadanobaba, der Sa-dô Kaikan. Eine Ansammlung von traditionellen japanischen Gebäuden in einem ausgedehnten Park, in denen die verschiedensten Schulen ihre jeweilige Form der Teezeremonie vorführen und dabei erklären. Formelle Teezeremonien, *sa-dô* oder manchmal auch *cha-dô* genannt, gehen zurück auf Sen no Rikyû (1522–1591), einen Meister der Teezeremonie und Gründer der Sen-Schule. Im modernen Japan gibt es etwa zwanzig verschiedene Schulen mit über dreitausend Filialen. Im Sa-dô Kaikan sind eine Reihe der wichtigsten Schulen repräsentiert. Ich gehe ab und zu mit Freunden dorthin, und es ist jedesmal ein Erlebnis der besonderen Art. Oft sind die Meisterinnen alte Frauen, die eine diebische Freude daran zu haben scheinen, Ausländer wie mich dem Rest der Teilnehmer vorzuführen, wenn auch in netter und humorvoller Weise, nie bösartig. Aber ich kann mich wehren, und dann gibt es immer viel Gelächter. Eine Teezeremonie muß nicht unbedingt eine strenge, ernste Angelegenheit sein, wie man sich das immer so vorstellt.

Nur zwei Minuten später erreicht der Zug Shin-Ôkubo. Von hier aus erreiche ich nicht nur mein *Dôjô* am besten ohne Auto. Das Viertel ist auch die »Heimat« vieler junger Ausländerinnen, die sich in den Nebenstraßen anbieten, sich meist illegal hier aufhalten, nur mit Touristenvisum. In letzter Zeit kommen mehr und mehr aus dem ehemaligen Ostblock. Seit einiger Zeit bemüht sich die Stadt, das Viertel etwas aufzuwerten. Für mich wichtig: Shin-Ôkubo hat den besten Laden in Tôkyô für Holzwaffen wie *Bôken* und *Jô*, *Aikidô*-Anzüge und was man sonst so braucht. Der Laden wird von drei alten Schwestern geleitet, die trotz eines riesigen Chaos immer den Überblick über ihre Bestände zu haben scheinen.

Weiter nach Shinjuku, ebenfalls zwei Minuten. Drei oder vier Millionen Menschen passieren den gigantischen Bahnhof täglich, ein Gewimmel wie in einem Ameisenhaufen. Wenn die übervollen Züge zu Spitzenzeiten ihre menschliche Fracht ausspucken und man gerade eine der langen Treppen hochgeht, kann man in Panik geraten, wenn plötzlich von oben eine dichte Welle von Menschen diese Treppe regelrecht herunterfließt, wie ein Wasserfall von schwarzhaarigen Köpfen. Shinjuku ist Gegensatz. Die höchsten und modernsten Hochhäuser im Westen, mit den Doppeltürmen des Gebäudes der Stadtverwaltung mit seinen rund zweihundertsechzig Metern Höhe und vierundvierzig Stockwerken, oder im Süden der ganz neu gebaute Times Square mit Kinokuniya, dem Buchladen mit dem größten Angebot an fremdsprachigen Büchern und Zeitschriften in der Stadt. Auf der anderen Seite des Bahnhofs liegt der Shinjuku Gyoen, einer der schönsten und größten Parks mit Themen wie japanischen Gärten oder französischen Anlagen. Einer der besten Orte, um im

Frühling japanische Kirschbäume zu bewundern, und auf dem Rasen darf man auch sitzen.

Das altehrwürdige Kaufhaus Isetan in Shinjukus dritter *Chôme*, wie man einen Unterbezirk bezeichnet, vom Ostausgang des Bahnhofs zu erreichen, bietet alles, was das Herz des Kunden begehrt, unter anderem eine der tollsten Lebensmittelabteilungen der Stadt. Über ein ganzes Untergeschoß erstreckt sich dieser Markt der Köstlichkeiten, fast überall darf man probieren. In den Etagen darüber haben sich die führenden Designer der Welt versammelt, oder jedenfalls sind ihre Produkte zu sehen und zu kaufen, und auf dem Dach findet man Restaurants aus allen Winkeln der Erde, vom *Chaya*, dem Franzosen, bis zum Italiener, Inder, Chinesen oder auch schlicht einem Japaner. Diese Etage heißt zu Recht »Eating Paradise«.

Im Osten, Kabukichô, der alte Theaterbezirk, eine Mischung aus Rotlichtviertel, Kasinos, Kinos, Kneipen und Restaurants, wo alles geht und jeder kann, wenn er kann. Dabei ist es relativ sicher, außer vielleicht für die sich immer heftiger bekämpfenden Gangster der chinesischen und japanischen Mafia. Da fliegen eben oft die Fetzen und auch schon mal Kugeln.

Der Wagen leert sich fast ganz, neue Passagiere strömen herein, es ist wieder ziemlich voll, aber ich sitze ja gut und träume weiter. Yoyogi, das Viertel der Designer und Künstler, nicht weit davon der Yoyogi-Park, in dem von würdigen traditionellem Bogenschießen, dem *Kyûdô* bis zum Rockkonzert alles zu erleben ist, nebeneinander und in funktionierender Harmonie. Endlose Wege, auf denen man sich mitten in der Stadt verlieren kann. Aber wir sind schon in Harajuku, dem eigentlichen Eingang zum an den Yoyogi-Park angrenzenden Meiji-Park mit seinem beeindruckenden Schrein, der 1920 erbaut und dem Kaiser Meiji gewidmet ist, der das fast dreihundert Jahre hermetisch abgeschirmte Land Mitte des letzten Jahrhunderts der Neuzeit und dem Zugang für andere Nationen öffnete. Diese lange, fast völlige Isolation erklärt sicher viele der gegensätzlichen Eigenarten der Japaner wie unbegrenzte Neugierde einerseits und Zurückhaltung gegenüber Fremden andererseits. Man geht lange Kieswege, bevor man den riesigen Schrein durch ein Torii, ein Holztor von zwölf Metern Höhe, das als Japans höchstes gilt, betreten kann. Die riesigen Stämme für das Tor stammen aus dem ehemaligen Formosa, heute Taiwan.

Für mich ist der beste Tag für einen Besuch immer der fünfzehnte Januar, wenn tausende von jungen Mädchen in prächtigen Kimonos im Meiji-Schrein ihr Erwachsenwerden feiern, weil sie zwanzig Jahre alt geworden sind. Ein Bild wie in einem monumentalen *Samurai*-Film. Aber auch das Sieben-Fünf-Drei Fest an jedem fünfzehnten November lohnt sich. An diesem Tag sieht man gewissermaßen die Juniorversion des Spektakels, wenn aufgeregte Eltern ihre noch aufgeregteren und wie Puppen in Kimonos aufgemachten Kleinen zur Segnung gegen alle üblichen Kinderkrankheiten bringen. Die Zahlen stehen für Altersgruppen, in denen bei den Kindern bestimmte Krankheiten besonders häufig sind, wie Masern, Mumps oder Röteln.

Erwachsen oder nicht, Mumps oder nicht, keiner sollte sich den Irisgarten des Meiji-Parks entgehen lassen, wenn er Ende Juni, Anfang Juli zufällig in Tôkyô ist. Ich werde mich eines Tages unter die vielen Hobbymaler und Fotografen mischen und die prächtigen Blumen auf Film verewigen, genauso wie die Olympische Schwimmhalle von 1964 mit ihrer kühnen Architektur von Tange Kenzô und das Nationalstadion im äußeren Meiji-Garten, wo das Herz des japanischen Baseballfans höher schlägt, speziell wenn die Yomiuri Giants mal wieder gewinnen und Japans bekanntestes Gesicht, das ihres Managers Nagashima Shigeo, auf jedem Fernsehbildschirm zu sehen ist.

Außerhalb des Parks geht es ganz anders zu. Auf der anderen Seite des Harajuku-Bahnhofs geht der Punk ab, im wahrsten Sinne des Wortes. Und wer etwas Modisches kaufen möchte, was es anderswo wirklich nicht gibt, läßt sich durch das Gewühl der Takeshita-dôri treiben. Sei es noch so verrückt, es wird gekauft, und was am verwunderlichsten ist, es wird getragen. Wer es anders, gediegener, konservativer mag, es gibt dort auch parallel die Omotesandô, eine lange Prachtallee mit französischen Straßencafés, Boutiquen und dem Ziel für alle Souvenirkäufer, dem Oriental Bazar.

Nächste Station Shibuya, wieder leert sich fast der ganze Zug und füllt sich sofort wieder. Shibuya, das Zentrum des Lebens zumindest für die Teens. In letzter Zeit ist Shibuya auch zum Silicon Valley Tôkyôs geworden. Hunderte von Software- und Internetfirmen sind aus dem Nichts entstanden.

Aus meiner Sicht ein wichtiger Bahnhof, es ist nicht weit bis zu Vincentes El Castellano und Bloom, meine Lieblings-Shotbar. Nein, man wird nicht erschossen, sondern nimmt noch einen Shot Whisky oder sonst was Gutes auf dem Nachhauseweg. Bloom mit seinem Hightech-Design ist höchstens fünf Quadratmeter groß und nur über eine enge, steile Treppe am Bahnhof zu erreichen. Sein Besitzer, immer guter Laune, bietet in seiner kleinen Bar ein riesiges Sortiment an Getränken und kleinen Snacks an, alles mit fachkundiger Beratung und erstklassigem Service. Ich kenne ihn noch aus der Zeit, als er Sommelier bei einem der teuren französischen Restaurants der Stadt war, ehe er sich seinen Traum von der Selbständigkeit erfüllte. Ich betrachte Anna und mich als die einzigen »normalen« Gäste, die anderen vertreten den bunten Querschnitt des Nachtlebens von Shibuya, Transvestiten, *Yakuza*, Call Girls, Salarymen auf Abwegen usw.

Mit einem Zischen schließen die Türen, es geht weiter. Zwei Minuten, Ebisu. Dieser alte Stadtteil ist völlig umgekrempelt worden. Der Ebisu Garden, ein riesiger moderner Bürokomplex mit Kaufhäusern, einem Original Sapporo-Brauhaus (Sapporo ist die älteste der japanischen Brauereien, gegründet 1876) einer naturgetreuen Nachbildung eines französischen Palais, in dem ein Ableger des Pariser Dreisternerestaurants Taillevent seine Gäste verwöhnt und um einiges ärmer macht, und nicht zu vergessen das Katsuyoshi, mein liebstes *Tonkatsu*-Restaurant, im Keller des Hauptturms. *Tonkatsu* ist die japanische Version eines Schnitzels, nur viel besser, dazu kühles Yebisu-Bier vom Faß, was kann es Besseres geben?

Bei diesem Gedanken knurrt mein Magen kurz trotz der noch frühen Stunde, ohne mich aber ernsthaft zu stören. »Nächste Station: Meguro«, höre ich. Hier gibt es zwei ungewöhnliche Parks, der eine mit einem kleinen, aber feinen Museum für japanische Handwerkskunst, der andere eine Wildnis, da man bewußt auf die übliche Pflege verzichtet. Vor Jahren war mir hier eine fast zwei Meter lange Schlange gewissermaßen über die Füße gekrochen. Schreck! Und noch mal Schreck! Meguro, wieso Meguro? Ich hätte doch in Ebisu in die Hibya U-Bahn nach Hiroo umsteigen müssen. Zu spät, mein automatischer Wecker hat versagt. Ich bin wohl doch noch nicht perfekt im Zugfahren wie ein echter Japaner.

Na ja, kein Beinbruch, ich wechsle einfach auf die andere Seite des Bahnsteigs, und in weniger als zwei Minuten ist der Zug in die umgekehrte Richtung schon da. Die beim Konsulat werden ja wohl noch genug Stempelfarbe übrig haben. Ich beschließe, mir erst beim National Azabu, dem internationalen Supermarkt neben der Botschaft, Schweizer Joghurt zu kaufen. Anna wird mich dafür knutschen, wenn sie morgen zurückkommt.

12. Juni – Mejiro

Es ist Samstag morgen, normalerweise ein ruhiger Tag, lange schlafen, mindestens bis acht, frühstücken, dieses mal mit Schweizer Joghurt, »Japan Times« lesen, wegen der Dinge, die so in der Ausländergemeinde Tôkyôs und Umgebung passieren, und dann mit Gusto an die »Asahi Shinbun«. Meine mageren zweitausend *Kanji*, die ich ungefähr lesen kann, reichen mal gerade so für die Tageszeitung, aber ich arbeite an der stetigen Verbesserung.

Heute kommt Anna von ihrem Einkaufstrip aus Frankfurt zurück. Der Verkehr von Narita bis zu unserem Haus dürfte um diese Zeit noch relativ harmlos sein, und ich rechne jeden Moment damit, daß sie mit dem Taxi vom Shinjuku-Bahnhof ankommt.

Richtig, da ist es schon, ich kann es durchs Fenster sehen. Die Tür des Taxis öffnet sich automatisch, und schon saust sie aufs Haus zu. Ich weiß warum. Auch ich eile, so schnell es meine Schlappen zulassen, zur Haustür, reiße sie auf und springe aus dem Weg. Anna hat es sehr eilig, sie muß dringend nach den fast anderthalb Stunden vom Flughafen.

Erst nachdem die Notlage beseitigt ist, begrüßt sie mich mit Kuß und Umarmung, wie es bei uns Westlern so üblich ist. Der Chauffeur, der, und das ist eine echte Ausnahme, gerade die vielen Koffer, Taschen und Tüten herein schleppt, schaut leicht betreten weg. Komische Menschen, diese Ausländer, denkt er wahrscheinlich.

Während ich ihr einen Espresso zubereite und ein Glas Vitaminsaft dazu stelle, das ist unser Geheimrezept gegen Jetlag, erzählt sie mir von ihrer Reise. Von allen soll sie mich grüßen, und wann ich denn mal wieder komme, wolle man wissen. Beim Griechen hatte sie wie immer Heinrich, den Physiker, und seine Frau Christiane getroffen, die quasi in diesem Lokal leben. Wir kennen die beiden schon seit ewigen Zeiten. Heinrich ist der Einzige, den ich je kennengelernt habe, der auf Anhieb wußte, daß ein gewisser Heimito von Doderer – ein Österreicher – »Die Strudlhofstiege« geschrieben hat. Ich weiß es dank ihm jetzt auch. Heinrich weiß überhaupt fast alles, glaube ich.

Christiane, damals frisch aus dem Rheinland nach Frankfurt gezogen, hatte sich bei ihrem ersten Besuch im Omonia durch den profunden Satz »Jode Lade he« (übersetzt: guter Laden hier), verewigt und ist bis heute bei ihrer Meinung geblieben.

Und dann war natürlich auch Klaus der Magier da. Heinrich und Klaus sind seit Studententagen unzertrennlich. Klaus ist ebenfalls Physiker, was ihn aber nicht daran hindert, ein talentierter Zauberer zu sein. Ständig hat er neue Tricks auf Lager. Der Unterschied zu David Copperfield ist, daß er keine aufwendige technische Unterstützung benötigt. Seine Bühne ist der Tisch, an dem wir alle sitzen, und vergebens versuchen, hinter die Geheimnisse zu kommen. Er läßt sich nie lange bitten und zieht sofort ein Päckchen Karten aus der Rocktasche, um uns mit Tricks wie »Red Hot Mama« oder »Die Neugierige Karte« zu verzaubern. Annas Lieblingstrick ist der mit einer völlig zerknitterten Karte, die Klaus mit der Hitze seiner Hand und etwas draufspucken für den Dampfeffekt, wieder vollkommen glatt bügelt. Leider bügelt Klaus keine Hemden. Klaus hat noch ein Hobby: *Origami*, die japanische Papierfaltkunst. Er hat Anna ein kleines Geschenk für mich mitgegeben. Einen knallroten Bugatti mit Weißwandreifen, gefaltet aus einem einzigen Blatt steifen Papiers, eine Seite rot, die andere weiß gefärbt. Ein Meisterwerk, das seinen Platz im Regal in meinem Arbeitszimmer findet.

Nach ihrem kurzen Bericht verschwindet Anna samt Gepäck im Schlafzimmer, wo ich sie noch eine Weile beim Auspacken rumoren höre. Den Rest des Tages werde ich meine Ruhe haben, sie wird sicher den Nachmittag verschlafen, um für heute abend fit zu sein.

Wir haben beschlossen, ins Kaiseitei in Shimotakaidô zu gehen. Kubotas, die Besitzer, werden uns schon vermissen. In den ersten Jahren in Tôkyô wohnten wir in diesem sehr japanischen Stadtteil im Bezirk Suginami. Wir hatten ein Haus direkt am Fluß Kanda, der voll mit dicken bunten Karpfen, den *Koi*, ist. Auf dem Weg vom Bahnhof zum Haus liegt dieses Lokal, und als wir uns erst einmal trauten, in ein Restaurant zu gehen, in dem es keine englischsprachigen Menükarten gab und wir die einzigen Ausländer waren, kamen wir mindestes zweimal pro Woche.

Und selbst heute, da wir in einem anderen Stadtteil leben, kommen wir mindestens einmal im Monat, um Kubotas experimentelle Küche zu genießen, eine Mischung aus japanischen und westlichen Zutaten, mal traditionell japanisch, mal westlich zubereitet, alles sehr lecker. Wir möchten dieses Essen nicht missen, abgesehen davon, daß es im Kaiseitei eine riesige Auswahl einheimischer und belgischer Biere gibt. Im Laufe der Jahre sind Kubotas und wir zu Freunden geworden.

Anna und ich wohnen schon seit einigen Jahren in einem schönen alten Haus im Stadtteil Mejiro und nennen einen echten japanischen Steingarten unser eigen, mit Kies, Trittsteinen, Felsen und Steinlaternen, kunstvoll bepflanzt mit Bäumen und Büschen. Im Haus selber haben wir im Laufe der Jahre einen Kompromiß zwischen westlicher und japanischer Kultur gefunden. Ich hoffe, wir werden ein ähnlich schönes Haus finden, was wir kaufen statt mieten können.

Wir sind beide leidenschaftliche Sammler von Bildern, Plastiken oder Keramik überwiegend zeitgenössischer Künstler. Unsere neueste Erwerbung, ein *Sumi-e*, ein Bild, gemalt mit japanischer Tinte, manchmal auch indische Tinte genannt, von Shinoda Tôko. Die heute Sechsundachtzigjährige zählt zu den erfolgreichsten lebenden Künstlerinnen Japans. Wir hatten das Bild erst vor einigen Wochen in einer Galerie entdeckt. Jetzt hängt es also in der »Galerie Wolf«. Ein paar der farbenprächtigen Enkaustiken aus Ölfarben, die mit Wachs gemischt sind, Arbeiten des Kanadiers Greg Angus, der bis vor kurzem noch in Japan gelebt und gearbeitet hat, sind auch dazugekommen. Es sind höchst originelle Werke, auf Fingerabdrücken beruhend. Leider ist Greg nach Toronto zurückgegangen, aber wir werden ihn sicher nicht aus den Augen verlieren.

Anna arbeitet zwar als freiberufliche Innenarchitektin,

zertifizierte Nicht-Scheinselbstständige, um das mal klarzustellen, und hilft wohlhabenden Japanern, die sich im westlichen Stil neu einrichten wollen. Neuerdings beschäftigt Anna sich aber intensiv mit unserer eigenen Küche, nein nicht mit dem Kochen, ihrer neuester Tick ist, alle Gebrauchsgegenstände, Plastikschüsseln, Kellen, Scheuerbürsten, Besen, Büchsenöffner, Thermoskanne, einfach alles, in Giftgrün zu erstehen. Die Katze und ich sind noch nicht umgespritzt. Ich bin froh, wenn sie wieder einen neuen und einen ihre Zeit ausfüllenden Auftrag hat. Für das Kochen bin immer noch ich zuständig, meistens jedenfalls. Anna hat mich überhaupt nur wegen dieses Talents geheiratet, vermute ich immer noch. Ich glaube, ein Risotto mit Morcheln gab den Ausschlag. Aber auch meine Gemüsepfannen mit Lammfleisch, mit vielen frischen Kräutern, saurer Sahne und immer mit dem gleichen Wein angemacht, den wir auch dazu trinken, sind nicht zu verachten.

Ich verbringe den Rest des Tages in unserem Japanischen Garten, während Anna sicher von Grünem träumt. Eine kleine Wasserquelle, die zwischen Felsen hervorsprudelt, hatte ich schon vor zwei Jahren angelegt. Das Wasser füllt ein Bambusrohr auf einer Wippe, das dann, wenn es Übergewicht bekommt, sich in ein Steinbecken entlädt. Leer geht das Bambusrohr wieder hoch und schlägt dabei mit dem hinteren, geschlossenen Teil und einem lauten »Tock« auf einem Stein auf. Und so geht es Tag für Tag, Nacht für Nacht. Keine Angst, man gewöhnt sich an das monotone Geräusch, das ursprünglich dem Vertreiben von Wildschweinen diente. Ich habe tatsächlich bis heute auch noch keines in unserem Garten entdeckt.

Mein neuestes Projekt aber ist ein *Taki*, ein Wasserfall.

In der rechten Ecke unseres Gartens soll er gebaut werden, so daß man ihn sowohl vom Wohnzimmer als auch von meinem Arbeitszimmer im Obergeschoß immer im Blick hat. Eine ausreichende Wasserleitung habe ich bereits legen lassen, bald werden die Felsen geliefert, die sich über zwei Meter hoch auftürmen werden. Das Wasser wird sich in einem breiten Schwall über die sicher bald dicht bemoosten Steine in einen kleinen Teich ergießen und über eine Umwälzpumpe wieder in den Kreislauf zurückkehren. Im Teich sehe ich schon kleine rote, blauweiße und quietschgelbe *Koi* vor meinem geistigen Auge. Nur noch wenige Wochen, denke ich verzückt.

Stundenlang messe und zeichne ich, messe wieder und bin ganz in der Planung versunken, als es plötzlich von oben schallt: »Espresso und Kekse!« Anna ist wach. Ich eile und übe meine Pflichten aus ... nachdem ich ihr, wie verlangt, Espresso und Kekse gereicht habe.

Am Abend im Lokal erzähle ich ihr von der Einladung zum Sommerempfang in der Residenz des deutschen Botschafters am Mittwoch der kommenden Woche, so früh wie selten zuvor, wahrscheinlich weil im Juli so viele Deutsche auf Reisen sind. Anna ist nicht begeistert, voll wird es sein, Würstchen und ähnliche Köstlichkeiten wird es geben und dazu bayrisches Bier. Ich werfe ein, daß sie auch deutschen Weißwein trinken könne und außerdem, als einer der amtierenden Vorstände der Deutschen Industrie- und Handelskammer in Japan bin ich geradezu verpflichtet hinzugehen.

Ich erwähne kurz die ärgerliche Sache in Toba und was ich zu tun beabsichtige. Anna schaut mich skeptisch an, »Du willst wieder auf den Kriegspfad gehen?«

»Nein, nein, aber die können uns doch nicht einfach

vor die Nase bauen, ich werden ihnen das schon beibringen«, ereifere ich mich. »Kobayashi hat natürlich nichts gemacht, typisch.« Hier stimmt Anna mir ausnahmsweise zu. Sie kann ihn auch nicht ausstehen. »Montag lasse ich Nozawa-*san* gleich einen Termin bei unserem Anwalt machen. Der soll bei der Gemeinde und bei der Baufirma Einspruch erheben. Dann sehen wir mal weiter.«

Nach dem Essen wieder zu Hause angekommen, schlägt mich Anna um Längen auf dem Weg zur nächsten Toilette, gleich neben der Haustür. Das viele Bier beim Kaiseitei tut seine Wirkung. Ich gehe normalerweise sowieso lieber nach oben, da haben wir nämlich eines dieser japanischen Hightech-Klos mit beheiztem Sitz im Winter und einem Cockpit wie bei einem Airbus mit Tasten für Temperaturregelung, Warmwasserdusche hinten und vorne, je nach Bedürfnis und zum Schluß eine wohlige Lufttrocknung. Ich weiß, was manche jetzt verächtlich denken: »Warmduscher!«

Wieder zurück, zündet Anna einige Kerzen im Wohnzimmer an, dämpft die Beleuchtung mit Hilfe des Dimmers und legt Keith Jarretts Köln-Konzert auf, ein Muß, mindestens einmal im Monat. Für jeden ein Glas Malt Whisky macht die Sache perfekt. Aha, ich ahne was kommt. Anna will die Wiedervereinigung nach ihrer langen Reise noch mal gebührend feiern. »Weißt du, Jan, bei diesem Licht siehst du richtig jung aus, wie Ende zwanzig.« Ich ignoriere die Einschränkung und gebe ihr einen Kuß, als Eröffnung der wilden Ereignisse, die folgen und vermutlich wieder im Schlafzimmer enden werden.

In Gedanken bin ich aber noch immer bei dem, was ich am Montag vorhabe. Ich weiß jetzt schon, meine Sekretärin, die erst vor einigen Monaten angefangen hat und mich noch nicht so richtig kennt, wird sich winden, wenn sie hört, worum es geht. Immer wenn ich, wie Anna sagt, auf den Kriegspfad gehe mit Behörden, unserem Reisebüro oder einer Airline, die mich mißhandelt hat, ist es ihr peinlich, wie ungebührlich ich mich ausdrücke. Aber erstens liebe ich klare Worte, und zweitens erreiche ich etwas im Gegensatz zu ihr, die schon beim ersten Widerstand ihres Gegenüber die Segel streicht und es dann geschickt mir überläßt, den Barbaren zu spielen.

Ich trauere meiner früheren Sekretärin nach, sie hatte es schon fast gelernt, wie man richtig mit offiziellen Stellen umgeht, als sie beschloß zu heiraten und mit ihrem Frischangetrauten nach Kyûshû im Südwesten Japans zu ziehen. Na, vielleicht wird Nozawa, die sonst sehr gut und zuverlässig arbeitet, es ja nach einigen Jahren auch begreifen. Nozawa Haruko ist erst sechsundzwanzig, aber nimmt ihre Aufgabe äußerst ernst. Da sie sehr hübsch ist, fürchte ich nur, daß ich bald schon wieder Ersatz brauchen werde, wenn sie von einem der vielen jungen und noch unverheirateten Männer bei VIW eingefangen wird, was äußerst wahrscheinlich ist.

Montags, kaum im Büro angekommen, lege ich los wie geplant. Noch in der gleichen Woche schreibt Silinsky jr. von der Kanzlei Hagenbuch & Silinsky, Frankfurt, New York, Tôkyô, nach meiner ausführlichen Beschreibung der Situation einen Brief an Yamaha Kômuten zu Händen von Oda Kôhei. Die Anschrift hatte ich ja bereits ausfindig gemacht, ebenso die Projektdetails, die auf dem Schild an der Baustelle standen. Eine Kopie des Schreibens mit einem zusätzlichen Brief schickt er an jenen Gotô vom Bauamt in Toba. Einspruch wird erhoben und die Einstellung des Bauvorhabens, zumindest in der geplanten Form, wird gefordert. Oda und Gotô werden beide ihre Einschreibebriefe spätestens Donnerstag auf ihrem Schreibtisch liegen haben.

16. Juni – Hiroo

Ein großer Wagen nach dem anderen rollt vor dem Portal der Residenz im schicken Tôkyôter Stadtteil Hiroo vor. Mercedes, BMW, Jaguar, gelegentlich ein Rolls Royce. Chauffeure springen heraus, um den Passagieren die Türen aufzuhalten. Tôkyôs Spitzen der Politik und Wirtschaft, Japaner, Deutsche und Vertreter vieler anderer Länder finden sich ein beim Sommerempfang des deutschen Botschafters. Dutzende von Wagen haben kleine Fahnen auf dem Kotflügel, es sind Botschafter befreundeter Nationen, also so ziemlich alle. Die japanischen Offiziellen, der Premier, diverse Expremiers, Minister und Exminister, Vizeminister, Staatssekretäre, Unterstaatssekretäre, stellvertretende Unterstaatssekretäre, alle kommen natürlich in Nissans oder Toyotas, alle in einem dezenten, einheitlichen Schwarz, sowohl die Offiziellen als auch die Autos.

Anna und ich rollen auch vor, natürlich im *Bentsu*. Ich habe ausnahmsweise einen unserer Fahrer in der Firma gebeten, uns zu chauffieren. Ich hatte Angst, als Selbstfahrer nicht mit dem Wagen vorfahren zu dürfen oder gar mit dem Fahrer verwechselt zu werden. Zu Fuß kommen natürlich auch viele, aber es macht selbstverständlich deutlich weniger Eindruck.

Im Inneren warten Herr und Frau Botschafter schon und schütteln jedem Gast die Hand zum Willkommen und finden sogar Zeit, ein kurzes Wort mit jedem zu wechseln.

Vor mir in der Schlange der Wartenden sehe ich wie jedes Jahr Expremier Kaifu, den ich flüchtig vom *Aikidô* kenne, er tritt immer als Sprecher beim jährlichen großen *Enbukai* im Tôkyôter *Budôkan* auf, bei dem Tausende von *Aikidô-ka* aus aller Welt ihre Künste vorführen.

»Guck mal«, flüstert Anna mir zu, »das ist doch Helmut Kohl neben unserem Botschafter?« Ja, richtig, wie jedes Jahr hat der Botschafter einen prominenten Politiker aus Deutschland zu Gast. Diesmal ist es unser Altbundeskanzler. Als ich ihm die Hand schüttele, wird mir mal wieder bewußt, wie imposant der Mann ist. Ich komme mir richtig zierlich vor. Ich bin ihm wiederholt bei seinen Staatsbesuchen begegnet, in deren Verlauf er gelegentlich mit den deutschen Wirtschaftsvertretern zusammentraf, um aus erster Hand über Chancen und Probleme der Wirtschaftsbeziehungen zu Japan zu hören. Auf meine Frage erfahre ich, daß er zu Besuch ist, um Vorträge über die Entwicklung der Europäischen Union und den Einfluß des Euro zu halten. Später höre ich noch, daß er einen Ehrendoktorhut der Keiô-Universität verliehen bekommen hat. Kohls Ansehen ist im Ausland immer noch sehr hoch, obwohl der Parteispendenskandal, in den er verwickelt ist, wie ich allen deutschen aber auch ausländischen Zeitungen entnehmen konnte, seinem Lack erhebliche Kratzer verpaßt hat. Sein Nachfolger Schröder, er ist erst neulich zum ersten Mal hier gewesen, muß, was sein Ansehen als Staatsmann angeht, noch einiges aufholen, wenn ihn nicht die vielen Querelen innerhalb seiner Regierungskoalition und seiner Partei daran hindern oder er ebenfalls von einem der reichlich auftauchenden Skandale vorher eingeholt wird.

Wir halten uns nicht lange im großen Salon auf, dort

geht es zu wie in einer Sardinenbüchse, nur trieft statt Olivenöl die diplomatische Höflichkeit. Die Mittagssonne steht hoch, drinnen ist es nicht nur voll, sondern auch heiß und stickig. Wir schlagen uns gleich durch in den riesigen Garten der Residenz mit seinen alten, Schatten spendenden Bäumen, kleinen verschlungenen Pfaden, Tempelchen und Steinlaternen. Der Garten ist das beste an der Residenz. Auf der großen Terrasse sind lange Tische mit Essen und Trinken aus deutschen Landen frisch auf den Tisch aufgefahren worden. Die Schlacht am Buffet ist im vollen Gange.

Wir begrüßen ständig Bekannte oder auch weniger Bekannte, in der einen Hand den Teller mit den Würstchen, in der anderen das Glas mit dem Bier. Der Austausch von Visitenkarten wird zum Balanceakt. Händeschütteln fällt ganz aus, dagegen ist Verbeugen kein Problem. »Siehste, die Japaner wissen eben, was sie tun«, erkläre ich Anna bei einer tiefen Verbeugung, Teller und Glas geschickt hochhaltend. Empfänge sind ein kompliziertes und schweißtreibendes Ritual.

»Ah, Anna, Jan, da seid ihr ja«, hören wir die dröhnende Stimme Hubsis hinter uns. Hubertus von Hahn, wie er eigentlich heißt, ist Wirtschaftsattaché der Botschaft und unser einziger Freund im diplomatischen Corps. Er ist im Dienst und hält daher nur ein Glas Wasser in einer Hand, die andere ist frei für seine Verpflichtungen. Er küßt Anna auf die Wange und schlägt mir kräftig auf die Schulter, wobei mein Würstchen fast im Gras landet. Hubertus liebt das Leben, wie man seiner stattlichen Figur ansieht, und erzählt die schlechtesten Witze der Stadt. Wir kennen uns gut von unserer Arbeit in den Fachkreisen der deutschen Industrie- und Handelskammer. Ab und zu helfen wir uns gegenseitig aus mit Informationen, die sonst nicht für jedermann zugänglich sind. Anna mag Hubsi, wie sie ihn respektlos nennt, weil er trotz seiner schlechten Witze sehr unterhaltsam ist.

Wir verabreden uns zum Abendessen und wollen gerade weiterziehen. »Ach, Jan, darf ich dir vorstellen: der Justizminister und seine Gattin.« Wenigstens habe ich gerade nicht den Mund voll und kann mich förmlich vorstellen, Verbeugen ist ja kein Problem. Auch Herr Minister und Frau haben beide Hände voll. Empfänge machen eben gleich. Er ist schon jenseits der Sechzig, und sie folgt ihm dicht auf den Fuß, nicht nur was das Alter angeht. Ich erkläre, wie schon x-mal zuvor, was meine Firma und ich in Japan machen, und Herr Minister hört freundlich, aber nur mäßig interessiert zu.

»Eine wunderschöne Perle haben Sie da, Frau Wolf«, wirft vollkommen unerwartet seine Frau ein. Anna freut sich, die neue Kette, das Geburtstagsgeschenk, das mit der großen Südseeperle, ist auch wirklich eine Wucht.

»Vielen Dank, Frau Minister, der Neffe meines Mannes ist ein erfolgreicher Schmuckdesigner in Deutschland«, macht Anna gleich etwas Werbung, »ich trage fast nur Schmuck von ihm.« Anna weiß eben, wie man sich auf diplomatischem Parkett ausdrückt. »Sie lieben aber auch Perlen, Frau Minister«, merke ich an. Frau Minister hat eine doppelte Kette umhängen mit großen, gleichmäßig gefärbten Perlen, die sicher ein Vermögen gekostet hat. Bei Perlen kenne ich mich ja neuerdings bestens aus. Die Frau strahlt.

»Waren Sie schon mal in Toba auf der Perleninsel von Mikimoto?« will der Minister wissen. »Na klar, schon oft. Unsere Firma hat ein Ferienhaus in der Nähe und meine

Frau und ich verbringen schon mal die Wochenenden da«, erkläre ich ihm. »Ich auch«, entfährt es dem Minister, seine Frau schaut ihn nur unfreundlich an. »Ich mag am liebsten den Ise-Schrein«, lenkt Anna ab, der das kurze Zwischenspiel auch nicht entgangen ist. »Ach, wie schön«, geben Herr und Frau Minister im Chor zurück. Wir tauschen noch ein paar Sätze aus, verabschieden uns von den beiden und von Hubertus und lassen uns weiter treiben. »Nicht mein Fall, die beiden, höchstens die Kette der Frau«, kommentiert Anna die kurze Begegnung. »Meiner auch nicht«, bestätige ich. Sobald es der Anstand zuläßt, verdrücken wir uns vom Empfang, und weil es noch früh ist, setze ich Anna zu Hause ab und lasse mich wieder ins Büro fahren. Deutschland erwacht ja jetzt erst, und irgend jemand wird sicher dringend mit mir sprechen wollen.

17. Juni – Toba

Gotô greift zum Telefon, um Oda anzurufen, aber der ist nicht zu erreichen, teilt ihm die Sekretärin mit. Er drängt, aber sie kann ihm wirklich nicht helfen, sie weiß nicht, wo Oda sich gerade aufhält, verspricht aber einen Rückruf, sobald Oda wieder auftaucht. Gotô versucht es am späten Nachmittag noch mal, weil er fürchtet, die Sekretärin hätte ihn vielleicht vergessen, was diese leicht verletzt zurückweist. Schließlich wählt er am Abend Odas Privatnummer, niemand antwortet. Zu diesem Zeitpunkt ahnen weder die beiden noch Jan Wolf, was die beiden Einschreiben alles auslösen werden. Gotô kann an diesem Abend kaum schlafen.

17. Juni – Tôkyô

Heute abend vergnügen Anna und ich uns gerade im *Dôjô* unter den gestrengen Blicken Tada-*senseis*. Sein *Aikidô*-Stil ist eher konservativ, er legt Wert auf große Bewegungen, saust, trotz seines schon recht hohen Alters, blitzschnell über die *Tatami*-Matten und wenn er jemanden wirft, dann wird für seinen *Uke* daraus meistens eine Flugnummer. Tada, einer der wenigen *Aikidô-ka* im Rang des neunten *Dan*, ist für uns das personifizierte Ebenbild des *Samurai*, asketisch, ernster Blick, immer voll bei der Sache. Er hat vor über dreißig Jahren als Abgesandter Ueshibas die Kunst des *Aikidô* in Italien eingeführt und ist noch heute der Schirmherr des italienischen *Aikikai*. Ich frage mich nur, wie er mit dem so vollkommen verschiedenen Temperament der Italiener zurechtgekommen ist. Nach dem Training »trainieren« Anna und ich zusammen mit einigen anderen Freunden aus dem *Dôjô* noch einige Runden beim Kirin City am Ostausgang des Shinjuku-Bahnhofs. Keiner zapft besser als der Wirt dieser Kneipe. Wir schlafen anschließend wie die Murmeltiere.

18. Juni – Ôsaka

»Oda-*san*, sind Sie es?« Es ist erst sechs Uhr morgens. Oda, der gerade noch fest wie ein Murmeltier geschlafen hatte, ist durch das aufdringliche Schrillen seines Telefons unversehens und unsanft aufgeweckt worden. Dementsprechend knurrt er schlechtgelaunt: »Ja, wer ist da?«

»Ich bin es, Gotô, ich muß Sie dringend sprechen, es gibt Ärger!« Gotô klingt, als sei er in Panik. Er hat die ganze Nacht fast kein Auge zumachen können. Der Brief eines großen Anwaltsbüros in Tôkyô mit dem ausländischen Namen Hagenbuch & Silinsky war gestern auf seinen Schreibtisch geflattert und hatte ihn in helle Aufregung versetzt.

Gestern konnte er Oda nicht erreichen, und je länger er mit dem Brief da saß, desto schlimmer malte er sich die Folgen der Angelegenheit aus. Gotô wußte natürlich gleich, worum es bei dem Einspruch des Anwalts im Namen einer ausländischen Firma ging: das Hotelprojekt. Drei Millionen Yen in bar hatte er von Oda kassiert und anschließend eine Ausnahmegenehmigung für die geplante Bebauung erteilt. Schlimmer noch, er hatte einen der Anlieger, diesen Nagai vom Aquarium, ziemlich unfreundlich behandelt, als der Einspruch erhob. Der Verwalter des großen Hauses oberhalb, dieser Kobayashi, war kein Problem, der konnte kaum abwarten, die Einverständniserklärung zu unterschreiben, die ihm der hohe Beamte, also er, Gotô, vorgelegt hatte. Nicht zuletzt weil Gotô bei dieser Gelegenheit Kobayashi auch versprach, dessen Sohn eventuell bei der Stadtverwaltung unterzubringen. Eine Hand wäscht wie immer die andere. Jetzt aber droht alles in Gefahr zu geraten, wenn das mit der Genehmigung herauskommt, womöglich auch noch das mit dem Geld. Gotôs Karriere wäre am Ende, vielleicht droht sogar Gefängnis. Verständlich, daß er äußerst nervös ist, als er Oda endlich am Telefon hat. »Ich habe Sie schon gestern den ganzen Nachmittag versucht zu erreichen und am Abend bei Ihnen zu Hause auch«, klingt er leicht vorwurfsvoll. »Ich bin erst gestern Nacht aus Hiroshima zurückgekommen und habe kaum geschlafen, was wollen Sie denn um diese Zeit von mir, kann das nicht bis später warten?«

»Haben Sie denn keinen Brief von Hagenbuch & Silinsky erhalten?« Gotôs Aussprache dieses seltsamen Namens ist fast korrekt, als Kind hatte er einige Jahre Deutschunterricht genommen. Heute reicht es nur noch für »Ich liebe dich« und »Guten Tag, geht es hier zum Zug nach Heidelberg?« Ach, und den Text des Lorelei-Liedes kann er noch komplett auswendig. Aber der Name des Anwaltsbüros sagt Oda nichts. »Was für ein Brief, von wem? Was faseln Sie denn da?« Gotô muß betrunken sein, denkt Oda. »Ich habe eine Kopie erhalten, Sie haben ein Schreiben dieser Anwälte bekommen wegen des Hotels in Toba«, erklärt Gotô. Jetzt klickt es bei Oda, »was steht denn da drin, ich war doch gestern nicht in meinem Büro und habe den Brief nicht gelesen.«

»Die Anwälte erheben im Namen der Besitzer des großen Hauses oberhalb der Baustelle Einspruch gegen das Projekt und verlangen sofortigen Baustopp. Das Bauamt hat den gleichen Brief erhalten, an mich gerichtet. Was machen wir jetzt?«

»Wieso Einspruch, ich denke Sie haben von den beiden Anliegern die Einverständniserklärung unterschrieben vorliegen?«

»Nein, nicht ganz, der Verwalter des großen Hauses hat unterschrieben, aber dieser Nagai wollte nicht. Ich bin noch dabei, ihn zu bearbeiten, aber letztlich ist der kein Problem, wenn er der einzige ist, der Einspruch erhebt.«

»Na, dann besteht doch kein Grund zur Panik.«

»Doch, die Anwälte sagen, der Verwalter des großen Hauses hatte kein Recht zu unterschreiben, und wir hätten die Besitzer direkt fragen müssen. Ich fürchte, sie haben Recht. Was machen wir jetzt?«

Oda fällt plötzlich der Anruf seines Mitarbeiters wieder

ein: die Sache mit dem Ausländer auf der Baustelle. Er hatte eigentlich Gotô nach dem Namen dieses Mannes fragen wollen, es aber vollkommen vergessen. Verdammte Ausländer, nichts als Ärger, nie halten sie sich an die Spielregeln, denkt er wütend. »Gut, Gotô, lassen Sie mich das regeln. Ich schaue mir den Brief heute morgen an und lasse mir was einfallen. Unternehmen Sie nichts.« Wenig beruhigt hängt Gotô ein. Er kann sich nicht vorstellen, wie Oda die beiden Anlieger zum Einlenken bewegen will. Oda hingegen weiß genau, was er zu tun hat. Solche Hindernisse sind in seinem Gewerbe an der Tagesordnung.

Gotô lehnt sich in seinem Schreibtischsessel zurück. Verdammt, denkt er, was mache ich bloß? Vielleicht sollte ich einfach den Bauantrag ablehnen, das Geld heimlich zurückzahlen und die ganze Sache vergessen. Es ist ihm klar, daß das mit Sicherheit keine Lösung ist. Einmal in den Klauen der *Yakuza*, und es gibt nur noch Mitmachen oder Ausscheiden, und zwar für immer. Es schaudert ihn bei diesem Gedanken. Er denkt an seine Familie, das Haus, das er gerade gebaut hat, seine Zukunft, nein, er kann nicht aufhören, so oder so. Er hat schon einige Male seine Amtsmacht zum Wohle Odas eingesetzt, schon zuviel Geld kassiert, irgendwie wird es schon wieder klappen. Er muß nur Vertrauen in Oda haben, der weiß wahrscheinlich, wie man solche Hindernisse, wie sie jetzt aufgetaucht sind, aus dem Weg räumt. Gotô versucht, sich auf seine Arbeit zu konzentrieren, er muß dringend einen Monatsbericht für den Chef fertigstellen und ist schon fast zwei Wochen hinterher. Mißmutig tippt er auf der alten Schreibmaschine, Mistding, nicht mal Wordprozessor geschweige denn Computer gibt es in seinem Amt.

18. Juni – Ôsaka

»Watanabe hier.«

»Ich bin es, Oda, wir haben ein Problem.«

Watanabe ahnt, um welche Art Problem es sich handelt und verabredet sich für den frühen Abend, es ist Freitag, mit Oda zum Essen in einer *Sushi*-Bar, die der »Familie« gehört. Die Familie, das ist die Yamaguchi-*gumi*, die größte der *Yakuza*-Organisationen mit ihrer Zentrale in Ôsaka und Kôbe. Watanabe Hideo ist ein hochrangiges Mitglied und befaßt sich speziell mit der Bauindustrie. Einige Jahre zuvor mußte der damalige Bauminister zurücktreten, als bekannt wurde, daß er eine zu enge Beziehung zu Watanabe hatte. Offiziell ist Watanabe Finanzier und an einer Reihe von Firmen beteiligt. Watanabe weiß auch, was in einem solchen Falle zu tun ist. Oda informiert ihn über Namen und Anschrift der beiden Anlieger des zukünftigen Hotels in Toba, jenen Nagai und den Chef der deutschen Firma, Wolf. »Gib mir ein bis zwei Wochen, wir werden die beiden überzeugen, daß das Projekt gut für sie ist.« Oda und Watanabe schauen sich mit vielsagendem Grinsen an und widmen sich wieder den leckeren rohen Fischstückchen auf gesäuertem Reis. *Sushi* ist eine Kunst und der Koch ist ein Meister seines Fachs. Mit Zeige- und Mittelfinger formt er blitzschnell auf dem Handteller der anderen Hand die Reisbällchen und belegt sie mit *Maguro* oder dem fetteren *Toro*, beides Thunfisch, oder *Ikura*, das sind Lachsrogen, mit *Ebi*, wie Shrimps heißen, *Oshinkomaki*, mit eingelegtem Rettich, *Hirame*, das ist Heilbutt oder auch mit *Uni*, dem orangefarbenen Inneren der Seeigel. Watanabe und Oda verrühren etwas *Wasabi*, äußerst scharfer grüner Meerrettich in der Sojasoße, tauchen die

Sushi kurz ein und essen sie mit großem Genuß. Dazu gibt es Mengen von *Gari*, eingelegtem scharfwürzigem Ingwer. Sie spülen jedes *Sushi* mit einem ordentlichen Schluck Bier runter und steigen zum Schluß auf kalten trockenen *Sake* um. Als sie die *Sushi*-Bar endlich verlassen, sind beide nicht mehr ganz sicher auf den Beinen, aber satt und zufrieden. Das kleine Problem in Toba ist quasi schon gelöst.

23. Juni – Mejiro

Ich werfe die schwere Sporttasche in den Kofferraum meines *Bentsu*, schwinge mich hinters Lenkrad, und ab geht es vom *Dôjô* nach Hause, es ist schon fast neun Uhr abends. Das Training war anstrengend, aber wie immer sehr gut für mein Seelenleben. Schon wenn ich die Matte betrete in meinem weißen Anzug, dem *Dôgi*, und mit dem schwarzen Hosenrock, dem *Hakama*, und mich zusammen mit den anderen *Aikidô-ka* aufwärme, entschwindet jeglicher Alltagsstreß aus meinen Gedanken, unwirsche Kunden, Personalproblemchen, selbst die ungeliebten Anrufe aus Deutschland, alles ist für die nächsten Stunden vergessen, meistens sogar für den ganzen Abend. Wenn der *Sensei*, der Lehrer, die Halle betritt, konzentriere ich mich nur noch auf das Training, auf meine Partner, das ständige Wiederholen von Grundtechniken, Würfen, Hebeln und Ausweichbewegungen. Heute ist Mittwoch, und anders als sonst, leitet Ueshiba Moriteru, der Enkel von Ueshiba Morihei, das Training. Arikawa-*sensei* muß auf Reisen sein.

Moriterus Vater, Ueshiba Kisshomaru, war bis seinem Tod am 4. Januar diesen Jahres, *Dôshu*, also Weiser des

Weges, der weltweiten *Aikikai*-Bewegung. Die Beerdigung und die Trauerfeierlichkeiten waren eines Staatsbegräbnisses würdig. *Aikidô-ka* aus der ganzen Welt waren angereist, um *Dôshu* zusammen mit den vielleicht fünftausend Japanern, alle in einer schier endlosen Schlange aufgereiht um das *Dôjô*, in dem er aufgebahrt war, die letzte Ehre zu erweisen. Nie habe ich eine so würdige und doch so ergreifende Bestattung erlebt. Unsere *Sensei*, sonst Symbole von Reife und Selbstbewußtsein, schienen wie zerstört. Für Monate herrschte eine gedämpfte, seltsame Stimmung im *Dôjô*. Sein Sohn Moriteru ist jetzt der neue *Dôshu*.

Ueshiba Moriteru liebt Hüftwürfe und übt sie mit allen intensiv. Es ist erstaunlich, wie wenige diese Techniken wirklich beherrschen. Um ehrlich zu sein, ich gehöre auch nicht dazu, trotz meines fünften *Dan*. Wie sagt Okamura-*sensei* immer, wenn er die sieben verschiedenen Formen eines Handhebels bei den Prüfungen abverlangt und sich köstlich über die Versuche der Schüler amüsiert, die das natürlich nie hinkriegen: »Weißer Gürtel, schwarzer Gürtel, Anfänger bleiben wir immer, bis ans Lebensende.« Er ist schon alt und weise, einer der wenigen *Aikidô*-Meister, wie Tada-*sensei*, mit einem neunten *Dan*, eigentlich der höchste Grad, den Lebende erringen können.

Ganz im Gegensatz zu meiner Abneigung gegen Hüfttechniken ist Anna gefürchtet für ihre Würfe. Kompakt wie sie gebaut ist und als ehemalige deutsche *Jûdô*-Meisterin, kann ihren Hüften keiner widerstehen. Sie hatte auch gerade im Mai ihre Prüfung zum vierten *Dan* abgelegt, und Endô-*sensei*, der die Prüfung abnahm, ließ sie bei dieser Gelegenheit gerade diese Techniken reichlich vorführen. Ich kenne seinen etwas verdrehten Humor. Er wollte wahrscheinlich die Schüler, die nach Anna mit ihrer eigenen Prüfung an der Reihe waren und schon das Schlimmste ahnten, etwas aus der Fassung bringen.

Aber Anna war heute nicht beim Training dabei, sie besucht einen ihrer Kunden in Kamakura, wo der große Buddha steht. Sofort nach dem Ende des Trainings mache ich mich auf den Weg zurück.

Es dauert dieses Mal keine fünfzehn Minuten bis nach Mejiro, erstens ist wenig Verkehr auf den Straßen, zweitens habe ich einen fürchterlichen Durst. Ich stelle den Wagen ab, schließe die Haustür auf, werfe nur kurz die Sporttasche in den Flur und bin schon wieder auf dem Weg zum dringend benötigten Bier. Die kurze Strecke zum Tori-Hachi, meiner kleinen Stammkneipe, kürze ich ab und gehe durch den kleinen Pfad, der hinter einigen alten Häusern liegt. Es herrscht Halbdunkel, weil nur das Licht aus einigen Fenstern den Pfad trübe beleuchtet. Hinter mir höre ich schnelle Schritte, ich schaue mich kurz um, es sind zwei junge Männer in Anzügen, wahrscheinlich auch auf dem Weg zu einer Kneipe. Sie kommen näher, und ich trete etwas zur Seite, um sie passieren zu lassen.

Statt vorbeizugehen, bleiben die beiden direkt hinter mir, einer links, einer rechts. »Wolf, wenn Sie sich viel Ärger ersparen wollen, dann hören Sie auf, in Toba herumzuspinnen«, flüstert der rechts mir ins Ohr und knufft mich dabei so freundschaftlich in die Rippen, daß mir fast die Luft wegbleibt. Das hat wehgetan, und ich kann es nun mal nicht ausstehen, wenn mich jemand von hinten anmacht, höchstens Anna darf das.

Ich bleibe unvermittelt stehen, so daß er aufläuft und hebe meinen rechten Arm im weiten Bogen an, als ob ich mich am Genick kratzen wollte. Nur daß sich mein Arm dabei wie versehentlich um den Hals des lästigen Angreifers legt und dieser in der Innenbeuge meines Ellbogens eingeklemmt wird, wie in eine Art Schwitzkasten. Ehe ihm noch Übles schwant, ziehe ich den Arm fest an und lasse mich gleichzeitig nach vorne auf mein rechtes Knie fallen. *Kubi-nage*, ein Genickwurf, wie jeder *Aikidô-ka* sofort weiß. Der eher leichte Knabe kann weder dem plötzlichen Zug meiner neunzig Kilo widerstehen, noch kann er seinen Hals aus meiner Umarmung befreien und fühlt sich unversehens in die Höhe gelupft.

Ich beende die Bewegung, bis mein rechter Arm samt seinem Hals vor mir den Boden berührt. Sein Körper muß unweigerlich dem Hals folgen, und in einem großen Bogen schlägt mein Angreifer flach und geräuschvoll mit seinem Rücken auf dem harten Asphalt auf. Mit der linken Faust verpasse ich ihm noch einen Nasenstüber, um ihn zumindest für den Augenblick außer Gefecht zu setzen, aber auch als Denkzettel.

Es bleibt keine Zeit zum Nachdenken. Ich weiß, der zweite Schläger ist noch da. Ich rolle blitzschnell über den für den Augenblick reglosen Körper des ersten hinweg und drehe mich noch beim Aufrichten aus der Rolle um meine eigene Achse, um den zweiten Burschen vor Augen zu haben. Keine Sekunde zu früh, er steht da mit einem dieser ausziehbaren Totschläger aus Stahl in seiner hocherhobenen Hand, gerade im Begriff, ihn auf meinen Kopf heruntersausen zu lassen. Er schaut verwirrt drein, weil ich plötzlich zwei Meter entfernt vor ihm stehe. Einige Sekunden zögert er, schielt gleichzeitig auf seinen Kumpel, der sich, vor doppeltem Schmerz stöhnend, nur langsam wieder regt, und auf mich, um mich im Auge zu behalten.

Plötzlich grinst er gemein, schiebt langsam die Stahlrute zusammen und steckt sie in die hintere Hosentasche. Er wird doch wohl nicht …, denke ich hoffnungsvoll und werde gleich wieder auf den Boden der Tatsachen zurückgeholt. Aus der gleichen Hosentasche zieht er ein aufklappbares Messer. Ich frage mich, was der wohl noch in dieser Tasche hat. Vielleicht eine Bazooka?

Jetzt wird es ernst. Langsam steigt er über seinen Kumpel, der lieber am Boden liegen bleibt und sich die blutende Nase hält. »Du kapierst wohl noch nicht?« preßt er mit leiser Stimme hervor. Das Messer in seiner rechten Hand klappt mit einem scharfen, durchdringenden Geräusch auf und er hält die Klinge mit der Schneide nach oben in seiner Faust. Er will mir von unten nach oben den Bauch aufschlitzen, geht es mir mit Grausen durch den Kopf. Er sagt keinen Ton, in seinen Augen kann ich Mord lesen, er grinst noch immer, als ob er vergessen hätte, es abzustellen. Langsam kommt er näher. Ich habe keinen kleinen Rowdy oder Dieb vor mir, das ist ein Killer, ein Profi. Scheiße!

In geduckter Haltung stehe ich leicht auf den Ballen wippend, um in alle Richtungen schnell ausweichen zu können. Das Denken wird jetzt durch Reflexe ersetzt. Ohne die geringste Vorwarnung schießt sein rechter Arm vor, die Spitze des Messers auf meinen Magen gerichtet. Nur mit Mühe und unter Verlust eines Streifens meines Hemdes kann ich zur Innenseite seines Armes ausweichen. Die Klinge saust mit einem scharfen, reißenden Geräusch knapp an meinem Bauch vorbei, mein schönes, neues *Nuno*-Hemd zerfetzend; das war mein Lieblingshemd!

Mit meiner linken Hand leite ich die Energie der Vorwärtsbewegung meines Angreifers mit dessen Arm als verlängertem Hebel weiter und drehe mich dabei etwas in ihn hinein. Mein rechter Ellbogen kommt hoch und knallt trocken unter sein Kinn. Sein Kopf wird von der doppelten Wirkung seiner Vorwärtsbewegung und meines bremsenden Ellbogens regelrecht nach hinten gerissen. Ich führe die aufwärts gerichtete Bewegung meines Arms kreisrund fort. Der Messerstecher überschlägt sich fast rückwärts und landet mit dem Hinterkopf zuerst hart auf dem Boden. Dumm, daß er sich dabei noch selbst sein Messer ins Gesicht rammt. Die Klinge schneidet sauber durch seine rechte Wange und wird erst von seinem Gebiß aufgehalten. Au Backe. Er blutet sofort wie ein abgestochenes Schwein. Der Ausdruck fällt mir ein, weil ich mal als Jugendlicher auf einer Finnlandreise einer Schlachtung zugeschaut habe. Das sah so ähnlich aus, und ich hatte wieder ein ganz ähnliches Gefühl in der Magengrube.

Noch ehe er so richtig den Boden berührt, gehe ich sofort wieder auf Distanz und behalte beide Jungs im Auge, auf den nächsten Angriff vorbereitet. Blutüberströmt, sich die Wange haltend, rappelt der mit dem Messer sich auf und rennt weg, das Messer läßt er zurück. Sein Kumpel, der mit der ramponierten Nase, rafft sich ebenfalls auf und folgt im Eiltempo. Ich überlege, ob ich folgen soll, aber ich habe genug. Man soll sein Glück nicht überstrapazieren, zwischen Hemd und Haut ist eben nicht viel Platz.

Nach Bier ist mir jetzt plötzlich nicht mehr. Ich hebe das Messer auf und gehe schnurstracks, aber immer vorsichtig in jede dunkle Ecke schauend, zurück zum Haus. Der Schreck muß sich erst setzen, und ich muß nachdenken. Toba, hatte der eine Schläger gesagt, das war also der Grund für den Angriff. Ich ahne große Probleme und muß dringend herausfinden, wer dahintersteckt. Heute schließe ich alle Türen extra sorgfältig ab und stelle sicher, daß alle Fenster geschlossen sind. Zum ersten Mal fühle ich mich nicht sicher in unserem Haus. Ich bin froh, daß Anna in Kamakura übernachten will. Ich frage mich, ob ich nicht besser meinen Freund Andô von der Polizei informieren soll. Aber was kann ich schon großartig erzählen, alles nur Vermutungen. Ich habe wohl mal wieder in ein Wespennest gestochen und beschließe, erst einmal selbst nachzuforschen.

26. Juni – Tôkyô

Es ist Freitag, und ich habe mein Abenteuer von Mittwoch einigermaßen verdaut. Mir fiel heute in aller Frühe plötzlich wieder diese Investmentfirma ein. Ich konnte es kaum abwarten, in der Teikoku-Datenbank nach dieser Firma zu suchen. Im Büro angekommen, noch bevor meine Sekretärin oder sonst jemand eingetroffen ist, feure ich denn auch meinen Computer sofort an und rufe die Online-Verbindung zur Datenbank auf. In der Suchleiste tippe ich ein: NIPPON INVESTORS.

Es dauert einige Augenblicke, und eine Seite taucht auf meinem Bildschirm auf. Nippon Investors KK. Da sind sie ja! Sitz in Tôkyô, in Marunouchi nahe am Kaiserpalast. Geschäftszweck: nationale und internationale Finanzanlagen, überwiegend im Immobilienbereich. Umfangreiche Beteiligungen an Hotels, Spielkasinos und Ressorts in Japan, Korea und Thailand, aber auch Anteile an japanischen Bauträgergesellschaften.

Mal sehen, wem die feine Gesellschaft denn gehört. Ich klicke mit der Maus auf die zweite Seite. Hier ist es ja.

Anteilseigner von Nippon Investors: 35% eine Kawabata Junko, Tôkyô, 12% ein Watanabe Hideo, Kôbe, die beiden Namen sagen mir nichts, und 53% bei Kaneda Electronics, Ôsaka. Bingo!

Kaneda Electronics, mir geht eine ganze Stadionbeleuchtung auf. Der steckt also hinter der ganzen Sache, Satô Masahisa, Präsident von Kaneda, für Uneingeweihte und für die, die es besser wissen, *Oyabun*, Chef der größten *Yakuza*-Organisation Japans, der Yamaguchi-*gumi*. Ein Mann, gefährlich wie eine Schlange, ohne Gewissen und Herr über eine Armee von Kriminellen. Ich habe ihn und seine Methoden im letzten Jahr kennengelernt, als er versuchte, meinem besten Freund Ikeda Yasunari mit Hilfe seines leider kriminellen Sohnes Kazuo die Firma abzuluchsen. Vier Menschen, einschließlich meines Freundes, sind dabei ums Leben gekommen, und Satô hat alle auf dem Gewissen, obwohl es ihm wahrscheinlich kaum zu beweisen gewesen wäre. Ich war trotz mehrerer Anschläge bis auf einen Streifschuß mit heiler Haut davon gekommen. Der Witwe Ikedas hatte ich damals versprochen, die ganz Affäre nicht aufzudecken und habe selbst meinen Freund Andô im Dunklen gelassen, obwohl der mir nie meine Geschichte abgekauft hat. Statt dessen hatte ich diesen Satô aufgesucht, ihm die Beweise und Indizien, die ich für seine Beteiligung hatte, beschrieben und ihn vor die Wahl gestellt, entweder die Finger von Ikeda zu lassen oder sich einer polizeilichen Untersuchung zu stellen. Ich muß wohl meisterlich geblufft haben, denn seitdem hatten weder Ikedas Witwe Sonoko noch ich von Satô je wieder gehört.

Und ausgerechnet dem komme ich jetzt wieder in die Quere. Mir wird ganz schummrig, und meine Beine sind wachsweich. Ich weiß jetzt auch, wer die beiden Gangster am Mittwoch auf mich gehetzt hat. Das war Satôs Handschrift.

Ich frage mich, ob die beiden anderen Partner von Nippon Investors eigentlich wissen, wer ihr Kompagnon ist? Wie auch immer. Recht muß Recht bleiben, und ein Wolf gibt nicht nach, wenn er im Recht ist. Wer mich kennt, weiß, ich habe das von meinem Vater geerbt. Ich spüre Annas erhobenen Zeigerfinger hinter mir. Dickköpfig, stur, rechthaberisch, leichtsinnig, wären jetzt sicher einige der Attribute, die sie mir zuschreiben würde. Quatsch, der Bau ist illegal und wird gestoppt, und von diesem Verbrecher lasse ich mir erst recht nicht die Sicht verbauen, beschließe ich wütend.

Ich muß dringend mit Nagai in Toba sprechen, Anna wird übernächstes Wochenende auch wieder unterwegs sein, Andrea aus München hat Urlaub und will die Stätten ihrer vergangenen wilden Taten während ihrer Jahre in Japan aufsuchen. Anna hatte sich natürlich sofort angeboten, sie zu begleiten. Andrea wird am Donnerstag eintreffen, und die beiden werden Freitag Richtung Nikkô aufbrechen und dann weiter zu unserer Freundin Yoshie reisen, eine hervorragende Töpferin. Yoshie hat gerade ihre neue Werkstatt mit einem echten, von Holzkohle befeuerten Kiln, dem Brennofen, in der Nähe von Nagano in den japanischen Alpen eröffnet. Prima, das gibt mir Gelegenheit, alleine nach Toba zu fahren und vielleicht noch kurz einen Abstecher zu den *Ama* in Wagu zu machen.

26. Juni – Wagu

Mit kräftigen Zügen schwimmt die junge *Ama* auf das alte unbenutzte Austernfloß, ihre Lieblingsstelle, zu. Es ist noch sehr früh am Morgen, sie ist, wie so oft, die erste. Sie hofft, eine gute Ernte von Abalone einzubringen, die an dieser Stelle reichlich zu finden sind, denn heute nachmittag will sie in die Stadt. Toba ist zwar nicht toll, aber besser als nichts. Neue Unterwäsche will sie sich kaufen, ehe sie sich wieder eine peinliche Bemerkung anhören muß, von einem ihrer Kunden im Club.

Ôta Minako, so heißt sie, war erst vierzehn, als ihr wesentlich älterer Freund Tanaka Shôtarô, der als Kellner im Hirohama-*sô* in Wagu arbeitet, sie dazu überredete, für einen Telefonsexclub in Toba zu arbeiten. Minako, dem Neunzehnjährigen regelrecht ergeben, willigte ein und fand mit der Zeit gefallen an ihrer Nebenarbeit. Die junge Perlentaucherin verkauft ihren Körper, weil Vögeln halt einfacher ist als Fischen und es mehr zu verdienen gibt. Sie träumt davon, eines Tages aus Wagu wegzuziehen, nach Tôkyô oder sogar nach Amerika. Sie hatte einmal einen Bericht über New York im Fernsehen gesehen, der fest in ihrer Erinnerung blieb. Vor einigen Wochen, mittlerweile ist sie fünfzehn, stellte sich heraus, daß sie schwanger ist. Wahrscheinlich von Tanaka, denn bei anderen Männern besteht sie immer auf der Verwendung von Kondomen. Als sie mit ihm darüber sprach, kam Tanaka der Einfall des Jahrhunderts, wie er und Minako so viel Geld verdienen könnten, daß sie beide aus Wagu verschwinden könnten. Auch er hat Träume, die nichts mit dem kleinen Kaff zu tun haben. Sie besprachen ihren Plan und führten ihn prompt aus.

Minakos bester Kunde ist ein alter Mann aus Tôkyô, der sie ab und zu in sein Wochenendhaus nach Toba bestellt, immer sonntags. Er ist äußerst großzügig und eigentlich ganz nett. Er muß offensichtlich reich sein, also beschlossen die beiden, den Mann zu erpressen. Bei ihrem nächsten Besuch erzählte sie dem verdutzten Alten, daß er sie geschwängert habe und verlangte drei Millionen Yen von ihm für die Abtreibung und als eine Art Schmerzensgeld. Als Gegenleistung würde sie das Geheimnis für sich behalten.

Beide ahnten nicht, daß der Alte sich ziemlich sicher war, Minako sei nicht von ihm schwanger, aber er konnte sich keinen Skandal erlauben, schon gar nicht mit einer Minderjährigen.

Er rief prompt seinen Helfer in allen Nöten, Satô, an. Der handelte schnell. Er braucht den Alten, und ein Skandal zu diesem Zeitpunkt wäre eine Katastrophe. Der Mann wäre vollkommen nutzlos, ja gefährlich für ihn.

Minako hat das Floß fast erreicht. Sie weiß, es ist eine sehr ergiebige Stelle, die anderen *Ama* sind nur zu faul, um so weit zu schwimmen. Angekommen, ruht sie sich einen Moment auf dem Floß aus, setzt die Maske auf, holt tief Luft und taucht mit ruhigen, kräftigen Zügen nach unten bis zum Drahtkorb, in dem früher Austern gehalten wurden. Sie bemerkt nicht den schwarzen Schatten, der sich von hinten nähert, Luftblasen hinter sich lassen. Der Spezialist, Satôs bester Mann, ein trainierter *Ninja*, packt Minako von hinten und hält sie in einer eisernen Umklammerung. Minako, erst vor Schreck erstarrt, beginnt sich in Panik zu wehren. Sie hat keine Chance. Der Spezialist, im Taucheranzug mit dem schweren Beatmungsgerät, ist stark und durchtrainiert. Er läßt sie nicht mehr los. Sie versucht, nach oben zur Wasseroberfläche zu entfliehen, vergeblich. Die Luft geht ihr von der Anstrengung schneller aus als gewöhnlich. Sie reißt den Mund auf, halb um Hilfe zu schreien, halb um zu atmen. Wasser dringt in ihre Lungen. Ihre Gegenwehr läßt nach, und der kleine Körper erschlafft schnell.

Der Spezialist verhakt ihre weiße Bekleidung fest in einer zerrissenen Masche des schweren Drahtkorbs. So kann die Leiche nicht nach oben treiben. Er prüft noch einmal sein Werk: kein Problem, die Tote sitzt fest. Er entfernt sich genauso ungesehen, wie er gekommen ist. Einige Kilometer weiter steigt er ans Ufer, wirft das Beatmungsgerät in den Kofferraum des wartenden Wagens, zieht einen Regenmantel über und steigt ein; Sekunden später ist er verschwunden, spurlos wie immer. Nichts in seinem Gesicht spiegelt die brutale Tat, die er gerade begangen hat, wider.

Satô erhält Minuten später einen kurzen Anruf. »Erledigt«, ist alles was der Spezialist sagt, ehe er das Gespräch wieder unterbricht.

Tanaka, der Kellner, geht am gleichen Tag nach Hause von seiner Arbeit, es ist noch keine zweiundzwanzig Uhr. Es ist stockdunkel, und er sieht die beiden Männer erst, als es zu spät ist. Einer der beiden schlägt ihn ohne geringstes Zögern mit beiden Fäusten ins Gesicht, der andere zieht ihm einen Baseballschläger von hinten über. Der vorne tritt dem armen Tanaka fest in die Hoden, so daß der zusammenklappt. »Hör zu, du Schwachkopf, wenn du leben willst, dann laß die Finger von unserem Kunden. Wir mögen keine Erpresser, und das kannst du deiner kleinen Nutte auch ausrichten, sonst nehmen wir uns die auch vor.« Die beiden wissen nichts von einem Spezialisten und dessen Tat vom Morgen. Ihr Auftrag lautete nur, Tanaka, den Freund Minakos, dauerhaft einzuschüchtern.

Die Männer sind verschwunden, ehe Tanaka noch richtig denken kann. Er stöhnt, erhebt sich mühsam und humpelt nach Hause. Ich muß dringend mit Minako sprechen, ist das einzige, was er denkt, die Schmerzen sind unerträglich.

26. Juni – Ise-Halbinsel

Samstag, fünf Uhr morgens mache ich mich auf nach Toba. Die Autobahnen sind leer, und die Stellen, an denen Radarfallen stehen, kenne ich alle. Mein *Bentsu* freut sich über unseren flotten Ausritt. Auf einem geraden Stück in Richtung Nagoya beschleunige ich kurzzeitig auf über zweihundert Stundenkilometer, herrlich. Wenn ich jetzt erwischt würde, das Tempolimit ist einhundertundzehn Stundenkilometer, wäre nicht nur eine saftige Geldstrafe fällig, sondern viel schlimmer, ein ganzer Tag in einem Polizeirevier zum Verkehrsunterricht. Da sitzen alle armen Sünder auf kleinen, unbequemen Stühlen mit Klapptischchen wie in der Grundschule und müssen erst einmal eine Reihe von Videos mit gruseligen Unfallszenen über sich ergehen lassen, dann geht es ans Ausfüllen eines Fragebogens zu diversen Verkehrsregeln und -situationen. Ein gestrenger Polizist wacht darüber, daß keiner pfuscht. Ich weiß das natürlich nur aus zweiter Hand, von meinem Freund Udo, der seitdem nie mehr zu schnell fährt. Ich bin aber der Meinung, man muß seine eigenen Erfahrungen machen, also Fuß feste aufs Gas. Später, an der Küste, geht es zwar weiter zügig voran, aber natürlich in angemessenem Tempo. Zu meiner Linken liegt die Bucht von Ise. Ich durchfahre kleine Dörfer und überquere unzählige Brücken über die vielen kleinen Buchten. Ich liebe Yamato, die Gegend zwischen Nagoya, Kyôto und Ôsaka auf der einen Seite und Ise auf der anderen. An diesem Morgen fahre ich gleich bis Toba, um Nagai zu treffen. Meine *Ama* in Wagu kann ich vielleicht heute nachmittag oder Sonntag sehen, falls die Perlentaucherinnen arbeiten.

Als ich ihn gestern abend anrief, schien Nagai nicht gerade überglücklich zu sein, daß ich ihn wegen des Bauprojekts heute morgen im Aquarium sprechen wollte. Wahrscheinlich hatte er viel zu tun. Erst versuchte er, mich zu vertrösten, vielleicht ein andermal, aber mich wimmelt man nicht so einfach ab. Schließlich gab er nach, aber statt uns im Aquariumscafé zu treffen, verabredeten wir, daß ich ihn am Mittag abholen würde und wir zum Ise-Schrein fahren würden. Er bat mich, ihn vom hinteren Tor abzuholen. Merkwürdig, aber es ist mir recht. Falls ich Recht habe mit meiner Vermutung, ist es vielleicht besser, wenn man uns nicht zusammen sieht.

Es ist genau zwölf Uhr, als ich den Wagen zwischen Müllcontainern, ausrangierten Fischtanks und Bergen von Plastikfässern, ehemals gefüllt mit Reinigungschemikalien oder was auch immer, lenke und am hinteren Tor, das nur für Mitarbeiter des Aquariums gedacht ist, anhalte. Ich habe noch nicht einmal Zeit, den Motor abzustellen. Nagai muß meine Ankunft beobachtet haben. Er kommt aus dem Gebäude und steigt sofort in meinen *Bentsu*. »*Ikimashô*, auf geht's«, ist alles, was er sagt. Mann, der ist wirklich nicht in bester Stimmung.

»Nagai-*san*, vielen Dank, daß Sie doch noch Zeit für

mich haben, es ist auch wirklich wichtig, sonst hätte ich nicht gedrängt«, versuche ich eine etwas lahme Entschuldigung. Alles was ich als Antwort bekomme ist ein vielsagendes »*Hai*«, was so ziemlich alles bedeuten kann, aber zumindest bestätigt, daß er gehört hat, was ich gesagt habe. Ich konzentriere mich denn auch lieber auf das Fahren. Ich kenne die Strecke nach Ise gut, und wir kommen schnell voran. Obwohl ich die Straße im Auge behalte, kann ich beobachten, wie Nagai ab und zu in den Außenspiegel schaut. Ich sage jetzt noch nichts. Aber es ist Zeit, daß wir reden.

Es dauert nicht lange, die steile und gewundene Straße von Toba an den Hängen des Mount Asama hochzufahren. Mein Wagen liebt die Serpentinen der Ise Skyline, wie die Straße heißt. Für einige Minuten vergesse ich den Grund meiner Reise und genieße die Fahrt und die Aussicht. Selbst Nagai wirkt entspannter und erfreut sich an der Landschaft. Endlich liegt Ise Jingû, Japans heiligster *Shintô*-Schrein, vor uns. Genauer gesagt *Nai-ku,* der innere Schrein. Der äußere Schrein, *Ge-ku* genannt, mit über siebzehnhundert Jahren der ältere der beiden, liegt eine gute Stunde zu Fuß entfernt, dazwischen einhundertdreiundzwanzig kleinere Schreine, um ehrlich zu sein, ich habe es nie nachgezählt. Das Gelände mit etwa hundert Hektar Fläche ist dicht bewaldet mit Kryptomerien, den japanischen Zedern, Zypressen und gewaltigen Kampferbäumen.

Nai-ku ist der Sonnengöttin Amaterasu gewidmet, von der der Sage nach alle japanischen Kaiser abstammen. Seit zwölfhundert Jahren oder so wird der Schrein alle zwanzig Jahre verlegt, um die ständige Wiedergeburt Amaterasus zu symbolisieren.

Über die Uji-Brücke am Fluß Isuzu gelangen wir auf

eine breite Allee, gesäumt von hunderte von Jahren alten Kryptomerien. Wie mächtige Riesen, manche bis zu sechzig Meter hoch, scheinen sie über den Schrein zu wachen. Hier und da hört man das leise, melodische Bimmeln der vielen Windspiele, die in den Ästen der Bäume hängen. Im klaren Wasser des Isuzu reinigen Nagai und ich uns Hände und Mund in vorgeschriebener Weise, um dann andächtig durch das Tor, errichtet aus den Stützbalken alter Schreine, das *Shô-den*, die eigentliche Schreinhalle zu betreten.

Wir gehen weiter. Unsere Unterhaltung beschränkt sich noch immer auf Belangloses oder Bemerkungen zum Schrein. Für mich ist Ise Jingû mit seiner schlichten Architektur und nicht zuletzt wegen der majestätischen Bäume, die ihn umgeben, einer der schönsten. Die japanischen Zedern, *O-sugi*, haben eine besondere Bedeutung für die Japaner. Manche Bäume sind mehr als zweitausendundsiebenhundert Jahre alt. Es gut für die eigene Bescheidenheit, unter diesen gewaltigen Bäumen zu stehen, ein Mittel gegen Arroganz. Es hilft einem, auf dem Boden zu bleiben, ehe man sich selbst zu wichtig nimmt.

Wir wandern fast eine Stunde durch die Anlage, an einer schier endlosen Mauer entlang, und gelangen schließlich an einen kleinen Holzkiosk, an dem wir uns kalte *Soba*-Nudeln und eine Schale mit Grünem Tee kaufen. Es ist ein warmer Tag, und wir suchen uns mit unseren kleinen Lacktabletts einen Sitzplatz auf einer niedrigen Holzplattform, überdacht von einem riesigen roten Schirm aus lackiertem Papier. Wir setzen uns im Schneidersitz auf die flachen Kissen und genießen laut schlürfend die dünnen Weizennudeln.

»Nagai-*san*,« fange ich endlich an, »ich habe mich

wegen des Hotelbaus erkundigt. Die Sache ist oberfaul.« Er schaut konzentriert in seine Teeschale und sagt nichts. »Als ich zur Baustelle ging, um mir aufzuschreiben, wer für das Projekt zuständig ist, wollte mich ein Wächter vertreiben, er war sehr unfreundlich. Ich habe ihm aber beigebracht, daß ich mich nicht so einfach verjagen lasse,« sage ich nicht ganz ohne Selbstzufriedenheit. Eine schlechte Eigenschaft, würde mein Gewissen jetzt sagen, das ich aber in Tôkyô zurückgelassen habe. Nagai sagt immer noch nichts.

»Im Internet und in der Teikoku-Datenbank habe ich mir angeschaut, wer genau hinter diesem Bau steckt«,« fahre ich fort. »Wolf-*san*, ich weiß, Sie werden jetzt verwundert sein«, unterbricht Nagai mich und schaut dabei intensiv auf den leeren Teller vor sich, »aber ich habe es mir überlegt, und ich glaube, das Hotel wird gar nicht so schlimm sein. Ich habe das Formular, wie Kobayashi, unterschrieben und werde es nächste Woche beim Bauamt abgeben. Es tut mir leid, ich weiß, Sie sind nicht einverstanden.« Nagai ist sichtlich beschämt und möchte am liebsten durch die Plattform sinken. Ich schaue ihn in der Tat sprachlos an.

»Ja, aber, Sie waren doch auch dagegen, ganz wütend waren Sie. Und daß Kobayashi unterschrieben hat, heißt überhaupt nichts, der hatte überhaupt kein Recht dazu. Sie können doch jetzt nicht aufgeben, Nagai-*san*!« Sichtlich unter Druck, rutscht Nagai von seinem Kissen, erhebt sich, geht einen Schritt von der Plattform weg und dreht mir den Rücken zu. Er sagt nichts. »Ich habe schon unsere Anwälte eingeschaltet. Sowohl die Gemeinde Toba als auch die Baufirma sind zum Stopp aufgefordert. Die haben keine Chance, wenn beide Anlieger Einspruch erheben, glauben Sie mir, aber Sie dürfen nicht zustimmen, sonst sieht es natürlich schlecht aus«, informiere ich ihn von hinten. Ich bin jetzt doch ziemlich verwirrt, was ist den mit Nagai los?

Statt zu antworten, zieht Nagai nur seine Schultern hoch. Plötzlich zittert er und schlägt beide Hände vors Gesicht. Ich falle aus allen Wolken: Nagai heult. Ich springe auf und fasse ihn bei den Schultern, er läßt es zu, ohne mich abzuschütteln. Langsam führe ich ihn zurück und drücke ihn vorsichtig auf die Plattform. Er sitzt da für Minuten und weint hemmungslos. Ich sitze neben ihm und weiß nicht, was ich tun soll. Glücklicherweise kann uns niemand in dieser Ecke sehen.

»Nagai-*san*, was ist los, sagen Sie es mir, Sie wissen, ich bin Ihr Freund«, frage ich mit leiser Stimme. »Wolf-*san*, ich weiß das, Sie haben schon so viel für unsere Familie getan, und ich bin ihnen für immer dankbar. Aber ich kann Ihnen bei dem Hotel nicht helfen, glauben Sie mir, ich habe Gründe«, schluchzt er. »Was für Gründe? Vertrauen Sie mir, vielleicht kann ich Ihnen helfen.«

»Nein, dabei nicht, es ist zu gefährlich und außerdem möchte ich Sie nicht auch noch gefährden.«

Bei dem Wort Gefahr gehen bei mir die Alarmglocken an. »Ist das der Grund, warum Sie sich nicht mit mir treffen wollten?«

»Ja, und bitte, ich möchte nicht darüber sprechen, lassen Sie uns gehen.«

»Es ist zu spät dafür, Nagai-*san*, ich stecke schon genauso drin wie Sie.« Ich erzähle ihm von dem Überfall in Mejiro und was die beiden gesagt haben. Nagai heult nicht länger, aber ist jetzt ganz bleich. »Wolf-*san*, geben Sie auf, diese Leute schrecken vor nichts zurück, ... nicht mal vor Kindern,« fügt er noch zögernd hinzu. »Was meinen Sie damit, hat man Sie auch bedroht oder überfallen? Ist etwa Isako etwas passiert? Nagai, reden Sie«, fordere ich jetzt aufgeregt und schüttele ihn an beiden Schultern.

»Nein, meiner Tochter ist nichts passiert, aber sie haben mir das angedroht, wenn ich dem Bau nicht zustimme. Ich habe mit Fumiko, meiner Frau darüber gesprochen, ob wir zur Polizei gehen sollten. Aber erstens ist ja nichts passiert, und zweitens können die uns auch nicht vor der *Yakuza* schützen«, antwortet er mit resignierter Stimme. »Nagai-*san*, so leicht geben wir uns nicht geschlagen. Ich weiß jetzt genau, wer dahintersteckt, und ich habe schon etwas Erfahrung, wie man sich diese Pest vom Halse hält. Ich will ihn nicht noch mehr beunruhigen und erzähle ihm nichts von meinem ersten Zusammenstoß mit Satô. Statt dessen bitte ich ihn, mir genau zu erzählen, was passiert ist.

Nagai wirkt wie aufgewühlt, er hat schlichtweg eine Heidenangst um seine Tochter und seine Frau. Aber er ist jetzt schon so weit gegangen mit seiner Erzählung, jetzt kann der Rest auch nicht mehr schaden, zumal er mir wirklich vertraut. So erfahre ich endlich, was geschehen ist und warum Nagai so verstört ist.

Letzte Woche, als Isako, seine fünfzehnjährige Tochter, von der Schule nach Hause ging, auf dem Stück zu unseren beiden Häusern, wo keiner die Straße einsehen kann, hatte ein großer amerikanischer Wagen mit schwarz getönten Fensterscheiben, vielleicht ein Cadillac, neben ihr gehalten. Ein Fenster öffnete sich und ein junger Mann mit Sonnenbrille beugte sich heraus und wollte wissen, ob sie Nagais Tochter Isako sei. Überrascht, aber nicht mißtrauisch hatte sie mit »Ja« geantwortet. Dann hatte er ihr gesagt, sie solle ihrem Vater ausrichten, er habe eine sehr hübsche, junge Tochter, und dafür gebe es sehr viele Interessenten. Und schließlich, daß man Isako jederzeit und überall finden könne. Genau das sollte sie mir ausrichten. Dann, ehe sie sich's versah, grapschte der Mann nach ihrer Brust, lachte nur häßlich, fuhr die Autoscheibe hoch, und der Wagen brauste davon.

Isako war so geschockt, daß sie sich die Nummer nicht gemerkt hat. Sie kam heulend, beschämt und vor Angst zitternd nach Hause gelaufen. Fumiko war glücklicherweise da und hat sie wieder etwas beruhigen können. Am Abend hat sie ihrem Vater dann die Botschaft wortwörtlich ausgerichtet.

»Sie sehen, Wolf-*san*, ich habe Angst um Isako und auch um Fumiko, diese Verbrecher können ihnen jederzeit etwas antun. Jetzt verstehen Sie vielleicht, warum ich unterschreiben muß«, endet er den Bericht, vor Wut und Hilflosigkeit bebend.

»Beruhigen Sie sich, Nagai-*san*, ich begreife jetzt ihre Reaktion.« Ich weiß nicht, was ich sagen soll. Diese scheinbar unwichtige Baustellenaffäre weitet sich geradezu unglaublich aus. Schrecken diese Leute denn vor nichts zurück, nicht mal vor kleinen Kindern, um ihren Willen durchzusetzen?

Innerlich koche ich vor Wut. Ich wünschte, ich hätte den Typ auf der Baustelle und die beiden, die mich überfallen haben, etwas mehr durch die Mangel gedreht. Aber was nicht ist, kann ja noch werden! Nagai gegenüber lasse ich mir nichts anmerken. Der hat schließlich Sorgen genug. Ich brauche Zeit, denn langsam kommt mir eine Idee, aber zuerst muß ich Satô und seine Bande von Nagai fernhalten.

»Hören Sie zu, ich bringe Sie jetzt zurück. Sagen sie niemandem etwas von unserem Gespräch, und Anfang nächster Woche rufen Sie bei diesem Gotô an. Ich bin sicher, der steckt irgendwie mit in der Sache. Sagen Sie ihm, Sie hätten sich die Sache durch und Kopf gehen lassen und wären mit dem Bau einverstanden.« Nagai schaut mich fragend an. »Und die Bescheinigung?«

»Sie brauchen Zeit, sagen Sie ihm einfach, Sie hätten das Formular verlegt und würden sich ein neues abholen und gleich unterschreiben, wenn Sie von einer dringenden Reise zurück sind. Er wird sicher protestieren, aber was will er machen? Hauptsache ist, er informiert die eigentlichen Drahtzieher darüber, daß ihre Drohung gewirkt hat.«

»Was für eine Reise?« fragt Nagai, der mir nur begrenzt folgen kann. »Nagai-*san*, ich glaube, ich habe Sie und ihre Familie ungewollt in den Schlamassel herein gezogen und ich möchte mich, ohne Sie alle zu gefährden, um eine Lösung bemühen. Ich möchte Sie alle drei einladen, zwei, drei Wochen in unserem Ferienhaus in der Bretagne zu verbringen, als meine Gäste.«

»Ferien? Bretagne? Wo ist denn das? Das kann ich überhaupt nicht annehmen. Außerdem haben wir wirklich schon eine Reise gebucht, nächsten Monat nach Hawaii«, protestiert Nagai energisch. »Die Bretagne liegt an der französischen Atlantikküste, mein Haus ist direkt am Meer, es gibt eine Frau, die sich um alles kümmert, sie spricht sogar etwas Englisch. Und was den Flug angeht, buchen Sie einfach um. Basta. Und ich will Sie nicht noch mehr beunruhigen, aber *Yakuza* gibt es auf Hawaii auch …«

Wir diskutieren meinen Vorschlag noch während der ganzen Rückfahrt nach Toba, aber er läßt sich nicht breitschlagen. Wir einigen uns schließlich darauf, daß er die Sache mit dem Formular und der Zustimmung so lange wie möglich, ohne Verdacht bei den Gangstern auszulösen, verzögern wird. Ich bewunderte seinen Mut, er hat schließlich viel zu verlieren. Ich setze ihn wieder unauffällig ab und fahre nach Wagu weiter. Ich werde heute nicht in der Villa übernachten. Ich möchte nicht, daß Kobayashi oder sonst jemand erfährt, daß ich in Toba war.

26./27. Juni – Cheju, Südkorea

Kawabata lehnt sich entspannt in seinem Sitz zurück. Er hat es endlich geschafft und nach Jahren mühsamen Abgeordnetendaseins seine Laufbahn mit einem Ministeramt in Tôkyô gekrönt. Und dann noch ein so wichtiges Amt wie das des Justizministers. Nicht daß die vielen Jahre als Parlamentsabgeordneter, in denen er einen Sitz in Ôsaka vertrat, vollkommen verloren waren, im Gegenteil. Kawabata hatte sich ein dichtes Geflecht von wertvollen Beziehungen in Politik und Wirtschaft geknüpft. Einen Gefallen hier, einen Hinweis da, ein wenig die Hand aufhalten, Wegschauen oder auch gezielt Angreifen und Bloßstellen, er beherrscht alle Spielarten der hohen Politik.

Besonders weiß er die Beziehung zu einem äußerst vielseitigen Geschäftsmann aus Ôsaka zu würdigen. Kawabata und Satô, wie der Mann heißt, verbinden seit zwei Jahrzehnten viele gemeinsame Interessen. Satô hatte ihm vor langer Zeit aus einer dummen finanziellen Klemme geholfen und damit seine Karriere gerettet. Satô unterstützt seitdem regelmäßig und großzügig Kawabatas Leidenschaften wie das Glücksspiel, wobei er ihm immer wieder die Spielschulden stundet oder gar deckt, oder die Gläubiger auch schon mal zum Verzicht ermuntert, was für jene gelegentlich mit einem Krankenhausaufenthalt verbunden ist. Aber auch Kawabatas Hang zu jungen Frauen ist keine Kleinigkeit. Satô versorgt ihn mit einem schier endlosen Strom an willigen, jungen Geschöpfen und kümmert sich um alles, wenn es mal Ärger gibt, wie Schwangerschaften oder allzu große Anhänglichkeit. Im Gegenzug revanchiert sich Kawabata mit nützlichen Informationen. Zweifellos eine für beide Seiten profitable Beziehung. In seinem neuen Amt ist Kawabata aber praktisch Gold wert für Satô. Für Kawabatas Partei ist Kaneda Electronics, Satôs Firma, ebenfalls ein willkommener und großzügiger Spender. Wie in wohl allen Ländern sind Parteispenden ein wichtiger Teil der politischen Kultur, mal legal, mal weniger, mal illegal, aber in keinem Fall aus altruistischen Gründen. Satôs Firma profitiert ebenfalls gelegentlich davon, und für Satô sind die Spenden eine nützliche Investition, die er, übrigens ziemlich gleichmäßig verteilt, auch anderen wichtigen Parteien zukommen läßt, man weiß ja nie, ob nicht doch mal die Regierung wechselt.

Kawabata ist selbstbewußt und weiß, was er Satô wert ist. Im letzten Jahr hatte er Satô noch rechtzeitig gewarnt, als ein mißtrauischer Firmenchef, dessen Firma Satô in einem raffinierten Coup übernehmen wollte, hinter Satôs Beziehungen zur *Yakuza* kam. Kawabata kannte diesen Ikeda vom gemeinsamen *Kendô*-Training. Na, glücklicherweise war Ikeda kurze Zeit später einer Allergie erlegen, sonst hätte er Satô sicher noch viel Ärger bereitet. Überhaupt war die Sache sehr tragisch, der Stellvertreter Ikedas hatte einen Herzinfarkt und sein Sohn einen tödlichen Autounfall, was für eine Verkettung tragischer Umstände. Ich habe Satô nie gefragt, was eigentlich aus dieser Sache geworden ist, denkt er.

Kawabata ist nicht der einzige Minister mit einer engen Beziehung zur Yamaguchi-*gumi*. Sein Kollege, der Bauminister, eigentlich ein kluger Mann, sitzt gerade im Gefängnis. Es hatte als kleines Skandälchen angefangen, aber dummerweise hatte der Minister einen miesen kleinen Journalisten des Skandalmagazins Focus vollkommen unterschätzt. Dieser veröffentlichte nicht nur enthüllende Fotos des Ministers mit einem der wichtigen Unterbosse der Yamaguchi-*gumi*, einem gewissen Watanabe, sondern trieb zu allem Unglück auch noch einen Zeugen auf, der aussagte, daß der Minister sich bestimmten Bauträgern gegenüber besonders wohlwollend verhalten hatte bei der Vergabe öffentlicher Mittel zum Ankurbeln der Konjunktur. Im Gegenzug dafür hatte er mehr als dreißig Millionen Yen kassiert, steuerfrei natürlich. Im folgenden Prozeß gestand der Bauminister letztlich. Kawabata denkt sich, ihm wäre das nicht so fürchterlich entglitten. Satô hätte den Zeugen und den Journalisten sicher rechtzeitig aus dem Wege räumen lassen. Es ist ihm trotzdem für einen Moment unwohl, als er an seinen Kollegen im Gefängnis denkt.

Der Minister verweilt aber nicht lange bei diesen schweren Gedanken, statt dessen bestellt er sich noch ein Glas Champagner, das die junge, hübsche Stewardeß der Korean Airlines ihm mit einem freundlichen und, wie er findet, vielversprechenden Lächeln serviert. »Diese kleinen Koreanerinnen sind ja nicht schlecht«, schwelgt er, während sie denkt: »Widerlicher alter Bock, wahrscheinlich einer dieser japanischen Geschäftsmänner auf Sextour.« Soviel zur Völkerverständigung!

Kawabata ist auf dem Flug von Seoul zu seinem Zielort. Seiner Frau hatte er erklärt, es handele sich um ein vertrauliches Treffen zwischen Politikern aus Süd- und Nordkorea und Japan, um eine gemeinsame Sprachregelung zu gewissen Vorschlägen Nordkoreas für eine künftige Wiedervereinigung der beiden koreanischen Staaten zu finden. Alles streng geheim, hatte er ihr zu verstehen gegeben. Er war aber keineswegs sicher, daß sie ihm die Geschichte abgekauft hatte, was ihn aber nicht besonders juckte.

Zwanzig Reihen hinter Kawabata, in der Touristenklasse, sitzt Miyamoto Ineko, eine junge Frau von achtundzwanzig Jahren, von Beruf Sekretärin in Tôkyô, eine sogenannte Office Lady oder kurz OL. Im Nebenberuf Call Girl in Diensten von Satô Masahisa. Es dauert nur fünfzig Minuten und die Maschine der Korean Airlines, in Seoul gestartet, landet auf der Insel Cheju-do. Fast gleichzeitig landet ein Flugzeug der Asiana ebenfalls aus Seoul.

Eine Hotellimousine wartet schon auf Kawabata, als er mit seiner kleinen eleganten Reisetasche und dem übergroßen Golfsack aus der Ankunftshalle kommt. Mit knappem Gruß steigt er in den Wagen, umhüllt von der angenehmen Kühle der Klimaanlage. Der Fahrer spürt, sein Gast ist nicht redselig, auch recht, obwohl er ihm gerne einige Tips gegen ein gutes Trinkgeld verkauft hätte, wie man sich auf der Insel entspannen kann. Kurze Zeit später rollt der Wagen die Auffahrt des Cheju Shilla in Seogwipo City hinauf.

Das Superluxushotel mit seinen über 300 Zimmern und Suiten ist gerade recht für jemanden wie ihn, denkt er zufrieden. Seine Suite ist vorbereitet. Wenige Minuten später steht er in Socken mitten im großen Wohnraum. Auf dem Tisch steht ein Früchtekorb, zwei Teller, eine Flasche Champagner in einem Eiskühler, daneben zwei Gläser. Es ist alles vorbereitet. Satô hat wie immer alles bestens organisiert. Es wird ihm an nichts fehlen, und das beste daran ist, daß alles bezahlt ist. Der Hotelpage stellt Kawabatas Tasche auf den Gepäckständer, schiebt den Golfsack in eine Ecke und entfernt sich mit einer kleinen Verbeugung. Kawabata zieht sich rasch aus. Jetzt eine Dusche, dann den Bademantel an und dann ... es regt sich was zwischen seinen Lenden.

Ineko muß ein Taxi nehmen, alles Vorsichtsmaßnahmen. Sie kommt nur wenig später im Hotel an. Ein Zimmer, das auf derselben Etage wie die Suite des Ministers liegt, ist für sie reserviert. Keine Früchte, kein Champagner. Auch sie steht Minuten später unter der Dusche und denkt mit nur mäßiger Begeisterung an die nächsten Tage. Ihr einziger Trost: Der Alte ist nicht grob und kann nicht mehr so oft. Außerdem wird er die meiste Zeit im Spielkasino oder auf dem Golfplatz verbringen. In ein Handtuch gewickelt, kommt sie aus dem Bad und führt ein kurzes Telefonat nach Ôsaka.

Ein anderes Taxi bringt einen Mann in ein kleines Hotel in Cheju City, das Tamna Hotel. Er duscht auch, aber nur, weil er sich erfrischen möchte. Seine Aufgabe in den nächsten Tagen wird wahrscheinlich langweilig sein, und es wird keine Zeit für kleine Vergnügen bleiben. Er holt sein Handy aus der Tasche und ruft kurz eine Nummer in Ôsaka an. Satô ist zufrieden, der Minister ist gut aufgehoben. Der Mann im Tamna ist einer seiner zuverlässigsten Leibwächter und wird, falls nötig, Kawabata vor

Ärger mit anderen Spielern oder gar lokalen kleinen Gangstern schützen, die schon mal gelegentlich Leute ausrauben, die im Kasino gewonnen haben, oder sich den lokalen »Girls« zuwenden wollen. Um letztere Bedürfnisse Kawabatas wird sich ohnehin Ineko kümmern.

Ich weiß, mein Freund, der Minister, bevorzugt eigentlich mindestens zehn Jahre jüngere Mädchen, denkt Satô amüsiert, aber es hätte schon bei der Einreise nach Korea und dann auch im Hotel Ärger gegeben. Im übrigen machen Inekos Erfahrung und Können einiges wett, ich kann das aus eigener Erfahrung nur bestätigen, schwelgt er kurz in Gedanken an sie. Ineko ist ein As, nicht nur im Bett, sondern auch als Informantin. Sie hat Satô schon bei den hartnäckigsten Fällen geholfen, aber bald wird er ihr wohl einen Nachtclub in Tôkyôs Bezirk Kabukichô einrichten müssen, den sie als *Mama-san* leiten kann. Neue, frische Mädchen werden ihre Arbeit übernehmen. Alle können von einer Meisterin ihres Fachs lernen, denkt er, vielleicht wäre die kleine Halbjapanerin, ihre Mutter ist Chinesin, dazu prädestiniert, um bei Ineko in die Lehre zu gehen. Diese Eri, wie sie heißt, ist nicht nur sehr hübsch, sondern spricht auch drei Sprachen, einschließlich Englisch, und zwar fließend. Sie arbeitet seit einigen Wochen in einem seiner Clubs, um sich ihr Studium zu finanzieren. Die Chefin des Clubs, die selbst mal wie Ineko angefangen hat, weiß, wann sie ein Talent vor sich hat und hat Satô den Tip gegeben. Er wird sich der Sache höchstpersönlich annehmen.

Cheju, oder auf japanisch Cheju-do ist die größte Insel Südkoreas, südwestlich der koreanischen Halbinsel. Auf nur achtzehnhundert Quadratkilometern leben eine halbe Million Einwohner in erster Linie vom Tourismus. Der

Gipfel des Halla thront mit seinen fast zweitausend Metern weit über allem. Das milde Meeresklima sorgt für üppige tropische Vegetation. Die Hauptanziehungspunkte für die Touristen sind aber wohl die Kasinos, Golf-Clubs und nicht zuletzt die Rennbahn, wo man von April bis Dezember auf die einheimischen Chorangmal-Pferde wetten kann.

Kawabata hatte sich bei Ineko erst kurz in Form gebracht. Jetzt fühlt er sich wie Tiger Woods und ist auf dem Weg zum Chungmun Country Club, dessen fast sieben Kilometer langer Golfkurs sich an den schönsten Touristenattraktionen der Insel vorbeiwindet, einschließlich dem botanischen Garten, dem Chunjeyon-Wasserfall und dem Royal Marine Park.

Er hatte sich auf Vermittlung des Hotels einer Gruppe von japanischen Geschäftsmännern angeschlossen, die ihn, als sie bemerken, welch prominenten Mitspieler sie haben, unauffällig gewinnen lassen. Man weiß ja nie, wann man das Wohlwollen des Justizministers mal braucht. Auch der zweite Teil des Tages ist zufriedenstellend für Kawabata. Satôs Mann, der das ganze vom Clubhaus beobachtet, während er gelangweilt in einer Golfzeitschrift blättert, sieht keinerlei Gefahr und kehrt frühzeitig in sein Hotel zurück, wo er sich kurz bei Satô meldet. Ineko wird ihn warnen, falls der Minister am Abend ausgehen sollte.

Auf der Terrasse der Suite hat Kawabata einen Tisch für zwei decken lassen, der Kellner hat bereits alles arrangiert, und der Wein steht ebenfalls gut gekühlt bereit. An der Tür klingelt es, und er eilt, um aufzumachen. »Guten Abend, Kawabata-*sama*«, begrüßt Ineko ihn ehrfürchtig und förmlich. Sie trägt ein schlichtes, sehr kurzes schwarzes Kleid und als einzigen Schmuck eine sehr schöne Perlenkette. Ein Geschenk des Ministers. »Ach, mein schönes Kind, kommen Sie herein«, frotzelt er gutgelaunt. Er führt Ineko auf die Terrasse, und sie stößt, wie von ihr erwartet, einen kleinen spitzen Begeisterungsschrei aus. »Ach, traumhaft romantisch, und die vielen tollen Speisen, ich habe einen riesigen Hunger. du bist ein Schatz.« Alle Förmlichkeit ist jetzt abgelegt, und sie gibt ihm einen ehrlich gemeinten Schmatz auf die Wange. Der Minister strahlt.

Die beiden essen fast zwei Stunden. Es gibt rohen, reichgewürzten Jaridom-Fisch, Bing Dduk, eine Art gebackener Reiskuchen, Ovnjagi, die scharfe Suppe mit Stücken von Abalone und viele andere Spezialitäten. Dazu schlürfen sie Omegi, Wein aus Hirse, etwas gewöhnungsbedürftig, aber original von der Insel.

Satôs Mann ißt alleine. Ohne großen Appetit löffelt er eine Suppe aus Okdom-Fisch und geröstetem braunen Seetang in sich hinein. Statt Wein trinkt er kaltes Bier, wenigstens das riecht nicht nach altem Fisch.

Kawabata hat schon leicht gerötete Wangen und redet sehr viel. Ineko schenkt ihm immer Wein nach und hört aufmerksam zu. Sie hat ein Gedächtnis wie eine Festplatte und wird später Satô viel Nützliches berichten können, neue Gesetzesvorlagen, polizeiliche Maßnahmen gegen organisiertes Verbrechen, Gerüchte, Skandale und Skandälchen, die Politiker, Geschäftsleute oder prominente Schauspieler betreffen, alles kann wichtig sein und wird gespeichert. Plötzlich steht der Minister auf, etwas unsicher auf den Beinen und erklärt unvermittelt: »Du bringst mir Glück, ich werde jetzt im Kasino ein paar Millionen Wong auf dich setzen.«

»Gut, und wenn du genug gewonnen hast kommst du

zu mir zurück und bedeckst meinen ganzen Körper mit dem Geld«, gibt sie gutgelaunt zurück. »Und falls ich verliere?«

»Dann muß ich dich wohl irgendwie trösten, ich werde mir was ausdenken müssen.«

Es ist sehr voll im Kasino, alle Roulette- und Blackjacktische sind dicht umlagert. Fetzen von Japanisch, Koreanisch, Mandarin oder auch Englisch erzeugen einen ungeheuren Geräuschpegel. Die meisten der Spieler sind mittelalte bis alte Männer, hier und da eine junge Frau als Dekoration. Es geht hier ums Spielen und um nichts anderes. »Faîtes vos jeux«, fordert der Croupier zum Einsatz am Roulettetisch auf. Sein Akzent läßt die Aufforderung eher wie ein koreanisches Nudelgericht klingen.

Kawabata schiebt einen hohen Stapel großer Jetons auf seine Spezialkombination, eine Vierergruppe um die Sechzehn. Heute hat er Glück, vor ihm häuft sich ein riesiger Stapel kleiner und großer Plastikchips auf, er hat eine echte Gewinnsträhne. »Rien ne va plus!« erklärt der Croupier und wirft endlich die Kugel in das langsam drehende Roulette. Es wird still am Tisch, die Kugel rollt geräuschvoll in der Drehscheibe, klackert über die eingravierten abwechselnd schwarzen und roten Zahlen, die Scheibe verliert an Geschwindigkeit, und die Kugel beginnt zu taumeln. Es liegt sehr viel Geld auf dem Tisch, gleich wird es wieder Gewinner und Verlierer geben, wenn man vom Kasino absieht, das immer gewinnt.

Zögerlich, als wolle sie die Spieler necken, sucht die Kugel ihre Zielmulde, klack, nein, die Achtundzwanzig ist es nicht, klack, die Eins? Nein, klack, die Entscheidung ist gefallen: die Sechzehn. Kawabata wirft vor Freude die Arme in die Höhe. Neidisch sehen die anderen, wie der Croupier ihm seinen vervielfachten Einsatz lässig herüber schiebt. »Fürs Haus«, erklärt der Minister großzügig und teilt einen beachtlichen Teil der Jetons ab. Der Croupier bedankt sich, und mit einer eleganten Wischbewegung seines Rateau, des Rechens, verschwinden Chips im Wert eines durchschnittlichen koreanischen Monatseinkommens in dem dafür vorgesehenen Schlitz im Spieltisch.

Kawabata hat genug gewonnen. Auf das Aufhören-Können kommt es an, denkt er zufrieden und schiebt seinen Stuhl zurück, der nicht lange leer bleibt. Der nächste Spieler steht schon bereit, sein Glück auf diesem offensichtlich besonders günstigen Platz zu versuchen.

An der Kasse läßt er sich die Jetons in Bares umtauschen, es ist ein internationales Haus und er bekommt sofort Yen statt Wong. Ein ordentlicher Batzen Zehntausend-Yen-Scheine sind es, etwa der Gegenwert eines E-Mercedes. Er seufzt, als er daran denkt, daß er sich so einen Wagen erst kaufen kann, wenn er pensioniert ist. Jetzt, als Minister, muß er ja politisch korrekt handeln. Na ja, sein Toyota ist ja nicht schlecht, aber...er wird ohnehin den größten Teil des Geldes an Satô zurückgeben müssen. Bei der letzten Tour hatte er fast doppelt so viel verloren, wie er heute gewonnen hat. Das Geld hatte Satô ihm wie immer anstandslos geliehen. Glücklicherweise ist Satô großzügig und geduldig. Verzugszinsen verlangt er auch nicht, eine faire Partnerschaft zwischen Minister und Gangster.

Die Gäste am Tisch, der Croupier und der Kassierer sind nicht die einzigen, die bemerkt haben, daß Kawabata heute viel gewonnen hat. Zwei Paar Augen folgen ihm in Richtung Ausgang. Die dazu gehörigen Männer, kleine Gelegenheitsdiebe vom Festland, spezialisiert auf Kasinogäste und Touristen, schlendern betont lässig hinter dem Minister her. Kawabata ahnt nichts von seinen Begleitern. Das Geld fühlt sich gut in seiner Brusttasche an, und er denkt gerade intensiv an Ineko und den Rest der Nacht.

Ehe er in die bereitstehende Hotellimousine steigt, drängt es ihn noch schnell zur Toilette. Er blickt sich um, findet den Hinweis und steigt die Treppe zu den Toiletten hinunter. Die beiden Männer, zur Tarnung, um im Kasino nicht aufzufallen, in dunkle Anzügen mit weißen Hemden gekleidet, folgen ihm schnell. Sie betreten die Herrentoilette direkt hinter Kawabata, der sich gerade umständlich, an einem Urinal stehend, daran macht, die Hose aufzuknöpfen. Es geht doch nichts über Reißverschlüsse. Ein weiterer Gast ist gerade fertig und wäscht sich die Hände. Die beiden bauen sich links und rechts vom Minister auf und folgen seinem Beispiel, die beiden haben natürlich Reißverschlüsse.

Der Gast verläßt die Toilette, endlich alleine. Wie auf ein Kommando gehen die Reißverschlüsse der beiden wieder hoch, ratsch. Kawabata läßt gerade genüßlich den Dingen ihren Lauf und furzt warmherzig dabei, sein Gesicht ist verklärt. Gerade als die beiden Kawabata unsanft aus seinem Vergnügen und um seine eigene Achse reißen, wobei der eine den Strahl des Ministers auf seine dunkle Hose abbekommt, geht die Tür zur Toilette wieder auf. Ganove Nummer Eins, der mit der trockenen Hose, hat seine Hand schon in der Innentasche des Jacketts von Kawabata, für den das alles viel zu schnell geht und der noch nicht begriffen hat, was hier gerade abläuft. Die Hand bereits fest um den Umschlag mit dem Geld gekrallt, friert die Bewegung des Ganoven aber ein.

Die Ganoven schauen überrascht auf einen unscheinbaren Japaner, ebenfalls im dunklen Anzug mit weißem Hemd, der gerade hereinkommt. »Verpiß dich!« droht Nummer Zwei, der mit der nassen Hose, der sich wegen einer kleinen Störung nicht die fette Beute entgehen lassen will. Er dreht sich drohend auf den Japaner zu, der ihn nur aufmerksam und durchaus nicht unfreundlich anblickt. Der Ganove zieht einen Totschläger aus der Tasche und macht einen Schritt auf den Mann zu. Satôs Mann scheint in diesem Moment regelrecht zu explodieren, er wirbelt um sein Achse, springt dabei mit einem der Beine ausgestreckt in die Höhe und trifft den Angreifer, der nicht einmal Zeit hat, seine Waffe zu erheben, mit dem Schuh mit voller Wucht am Kopf. Mit einem gurgelnden Geräusch legt sich der Koreaner auf den gekachelten Boden der Toilette und rührt sich nicht mehr. Blut sickert vom Kopf auf die Kacheln.

Nummer Eins ist in Panik, er zieht seine Hand aus Kawabatas Tasche, läßt dessen Schulter los und versucht einen Sprint zur rettenden Tür. Er schafft es fast, außer das er im letzten Augenblick über das ausgestreckte Bein des Japaners stolpert und versucht, die Toilettentür im Flug mit dem Kopf zu öffnen. Leider geht die Tür nach innen auf. Auch er macht es sich auf dem Kachelboden bequem, und ein zweites Rinnsal gesellt sich zum ersten.

Satôs Leibwächter nickt dem Minister nur kurz zu und zischt: »Sie verschwinden besser schnell, ehe noch jemand kommt. Ich kümmere mich um die beiden.« Kawabata blickt immer noch nicht recht durch, der Alkohol des Abends und der kleine Schock haben seine Wahrnehmung vernebelt. »Danke«, murmelnd stelzt er vorsichtig an den beiden vorbei, hält auch Abstand zu seinem mysteriösen Retter und nimmt die Beine unter die Arme, sobald er vor der Toilette steht. Er rast die Treppe hoch, erschreckt zwei ältere Damen mit seinem noch weit offenstehenden Hosenschlitz, aus dem glücklicherweise nur ein weißer Hemdzipfel lugt, und fühlt sich erst sicher, als er in der Limousine sitzt, die ihn ohne weiteren Zwischenfall ins Hotel bringt. Er tastet nach seinem Geld – alles noch da.

In seiner Suite wartet Ineko schon, wo sie sich entsetzt seine Horrorgeschichte vom Überfall und von dem netten Japaner, der glücklicherweise noch gerade rechtzeitig aufgetaucht war, anhört. »Ein Mann mit echter Zivilcourage«, schwärmt Kawabata. Liebevoll knöpft sie ihm die noch immer offene Hose zu. Satô sei gedankt für den Beschützer, den er dem Minister mitgegeben hat, denkt Ineko.

An diesem Abend erhält Satô zwei Anrufe aus Korea. Er nimmt den Bericht seines Mannes zufrieden entgegen. Ein zuverlässiger und professioneller Mann, eiskalt, bestens trainiert und noch jung, geht es ihm durch den Kopf. Vielleicht wird er mal der Nachfolger des Spezialisten, Satôs »Geheimwaffe«. Der Anruf Inekos amüsiert ihn eher, besonders die Geschichte mit dem offenen Hosenschlitz des Justizministers. Außerdem hat Kawabata diesmal im Kasino reichlich gewonnen, die Reise wird also nicht ganz so teuer für Satô werden. Prima gelaufen, Herr Minister schuldet mir mal wieder eine große Portion »Dankbarkeit«, denkt Satô zufrieden und legt den Telefonhörer auf.

26. Juni – Wagu

Es ist schon spät am Nachmittag, als ich in Wagu ankomme, die Sonne hat schon an Kraft verloren, es wird bald und schnell dunkel werden, wie in diesen Breitengraden üblich. Es hat sicher auch keinen Sinn mehr, noch an »meinen« Strand zu »meiner« *Ama* zu gehen. Außerdem ist mir überhaupt nicht danach zumute. Das Gespräch mit Nagai hat mich doch ganz schön aufgerüttelt. Jan, Jan, denke ich, du schlitterst ja wieder ganz schön in die Bredouille, paß auf. Es ist an der Zeit, mich mit Andô zu unterhalten. Außerdem werde ich Silinsky bitten, eine einstweilige Verfügung für einen Baustopp vorzubereiten, um den Druck zu erhöhen. Ich hoffe nur, was ich vorhabe, wird gutgehen.

Im Hirohama-*sô*, dem kleinen Gasthof im Ort, nehme ich mir ein Zimmer. Mein Magen meldet Hunger und meine Kehle Durst, aber es ist noch zu früh, im kleinen Restaurant wird noch vorbereitet. Also schlendere ich die kurze Hauptstraße rauf und runter und schaue mir hier und da die Auslagen in den Schaufenstern an. Das einzig Interessante, was ich sehe, ist ein kleines Spiel, das aus einem Set von sakeschalengroßen Porzellanmasken besteht. Die erste Maske stellt *Tengu* dar, den Kobold mit dem roten Gesicht und der sehr, sehr langen Nase. *Tengu* stiehlt angeblich kleine Kinder, aber ich glaube, nur vorlaute und halte ihn deshalb im Grunde seines Herzens für gutmütig. Die zweite Maske ist *Okame*, die Göttin der Fröhlichkeit und, wie so oft, wird sie begleitet von *Hyotto*, dem schrumpeligen alten Mann, der versucht, ein Feuer zu entfachen. Ein Porzellanwürfel mit Abbildern der Masken vervollständigt das Spiel. Es wird gewürfelt, und je nach Resultat nimmt man sich eine der Maskenschalen, sie wird mit *Sake* gefüllt; und jetzt kommt der Haken, *Tengu* mit der langen Nase kann man nicht absetzen, ohne daß die Schale umkippt. *Hyotto* hat ein Loch an der Stelle, an der sein Mund ist, er muß ja Feuer anfachen. Um ein Auslaufen des *Sake* zu verhindern, bleibt einem nichts übrig, als den Becher in der Hand zu halten und mit einem Finger das Loch zuzuhalten. Nur *Okame* ist gnädig, die Maske funktioniert als Sakeschale ohne jegliche Hinterlist. Ziel des Spiels ist natürlich, so schnell wie möglich vom nüchternen in den trunkenen Zustand überzugehen. Die drei Masken und der Würfel sind sehr fein gearbeitet und offensichtlich schon ziemlich alt, wie man an den Gebrauchsspuren sehen kann. Ich sammle leidenschaftlich solche verrückten kleinen Dinge. Unser Haus ist voll mit Kuriositäten dieser Art. Ja, ja, ich weiß, manch einer denkt jetzt: »Wie der Herr, so 's Gescherr!«

Ich kann nicht widerstehen, und eine halbe Stunde später und nach wortreicher Verhandlung ist das Spiel in meinem Besitz. Der Ladenbesitzer und ich, wir sind beide zufrieden.

Jetzt habe ich aber wirklich Hunger. Heute abend werde ich *Daruma-tai*, Seebrasse, essen. Es ist eine der Spezialitäten des Hirohama-*sô* und gerade Saison für diesen Fisch. Für die leckeren *Ise-ebi*, scherenlose Hummer, eine andere lokale Köstlichkeit, ist es schon zu spät, die gibt es nur bis Mai. Nach einigen kleinen, leckeren Vorspeisen aus verschiedenen Gemüsen kommt endlich der *Daruma-tai,* serviert auf in feine Streifen geschnittenem japanischem Rettich, der wie ein Fischernetz verflochten ist. Der Fisch ist köstlich, weich und saftig. Fisch muß schwimmen, sagt man, also spüle ich alles sorgfältig mit reichlich Bier und kaltem *Sake* herunter, um mich letztlich zufrieden zurückzulehnen.

Ich war so mit meinen Grundbedürfnissen beschäftigt, daß mir gar nichts aufgefallen war. Aber jetzt, da ich satt bin, schaue ich mich im Lokal um. Es ist nicht so fröhlich, wie ich es von früheren Besuchen kenne. Die wenigen anderen Gäste tuscheln nur untereinander, ihre Gesichter sind ernst und scheinen besorgt. Irgendetwas muß wohl vorgefallen sein. In diesem Moment fällt mein Blick auf den jungen Mann, der dem Besitzer des Hirohama-*sô* beim Bedienen der Gäste hilft und mit dem ich schon einige Male gesprochen hatte. Heute abend hatte ich ihm bisher keine Beachtung geschenkt, weil es sich der Besitzer nicht nehmen ließ, mich selbst zu bedienen. Der Junge, vielleicht neunzehn oder zwanzig Jahre alt, verdient sich hier wohl etwas dazu. Was er sonst so macht, weiß ich nicht, vielleicht ist er Student, vielleicht arbeitet er aber auch im Dorf? Das Licht der Thekenbeleuchtung fällt jetzt genau auf sein Gesicht, und ich sehe das Malheur, ein blaues Auge, noch halb zugeschwollen, die Unterlippe deutlich dicker und aufgeplatzt und ein Heftpflaster auf der rechten Wange. Außerdem bewegt er sich sehr bedächtig, das Gesicht bei jedem Schritt leicht verzerrt. Wohl in eine kleine Schlägerei geraten oder gegen einen Bagger gelaufen, denke ich amüsiert, mich sofort zur Ordnung rufend, schließlich hat der Junge sicher Schmerzen. Ich winke ihn heran, weil ich ihm mein Mitgefühl ausdrücken will. Unwillig nähert er sich, seine Hand vor den Mund haltend. »Na, was ist Ihnen denn passiert, ein Unfall oder die Freundin?« Ich zwinkere ihm mit meinem rechten Auge zu, eine Geste, die in Japan nicht üblich ist. Er brummt nur unfreundlich etwas, das ich kaum verstehe. Es klingt wie, »es ist nichts, hingefallen«; Er dreht sich abrupt um und verschwindet nach hinten aus der Gaststube. Autsch, pardon, ich bin wohl mal wieder ins Fettnäpfchen getreten.

Ich wende mich wieder meinem *Sake* zu und kann jetzt, da ich mich darauf konzentriere, doch einige der Gesprächsfetzen am Nachbartisch auffangen. Die zwei alten Männer reden über eine *Ama*. Verschwunden sei sie, seit Tagen, unvorsichtig sei sie gewesen und noch so jung. Ich kann mich nicht zurückhalten und lehne mich zu den beiden hinüber. Mir schwant Übles. »Entschuldigen Sie bitte, daß ich so unhöflich bin, mich einzumischen, aber sie sprachen über eine *Ama*, die verschwunden ist. Wo ist das denn passiert?« erkundige ich mich so lässig wie möglich. Sie schauen mich an, offensichtlich unsicher, ob sie wirklich gerade auf japanisch angesprochen wurden und ob sie einem Fremden, der auch noch Ausländer ist, Auskunft geben sollen. Nach einigen Sekunden des Zögerns informiert mich der eine, daß eine der jungen, noch unerfahrenen *Ama* seit gestern morgen verschwunden ist, nachdem sie zuletzt gesehen wurde, wie sie zum Tauchen aufbrach. Man sucht seitdem nach ihr, aber keine Spur. »Vielleicht ist sie ja nur weggelaufen, wie so viele junge Mädchen heutzutage«, wirft der zweite Alte skeptisch ein. »Nein, nein, nicht Minako, die liebt das Tauchen und hat außerdem ihren Freund hier«, widerspricht der erste und schaut dabei vielsagend auf die Tür, durch die der Junge verschwunden ist. Ich lasse mir die *Ama* beschreiben, und es wird fast zur Gewißheit, es muß sich um meine kleine Freundin handeln. Mein Magen verkrampft sich. Das kann doch nicht sein, versuche ich, mich zu beruhigen. Das Gespräch versandet wieder, und die beiden Alten verschwinden auch bald. Ich möchte gerne noch einmal mit dem Jungen sprechen, vielleicht kann ich ja irgendwie helfen, aber er taucht nicht wieder auf. In dieser Nacht schlafe ich schlecht. Im Halbtraum tauchen immer wieder die *Ama* und einmal Sean Connery auf, der »meine« *Ama* in den Armen hält.

Auch heute morgen kann ich ihn nirgendwo sehen. Ich verlasse das Hotel und fahre mit etwas erneuerter Hoffnung an den kleinen Strand. Vielleicht ist sie es ja nicht, oder sie war nur mal für ein paar Tage ausgebüxt, mache ich mir Mut. Ich kann sie aber nicht entdecken, statt dessen sehe ich viele Boote auf dem Wasser, ab und zu springt eine der älteren *Ama* ins Wasser. Sie scheinen alle etwas zu suchen. Vergebens, ich verbringe einige Stunden am Strand, aber sie finden nichts. Ich muß nach Tôkyô zurück. Vielleicht erfahre ich bei meinem nächsten Besuch, was passiert ist. Ich hoffe immer noch, daß meine Befürchtungen grundlos sind.

27. Juni – Toba

Hätte der Fahrer des alten Politikers nicht eine schlechte rohe Auster gegessen, wäre der Wagen des Clubs nicht mit einem Motorschaden weit von der Hütte entfernt liegen geblieben, ehe er das Mädchen wieder abholen konnte, wäre vielleicht alles anders gekommen. Statt dessen war der Alte gezwungen, nicht nur sich, sondern auch das Mädchen selber mit seinem Privatwagen, einem, alten Nissan President, zu fahren.

Nach einem langen, anstrengenden und zumindest für ihn äußerst befriedigenden Sonntag Nachmittag räumte er wie immer sorgfältig das Schlafzimmer des Wochenendhauses auf, wickelte die Spuren seiner anstrengenden Tätigkeit wieder ein, diesmal waren es zwei Kondome – persönlicher Rekord – und verschloß die Fensterläden und die Tür fest. Kiyoko, die Micky-Maus-Handtasche mit den fünfzigtausend Yen, die er ihr diesmal gegeben hatte, unter den Arm geklemmt, wartet schon am Auto.

Sie ist froh, daß der Alte sie fahren wird, sonst würde sie wirklich in Schwierigkeiten geraten. Zu Fuß ist es viel zu weit bis Toba, und per Anhalter möchte sie nur ungern fahren. Der Club hatte sie vor wenigen Minuten über ihr Handy informiert und angeboten, einen anderen Wagen zu schicken, aber sie hätte mindestens noch zwei Stunden warten müssen. Ihr Kunde war ganz süß gewesen und hatte angeboten, sie in Toba abzusetzen, das heißt, genau genommen, ein Stückchen außerhalb, wie beide bevorzugten. Man weiß ja nie, wer einen so sieht.

Die schwere Limousine rollt langsam den engen Waldweg von der Hütte hinunter, der Alte fährt nicht oft selber und muß vorsichtig sein. Auf der Straße beschleunigt er den Wagen, und sie sind auf dem Weg nach Toba. Die Straße ist eng und gewunden, dichter Wald und offene Felsplateaus lösen sich ab. Mit einem hübschen Mädchen auf dem Nebensitz fühlt er sich jung und gibt etwas mehr Gas. Seine linke Hand liegt auf dem Oberschenkel Kiyokos. Er ist gut gelaunt und schaltet sogar das Radio ein. Kiyoko plappert belangloses Zeug, um die Zeit zu überbrücken, und er macht sich über sie lustig.

Plötzlich fällt ihm das Päckchen mit den gebrauchten Kondomen in seiner Jackentasche ein. Er greift mit der linken Hand in die Tasche und gleichzeitig betätigt er mit der rechten den elektrischen Fensterheber. Das Lenkrad läßt er für diese Sekunde aus den Händen, hat es lässig zwischen seinen Beinen eingeklemmt.

Er sieht die Kurve nicht, auf die der Wagen zurast, weil er just in diesem Moment das Päckchen aus dem Wagen wirft. Kiyoko, die keinerlei Erfahrung mit dem Autofahren hat, stemmt zwar instinktiv die Füße gegen die Blechwand im Fußraum des Wagens, sagt aber nichts. Er greift wieder nach dem Lenkrad, erschrocken, daß er schon in der engen Kurve drin ist. Die Reifen fangen an zu quietschen, der Wagen neigt sich tief zur Seite, der Alte begeht einen fatalen Fehler. Er übersteuert bei dem verzweifelten Versuch, den Wagen durch die Kurve zu lenken, und gleichzeitig bremst er heftig.

Das Heck des Fahrzeugs bricht prompt aus, er verliert die Kontrolle über den Wagen, und beide Insassen erleben fasziniert, wie in Zeitlupe, wie der Wagen von der Straße abkommt, gegen einen flachen Felsen schleudert und sich dadurch überschlägt. Langsam rollt der Wagen den kleinen Hang hinunter.

Für Kiyoko ist es der letzte Eindruck, den sie erlebt. Leichtsinnigerweise hatte sie sich nicht angeschnallt, und beim Überschlag des Autos wird sie hilflos herumgeschleudert und endet nicht nur mit vielen Platzwunden, sondern auch mit einem gebrochenen Genick. Daß ihr der Metallstumpf des abgebrochenen Rückspiegels noch eine Arterie am Hals zerschneidet, spielt schon keine Rolle mehr. Sie ist sofort tot.

Der Wagen liegt arg mitgenommen auf dem Dach, alle Scheiben zersplittert, die Räder drehen sich noch langsam, das Radio plärrt unverdrossen einen Schlager. »Morning Musume«, »Tochter des Morgens«, heißt die Gruppe ironischerweise.

Er ist angeschlagen, aber bei Bewußtsein, sein Körper schmerzt zwar, es scheint aber trotzdem alles zu funktionieren. Es ist komisch, mit dem Kopf nach unten in den Sicherheitsgurten zu hängen. Vorsichtig tastet er sich an das Gurtschloß und drückt auf die Taste. Unvermittelt knallt er auf dem Dach des Wagens auf, mit dem Kopf zuerst. Er ist für einen Moment benommen, stemmt dann die Fahrertür auf, die glücklicherweise ohne Murren funktioniert, und rollt aus dem Wagen. Für einige Minuten bleibt er flach auf dem Rücken liegen. Langsam und sehr vorsichtig erhebt er sich. Beide Arme und Beine lassen sich bewegen, wenn auch etwas steif. Das gleiche mit seinem Genick. Alles noch dran, denkt er erleichtert. Er sieht Blut auf seiner Jacke, seiner Hose, viel Blut, kann aber außer einigen kleinen Schrammen an der linken Hand und an der linken Schläfe, die nur wenig bluten, nichts entdecken. Wie ein Blitzschlag fährt es ihm durch den Kopf, die Kleine!

27. Juni – Richtung Tôkyô

Die Autobahn in Richtung Tôkyô ist schon ziemlich voll, die Golfspieler, die schon um fünf Uhr morgens aufgebrochen waren, sind auf dem Heimweg. Dazu gesellen sich Tagesausflügler, unterwegs in die Umgebung der Metropole, Salarymen, die montags schon früh in der Stadt sein müssen, und natürlich ich. Dieses Wochenende war nicht so verlaufen, wie ich gehofft hatte, die Sorge um Nagai und seine Familie und dann noch die Geschichte mit der verschwundenen kleinen *Ama*. Dieser junge Kellner geht mir nicht aus dem Kopf. Warum war er so nervös und unfreundlich, als ich ihn ansprach? Nur weil ich ihn wegen seines blauen Auges ein bißchen aufgezogen habe? Und woher stammen seine Verletzungen wirklich? Hat er etwas mit dem Verschwinden der *Ama* zu tun? Ich male mir alles Mögliche aus, bis mich ein lautes und eindringliches Hupen rüde aus meinen Gedanken schreckt. Ein riesiger Laster will überholen, und mein *Bentsu* ist im Weg. Vor lauter Grübeln bin ich immer langsamer gefahren, ein echtes Hindernis für diesen Kapitän der Autobahn. Ich wechsle auf die linke Spur, und der vollverchromte riesige Laster, rundherum mit hunderten von kleinen Lämpchen verziert, rauscht an mir vorbei. Ich gebe ebenfalls wieder Gas, der *Bentsu* scheint es zu mögen und schnurrt freundlich. Na ja, vielleicht war der Junge ja nur in eine kleine Dorfschlägerei verwickelt, oder ist betrunken auf die Nase gefallen. Ich lese vermutlich zuviel in sein Verhalten hinein.

Im Radio, das unentwegt japanische Schlager plärrt, gelegentlich unterbrochen von Verkehrshinweisen und Nachrichten, läuft gerade der neueste Song der Gruppe »Morning Musume«.

Vor mir staut sich jetzt der Verkehr, ich kann den Laster nur wenige Fahrzeuge vor mir sehen, er ist auch nicht viel schneller vorangekommen. Es dauert fast eine Viertelstunde, bis ich durch die Mautstelle durch bin, es ist ziemlich teuer. Von hier werde ich bald auf der Stadtautobahn sein, noch mal siebenhundert Yen. Ich denke an Anna, die jetzt vermutlich bei ihrer Freundin an der Töpferscheibe sitzt und weichen Ton nach ihren Vorstellungen formt und sich vorstellt, das sei ich. Amüsiert trete ich das Gaspedal durch, es zieht mich nach Hause.

Der Alte steht, so schnell es geht, auf und humpelt auf die andere Seite des Wagens. Er bückt sich und starrt durch das zerschmetterte Seitenfenster in das leblose, seltsam bleiche Gesicht Kiyokos. Den Kopf unnatürlich verdreht, liegt sie wie ein Ball zusammengerollt auf dem ehemals weißen Wagenhimmel, in dem sich aus der klaffenden Halswunde sickerndes Blut sammelt. Er hat keine Zweifel, das Mädchen ist nicht mehr zu retten. Für einen Augenblick fühlt er Entsetzen, Mitleid, Schuld, aber Sekunden später setzt der Selbstschutzmechanismus des erfahrenen Politikers ein. Es heißt jetzt, dieser vertrackten Lage Herr werden. Ein Spitzenpolitiker in einen Unfall verwickelt mit einer fremden Fünfzehnjährigen im Wagen ist schon schwierig genug zu erklären. Eine tote Fünfzehnjährige ist aber keinesfalls akzeptabel und würde mindestens das Ende seiner Karriere bedeuten.

Hilfe muß jetzt her. Der Wagen ist glücklicherweise von der Straße nicht zu sehen. Nicht daß an diesem Sonntag viele Autos auf dieser kleinen Straße fahren, aber es ist sicher besser so. Er hat an andere Hilfe gedacht. Er erinnert sich an das Handy Kiyokos in ihrer Handtasche. Er schaut im Wageninneren herum, nichts. Vorsichtig zerrt er an der Leiche um zu sehen, ob Micky Maus sich unter ihr versteckt, nein. Verflucht! Einen Wahlbezirk für ein Telefon. Er läßt sich erschöpft aus der Hocke auf sein Gesäß fallen. Autsch, er hat sich auf etwas gesetzt. Etwas mit spitzen, harten Ecken und Kanten.

Er erhebt sich etwas, hinter sich blickend. Das ist sie ja! Er greift in die Tasche, die offensichtlich heraus geschleudert worden war. Eine Bürste, die hat wahrscheinlich so weh getan. Ein Portemonnaie, ein Taschentuch von Kenzô, wie er an der Aufschrift sieht, ein Päckchen Kondome, Kaugummi, Lippenstift, ein zerbrochener Spiegel, und natürlich das Handy. Silber ist es mit einem ganzen Bündel winziger Teddybären dran befestigt, wie es bei den jungen Mädchen so populär ist. Er hat Glück, es ist eingeschaltet. Er wählt eine Nummer, die er nur im Kopf gespeichert hat. Es klingelt ein einziges mal, dann knackt es, es klingelt noch einmal, umgeschaltet. Er muß nicht lange warten. »Ja?« hört er die Stimme des einzigen Mannes, der ihm aus dieser mißlichen Lage helfen kann. »Satô, ich bin es, ich brauche Ihre Hilfe, sofort!« Der Mann am anderen Ende hat seine Stimme sofort erkannt, es gibt außerdem nur sehr wenige unter den Lebenden, die diese Telefonnummer kennen.

»Was kann ich für Sie tun, was ist passiert?« fragt er gelassen. Er kennt die üblichen Probleme des Anrufers, entweder Spielschulden, eine Hure, die mehr als Geld will, oder etwas ähnlich Bedeutendes. Alles läßt sich leicht regeln – mal mit Geduld, mal muß man etwas nachhelfen. Meist reicht schon die Androhung von Sanktionen. »Etwas Schreckliches ist passiert. Ich hatte gerade einen Unfall und die Kleine ist tot! Alles ist voller Blut!« Der Mann am anderen Ende versteht nicht. »Was für eine Kleine, was für ein Unfall, wo sind Sie überhaupt?«

Der Alte reißt sich zusammen und erzählt ihm genau, was passiert ist und wo er sich jetzt gerade befindet. Satô zögert nicht lange. Von dem Schulmädchen weiß er natürlich, nicht nur weil der Telefonsexclub zu seinem Imperium gehört, sondern weil der Chauffeur des Politikers ihm natürlich immer alles berichtet. Außer heute, so ein Pech. »Hat irgend jemand den Unfall beobachtet?«

»Nein, niemand war hinter mir, als es passierte, und man kann die Stelle, wo der Wagen liegt, von der Straße nicht sehen.«

»OK, bleiben sie wo Sie sind, jemand wird Sie abholen, und um den Wagen und das Mädchen kümmern wir uns auch. Sind Sie verletzt?«

»Nein, nur ein paar Kratzer, warum?«

»Gut, dann überlegen Sie sich schon mal eine Story, wie sie sich die Kratzer zugezogen haben und wo man Ihnen den Wagen gestohlen hat.«

»Wagen gestohlen?« Es dauert ziemlich lange, bis der Alte begreift. »Ach ja, ich verstehe, Sie haben recht, das viele Blut, da bleiben Spuren. Was machen Sie denn mit dem Wagen und dem Mädchen?«

»Lassen Sie das meine Sorge sein, kümmern Sie sich um eine solide Story für Ihre Frau. Ach, übrigens der Wagen, der sie abholt, ist ein blauer Cadillac, warten Sie an der Straße und halten Sie ihn an, wenn Sie ihn sehen.« Die Verbindung wird unterbrochen und das Warten beginnt. Allerdings dauert es nicht lange. Eine halbe Stunde später hört er einen Wagen mit dem Geräusch eines großvolumigen Motors langsam die Straße rauf kommen. So schnell er kann, krabbelt er den kleinen Hang hoch, gerade rechtzeitig, um den dicken, blauen Amischlitten heranrollen zu sehen. Er tritt auf die Straße und winkt heftig. Der Cadillac hält kurz an. Der Fahrer, jung, dunkle Sonnenbrille, dunkler Anzug, Krawatte, springt raus, öffnet die Beifahrertür. Dankbar läßt der Politiker sich in die tiefen, weichen Polster der Rückbank sinken. Kein Wort fällt zwischen den beiden. Der Fahrer weiß, wohin es geht. Bevor er losfährt, beschreibt er noch kurz und präzise die Stelle, an der der Unglückswagen liegt, über sein Handy.

Knapp eine Stunde später rollt ein Abschleppwagen heran und hält an der Unfallstelle. Der Cadillac-Fahrer hatte gute Anweisungen gegeben. Zwei Männer in ölverschmierten Overalls klettern aus dem Lastwagen und blicken prüfend den Hang hinunter. Einige Meter weiter ist der Hang so beschaffen, daß sie den allradgetriebenen Wagen vorsichtig runter bugsieren können, um direkt an dem Unfallfahrzeug zu halten. Sie verlieren keine Zeit, beide blicken nur kurz in das Innere des Trümmerhaufens. Ihre Mienen verziehen sich kaum beim Anblick des toten Mädchens und des vielen Blutes. Sie sind keine gewöhnlichen Abschleppwagenfahrer.

Sie schlingen ein Drahtseil um den Wagen, zurren es fest, und der eine der beiden betätigt die Winde am Bug des Abschleppwagen dessen Motor angestrengt aufheult. Das Drahtseil spannt sich, langsam und ächzend richtet der verbeulte Wagen sich auf und fällt schließlich mit einem lauten Krachen auf seine vier Räder zurück. Die Leiche im Inneren rutscht dabei in den Fußraum vor den Sitzen. Das Blut, das sich im Wagendach gesammelt hatte, läuft schon beim Anheben des Wagen aus den zertrümmerten Fenstern und versickert im Gras, wo es eine grausige Spur zurückläßt. Eine Weile tropfen Reste des Blutes noch vom Wagendach auf die Sitze und auf Kiyoko.

Sie lösen das Drahtseil der Winde und rollen es wieder auf die Stahltrommel. Der Fahrer rangiert den Abschleppwagen mit dem Heck zum PKW zeigend, sein Beifahrer weist ihn dabei ein. Sie befestigen die breiten Hebebänder des Autokrans vorne und hinten unter dem Nissan. Der Motor des Abschleppwagens heult wieder auf, und der Schrottwagen wird in die Luft gehoben. Eine Minute später steht er sicher auf der Plattform des Lastwagens. Keile unter den Rädern sichern den Wagen vorm Abrollen. Der Beifahrer springt kurz von der Plattform und holt eine alte Decke aus der Fahrerkabine. Wieder oben, öffnet er kurz die Tür des Unfallwagens und deckt die Leiche sorgfältig ab. Von unten kann man zwar nichts sehen, aber vielleicht aus einem Hausfenster. Sicher ist sicher.

Der Abschleppwagen arbeitet sich dank seines Allradantriebs mühelos wieder den Hang hoch, und zurück auf der Straße geht es in Richtung Toba. Die beiden haben genaue Anweisungen. Sie sind Profis. Der Nissan President wird in einer Schrottpresse als Würfel enden. Für die Tote haben sie andere Pläne. Würde sie einfach spurlos verschwinden, gäbe es nur unnötige Nachforschungen.

Der Politiker sitzt währenddessen im Cadillac auf dem Weg nach Tôkyô und grübelt darüber, was er seiner Frau erzählen soll. Schließlich, als erfahrener Politiker, mit allen Wassern gewaschen, fällt ihm eine gute Geschichte ein und sein Gesicht hellt sich auf. Er wiederholt sie in Gedanken so oft, bis er fast selbst dran glaubt. »Stell dir vor«, wird er seiner Frau erklären, wenn diese sicher mit Entsetzen seine Schrammen sieht und feststellt, daß er nicht mit seinem eigenen Wagen zurückgekehrt ist, »ich sitze in der Hütte und arbeitet gerade an meiner Rede für nächste Woche, wenn die chinesische Delegation kommt, da höre ich draußen den Motor unseres Wagens aufheulen. Ich bin schnell ans Fenster gesprungen und konnte gerade noch zwei Burschen erkennen, die mit dem Wagen davon fuhren. Ich bin hinterher und auf dem Treppenabsatz der Veranda über den Holzfrosch gestolpert.« Hier wird er seine Frau etwas vorwurfsvoll ansehen, er haßt den blöden Frosch.

Am Anfang war seine Frau ab und zu dabei, wenn er zur

Hütte fuhr. Sie hatte die Hütte dekoriert, und ein dicker Holzfrosch, den sie bei einem Ausflug in einem Antiquitätenladen gefunden hatte, ziert seitdem die kleine Veranda. Aber in den letzten Jahren fuhr er nur noch alleine. Sie ist sich seit langem ziemlich gewiß, daß er dort nicht nur liest und Reden schreibt, zu oft riecht sie fremdes Parfum, wenn er zurückkommt, aber es ist ihr lieber, er tut, was immer er tut, weit weg und nicht in Tôkyô. Sie kommt aus einer alten Familie mit direkter Verbindung zum letzten *Shôgun*. Ein Skandal wäre für sie das Schlimmste.

»Ich bin dann kopfüber von der Treppe auf den Waldboden geschlagen und habe mir alles aufgeschrammt, es hat furchtbar weh getan, und fast verblutet bin ich«, wird er leicht übertreiben. Seine Frau wird vor lauter Entsetzen und Mitleid keinen Zweifel an seiner Geschichte haben. »Natürlich war der Wagen weg, und ich konnte die beiden nicht erkennen. Es ist unglaublich, daß man jetzt nicht mal mehr auf dem Land vor solchen Verbrechern sicher ist.« Die Geschichte klingt überzeugend. Zwei kleine Probleme gibt es, seine Hose und Jacke hat zuviel Blut von Kiyoko abbekommen, als daß er es mit seinen kleinen Schrammen erklären könnte, und er wird den »Diebstahl« des Wagens bei der Polizei melden müssen, wegen der Versicherung.

Das Glück bleibt ihm hold, als er zu Hause ankommt, ist seine Frau gerade nicht da. Er zieht sich um und wäscht das Blut sorgfältig aus. Jacke und Hose hängt er dann zum Trocknen nach draußen. Als nächstes ruft er sofort seinen Freund, den Polizeipräfekten von Tôkyô, an und erklärt ihm, warum er die lokale Polizei nicht schon von seiner Hütte aus eingeschaltet hat. »Du verstehst doch, ich möchte nicht, daß die Leute in Toba wissen, wer ich bin, dann habe ich nie meine Ruhe. Kannst du das nicht regeln?« Der Präfekt versteht seinen Parteifreund sehr gut, und schließlich hat ihm der Anrufer ja auch schon hin und wieder den Rücken freigehalten. Aber insgeheim kann er sich ein hämisches Grinsen nicht verkneifen. Das gönne ich dem, immer so arrogant und überheblich ist er. Dabei verdankt er schließlich seinen Posten nur uns, seinen Parteifreunden, denkt er. »Ich werde sehen, was ich tun kann. Mach dir keine Sorgen«, sagt er laut. »Ich werde morgen einen Beamten zu dir schicken, der ein Protokoll aufnimmt, du brauchst das für die Versicherung. Der Wagen ist wahrscheinlich jetzt schon auf dem Weg nach China oder Rußland. Die Diebe kriegen wir eh nicht mehr.« Noch ein paar Worte, und beide beenden das Telefonat.

28. Juni – Tôkyô

»Peter, hast du schon eine Antwort aus Toba?« will ich von meinem Anwalt wissen, als ich heute morgen bei ihm anrufe. Es ist erst Montag morgen und die Post noch nicht geliefert, aber ich bin ungeduldig. Es kommt jetzt darauf an, nicht nachzulassen. »Nein, Jan, noch kein Sterbenswörtchen, weder von der Baufirma noch vom Amt in Toba. Aber das ist nicht weiter verwunderlich, die überlegen sicher gerade, was sie antworten können«, will er mich beruhigen. »Na, die hatten doch genug Zeit. Meinst du, du kannst schon mal eine einstweilige Verfügung auf Baustopp erwirken, um denen etwas Feuer unter den Hintern zu machen?« Peter Silinsky zögert mit seiner Antwort. »Ja, das könnte ich schon, aber glaubst du nicht, daß das etwas überhastet ist? Ich meine, wir haben noch nicht einmal eine Antwort auf unseren Brief, und der Bau hat doch noch nicht angefangen, nicht wahr?«

»Nein, ich will denen richtig Druck machen, ich habe meine Gründe, Zeit ist ein wesentlicher Faktor meiner Strategie«, begründe ich meine Eile, ohne daß es dadurch für meinen Anwalt klarer wird. Soll es ja auch nicht.

»OK, ich leite alles ein und lasse die Verfügung zustellen, du weißt hoffentlich, was du tust, das wird Mordsstaub aufwirbeln.« Silinsky weiß nicht, wie recht er mit dieser Anmerkung haben wird. Punkt zwei auf meiner Tagesordnung ist eine Verabredung zum Essen mit Andô. Er ist aber leider nicht verfügbar, eine Dienstreise, sagt man mir. Ich hinterlasse eine Nachricht, daß er mich anrufen soll, wenn er zurück ist.

Ich kämpfe natürlich nicht nur mit der japanischen Unterwelt und um den Erhalt der Aussicht und des Wertes unseres Firmenferienhauses. Meistens bin ich sogar mit meiner Arbeit als Chef einer Firma und nebenbei als Vorstand in der Deutschen Handelskammer vollauf beschäftigt. Am heutigen Vormittag treffe ich mich zusammen mit Hubertus von Hahn im Ministry of International Trade and Industry mit dem Industrieminister. Im gemeinsamen Auftrag der Botschaft und der Kammer und als Vorbereitung auf den ersten Besuch unseres augenblicklichen Wirtschaftsministers Müller im September, legen wir ihm und seinem Staatssekretär einen Katalog von Vorschlägen vor, was bei dem Besuch besprochen werden sollte, Kooperationen, Handelshemmnisse oder gemeinsame Standpunkte gegenüber den Amerikanern für ein multi-nationales Flugzeugprojekt, an dem auch meine Firma maßgeblich beteiligt sein möchte. Ich kann den Industrieminister nicht besonders ausstehen, er ist mir zu unverbindlich, ständig ausweichend. Was für ein Gegensatz zu seinem Vorgänger, der leider vor kurzem einem Krebsleiden erlegen ist. Außerdem habe ich Probleme, seinen Ôsaka-Akzent zu verstehen.

Er ist schon ziemlich alt und wahrscheinlich als guter Parteisoldat in die Position gerutscht. Na ja, unsere Politiker lassen ja zum Teil auch zu wünschen übrig. Heute scheint er noch weniger als sonst Interesse an unserem Gespräch zu haben, irgendetwas anderes scheint ihn zu beschäftigen, Das Treffen ist nach weniger als zwei Stunden vorbei. Ich fürchte, es wird kein sehr fruchtbarer Besuch werden, zumindest nicht auf der Ministerebene. »Komisch, was für eine Laus ist dem denn über die Leber gelaufen«, fragt Hubsi klagend. »Keine Ahnung, vielleicht Hämorrhoiden, aber ich denke, wir stellen den Besuch mit Hilfe seines Staatssekretärs schon auf die Beine«, tröste ich meinen Freund.

Der Rest des Tages und der Woche ist vollgepackt mit Terminen bei Kunden, Lieferanten, einer langen Sitzung mit dem Betriebsrat, einer Pressekonferenz wegen unserer neuesten Akquisition, eine Firma in Hokkaidô, die hocheffiziente Steuerungssoftware für Werkzeugmaschinen produziert. Eine typische Woche im kargen Leben eines Firmenchefs. Kurz nach acht Uhr komme ich zu Hause an.

Anna hat mir freundlicherweise die Japan Times, die englischsprachige Tageszeitung, hingelegt, sie ist selber nicht daheim, die »Girls«, das sind Yoshie, die Töpferin, und Mitsuko, die Frau meines Freundes Honda Kenjirô, und natürlich meine Anna, haben einmal im Monat einen Frauenabend, da sind weder Kenjirô noch ich willkommen. Die drei probieren jedesmal eine neue Kneipe aus, und wenn Anna weit nach Mitternacht nach Hause kommt, kann ich, falls ich wach werde, noch riechen, ob es Bier oder *Sake*, *Yakitori* oder *Sushi* gab, alles stark geräuchert natürlich. Nichtraucherkneipen gibt es kaum, schon überhaupt nicht unter den Kneipen, die die drei »Girls« bevorzugen. Als Mann muß man schon einiges aushalten.

Ich bin nicht sehr hungrig, zwei *Onigiri*, das sind gepreßte Reisbällchen, herzhaft gefüllt mit Thunfisch oder Hühnchen oder einfach einer sauren Pflaume, und eingewickelt in *Nori*-Blätter, wie Seetang heißt, hat Anna im Kühlschrank plaziert. Thunfisch, prima. Dazu ein schönes kaltes Bier, die Füße hoch und die Zeitung aufgeschlagen. So kann man's aushalten.

Das Übliche, Aktien im Keller, Premierminister beim Golfen gestrauchelt, die Amerikaner fordern zu Deregulierung auf, Staatssekretär beschuldigt, seine Geliebte schäbig bezahlt zu haben. Also, nichts Wichtiges, ich beiße genußvoll in mein *Onigiri*, ups, etwas Thunfisch auf dem Hemd, na wenn schon. Ich wische den Klecks mit dem Finger ab und lecke ihn dann sauber. Ein Schluck Bier.

Auf der nächsten Seite die Inlandsnachrichten. Eine kleine Schlagzeile weiter unten: »122 Millionen Yen aus Privathaus gestohlen!« Ab dieser Größenordung bin ich natürlich interessiert. Aha, interessante Geschichte. »Fünf oder sechs maskierte und bewaffnete Männer sind gestern gegen 22 Uhr in das Haus eines Mannes eingedrungen, der Dutzende von Telefonsexclubs in Tôkyô und Umgebung betreibt. Die bewaffneten Männer haben den Mann, einen gewissen Hozumi, seine Frau und deren beiden kleinen Kinder im Alter von zwei beziehungsweise sechs Jahren gefesselt und geknebelt. Sie zwangen ihn, den Safe zu öffnen, in dem sich gerade die Lohngelder für die fast 500 Angestellten der Clubs befanden, die aus verständlichen Gründen Bares bevorzugen. Alles ging sehr schnell, niemand ist verletzt worden.«

Ganz klar, Chinesische Mafia, denke ich, und nehme noch einen tiefen Schluck.

28. Juni – Ôsaka

»Chinesen!« entfährt es Satô wütend. Er braucht nicht in der Zeitung zu lesen, was vorgefallen ist, gerade hat ihm sein zweiter Mann in Tôkyô, Katô, die schlechte Nachricht persönlich übermittelt. Die Clubs gehören zu Satôs Imperium. Jetzt reicht's, die mache ich fertig, denkt er rachsüchtig. Katô wartet mit finsterem Gesicht auf Anweisungen, was zu tun ist. »Das waren garantiert unsere chinesischen Freunde.« Der Mann nickt nur zustimmend, er sieht das auch so. »Greif dir ein paar gute Leute und frage erst mal Hozumi, was genau passiert ist, aber Vorsicht, die Bullen sind vielleicht noch da. Dann sehen wir mal weiter. Ich will das Geld zurück, und ich will die Typen, die das gemacht haben, aber lebend!« Sein Unterboß braucht keine weitere Anweisung und entfernt sich schnell unter tiefen Verbeugungen. Formen müssen gewahrt werden, auch in Krisensituationen.

28. Juni – Tôkyô

Die Polizei verfolgt ihre eigenen Spuren, allerdings glaubt man auch dort, es handele sich um eine interne Angelegenheit zwischen den verschieden Mafiabanden. Die Information war zu präzise, als daß es ein zufälliger Überfall gewesen sein könnte. Es gab keine Spuren, keinerlei Fingerabdrücke, keine Zeugen, nichts. Aus Hozumi und seiner Frau war auch nichts Brauchbares herauszukriegen, wahrscheinlich haben die beiden Angst vor Racheakten. Die Polizei ist nur mäßig an einer schnellen Aufklärung interessiert, schließlich ist ja kein ehrenwerter Bürger geschädigt worden, und läßt sich entsprechend Zeit.

Als Katô und seine Leute nach der Zugfahrt von Ôsaka nach Tôkyô bei Hozumi klingeln, sind alle Polizisten bereits abgezogen, und im Inneren des Hauses ist außer an den Spuren des Fingerabdruckpuders hier und da, nichts von der ganzen Geschichte zu sehen. Hozumi ist nicht erfreut, die *Yakuza* zu sehen. Verständlich, denkt Satôs Mann, aber es eilt. »Also, was ist passiert, hast du gesehen, wer es war, oder Sie?« wendet er sich an Hozumis Frau. Seine Stimme ist hart und drohend. Sie schlägt ihre Augen nieder. »Nein«, kommt es fast gleichzeitig aus den beiden heraus, etwas zittrig. »Die waren alle maskiert und haben fast nichts gesagt, nur mit ihren Pistolen auf uns gezeigt. Dann haben sie meine Frau und die Kinder mit Klebeband gefesselt und geknebelt.«

»Und dann?«

»Einer hat mir gedroht, meiner Frau die Nase abzuschneiden und dann meinen Kindern, wenn ich ihm nicht zeige, wo das Geld liegt.« Hozumis Stimme zittert noch mehr, kein Wunder nach diesem Schrecken. »In Japanisch?«

»Ja, aber ich glaube, es waren keine Japaner, der Mann, der geredet hat, hatte einen Akzent. Ich glaube es waren Chinesen oder Koreaner.« Aha, dachte ich mir doch, geht es dem *Yakuza* durch den Kopf. »Glauben Sie das auch?« will er von der Frau wissen. Sie nickt nur eifrig. »So, Chinesen oder Koreaner, wie viele waren es denn?« Er blickt Sie scharf bei dieser Frage an, die Frau ist so nervös, denkt er. »Fünf«, sagt sie. »Sechs«, antwortet Hozumi gleichzeitig. Er wird rot und seine Frau bleich. »Fünf, sechs? Was denn nun, könnt ihr nicht zählen?« Die Stimme Katôs ist noch bedrohlicher geworden. »Eh, sechs, meine Frau hat vielleicht nicht alle sehen können«, stottert Hozumi. Sein Gesicht wechselt von Rot nach Weiß. »Ihr wart alle in diesem Raum?« der *Yakuza* schaut sich um. »Ja!« meint sie. »Nein«, kommt es wieder gleichzeitig von ihm. Hozumi schaut seine Frau wütend an. Katô ist das nicht entgangen. Sein Gespür sagt ihm, daß etwas faul ist. Hozumi hat jetzt kleine Schweißperlen auf der Stirn. Seine Frau wirkt, als ob sie sich in sich selbst zurückziehen möchte. »Mmh, also hier in diesem Zimmer?« Er dreht sich im Zeitlupentempo einmal um seine eigene Achse. »Die Kinder waren auch hier?«

»Nein!«

»Ja!« korrigiert sie ihn prompt. »Verdammt, jetzt reicht es mir! Ich glaube ihr lügt beide.« Es ist dem *Yakuza* nicht entgangen, daß weder das Schloß der Tür beschädigt war, noch daß es auch nicht die geringsten Kampfspuren im Raum gibt. Woher wußten denn die angeblichen Einbrecher, daß ausgerechnet an diesem Tag, in diesem Haus so viel Geld in bar lag? »Ich glaube, ihr steckt mit diesen Typen unter einer Decke, stimmt's? Ich will die Wahrheit wissen, los!« fährt er Hozumi an, greift sich dessen Krawatte und zieht ihn halb aus dem Sessel, in dem dieser sitzt. Dabei verdreht er die Krawatte. Hozumi wird es eng um den Hals.

Die anderen Männer, die Katô mitgebracht hat, zögern nicht, einer packt die Frau an den Haaren, reißt sie aus dem Sessel und wirft sie auf den Boden, wo er sie niederhält. Zwei andere rennen die Treppe hoch und kommen Sekunden später mit den beiden kleinen Kindern, die sie sich regelrecht unter den Arm gepackt haben, wieder herunter. »Also, los, was ist hier wirklich passiert?«

»Nichts, es war so, wie ich gesagt habe, es hat geklingelt, und als meine Frau geöffnet hat, sind fünf Männer...«. Er kann den Satz nicht beenden, der *Yakuza* hat ihn brutal mit der flachen Hand ins Gesicht geschlagen. »Jetzt sind es bei dir auch nur noch fünf? Willst du mich verarschen? Nochmal, was ist hier passiert?« Er schaut seinen Kumpel an, der die Frau festhält. Dieser versteht. Er schlägt ihr kurz und trocken mit der Faust ins Gesicht, sofort schießt Blut aus ihrer Nase. Jetzt fangen die beiden Kinder an zu schreien. Die beiden Männer, die die Kinder halten, zögern nicht eine Sekunde. Sie greifen fester zu, und mit ihren Händen verschließen sie die Münder der Kinder. Es ist fast still, nur gedämpfte Laute der Kinder und das Stöhnen der Frau. »So, jetzt noch ein einziges Mal, was war hier los?« Katô zieht ein Springmesser aus der hinteren Hosentasche, ein Knopfdruck, die Klinge schießt hervor. Er hält die Klingenspitze an Hozumis Auge. »Also?«

Hozumi weiß, was ihm blüht, dabei schien alles so einfach, genial. Erst kommt es zögerlich und stotternd, und der *Yakuza* muß ihn ab und zu mit einem Messerpieks in die Wange ermuntern. Dann, als erst einmal der Anfang gemacht ist, quillt es nur so aus Hozumi heraus, er gesteht alles. Das viele Geld in seinem Haus, jeden Monat mindestens 120 Millionen, seine Frau, die sein Geschäft mit den Schulmädchen haßt, die Zukunft der beiden Kinder, eines davon ebenfalls ein Mädchen; abhauen wollten sie, ins Ausland, nach Amerika. Er hatte sich alles so einfach ausgedacht, den Überfall auf die Chinesen geschoben. Es schien ganz einfach. Seine Frau war erst dagegen, hatte Angst um die Kinder, falls doch was schiefgehen würde. Aber letztlich hat sie sich einverstanden erklärt. Die Chance auf ein neues Leben, der gute Plan, es war einfach zu überzeugend. Hozumi hatte sich einen Trainingsanzug gekauft und Turnschuhe, etwas was er normalerweise nie und nimmer tragen würde, eine Wollmütze mit Löchern über den Kopf gezogen und war leise in das Zimmer geschlichen, wo die beiden Kinder schon schliefen, ehe die beiden richtig wach wurden, hatte er ihnen bereits Mund und Augen mit Klebeband verschlossen und sie im Handumdrehen mit dem gleichen Band gefesselt. Die Kinder haben wahrscheinlich überhaupt nicht geahnt, was ihnen geschah. Als nächstes hatte er seine Frau ebenfalls in der gleichen Art gefesselt und dann auch, so gut es ging, sich selbst.

Die *Yakuza* schauen sich nur staunend an, keiner sagt etwas. Hozumi hatte dann vorgegeben, die Fessseln etwas gelöst zu haben und damit in der Lage gewesen zu sein, die Polizei anzurufen, die dann auch Minuten später auftauchte. Die Spuren waren eindeutig, überall Klebeband, ein umgekippter Sessel, die Kinder im Schlafzimmer immer noch bewegungsunfähig. Die beiden Hozumis sichtbar geschockt, alles erschien sehr glaubwürdig, jedenfalls für die Polizei.

Katô kann es kaum glauben, dieser kleine Schleimscheißer hat sich das alles nur ausgedacht und geglaubt, er kommt damit durch? »Und wo ist das Geld?« Die Krawatte ist jetzt so fest um den Hals gezogen, daß Hozumi kaum sprechen kann. »Ich habe es schon gestern vormittag versteckt, in einem Schließfach im Shinjuku-Bahnhof«, krächzt er mühsam. Er schielt auf seine Frau, die verzweifelt die Augen schließt. Aus der Traum. »Schlüssel!«

»Den habe ich oben versteckt. »Wo?«

»In der linken Tasche meines schwarzen Mantels«, beeilt sich Hozumi, die Spitze des Messer schmerzt. Der *Yakuza* schaut nur einen seiner Männer an, es ist der mit dem Zweijährigen unterm Arm. Der steigt die Treppe wieder hoch, samt Kind, und es dauert nicht lange, bis er triumphierend mit dem Schließfachschlüssel in der anderen Hand auftaucht. »Los, fahr zum Bahnhof und ruf mich an, wenn du das Geld hast. Wo genau ist das Schließfach?«

»Am Südausgang, wo der Flughafenexpress nach Narita abfährt.« Seine Stimme klingt vollkommen resigniert, er weiß, was jetzt kommt.

Katôs Mann setzt das Kind ab und saust zur Tür. Katô läßt Hozumis Krawatte los und drückt ihn zurück in den Sessel. »Beweg dich nicht!« stößt er drohend aus und läßt das Messer wieder verschwinden. Er nickt den anderen zu, die beiden rücken Mutter und Kinder eng zusammen und lassen sie nicht aus den Augen. Katô zieht sein Handy aus der Tasche und wählt eine Nummer, die er immer im Gedächtnis hat. »Ja, und?« sagt die Stimme am anderen Ende ohne Zögern »Boß, es waren Hozumi und seine Frau ganz alleine, wir holen gerade das Geld von Shinjuku zurück. Das Schwein hat versucht, uns zu beklauen, was soll ich mit ihm machen?« Hozumi und seine Frau schauen den Mann voller Panik an, die anderen Gangster machen sich bereit einzugreifen, falls den beiden einfällt, abzuhauen.

Es ist einen Moment still am anderen Ende. Satôs Miene ist eiskalt. So, also keine Chinesen, meine eigenen Leute versuchen, mich zu hintergehen, denkt er. »Hast du die ganze Familie zusammen?«

»Ja, Hozumi, seine Alte und die beiden Kinder.«

Satôs Gesicht verzieht sich allmählich zu einem gemeinen Grinsen. »Ich glaube, wir müssen ein Exempel statuieren, sonst versuchen andere das auch. Ich will, daß es sich rumspricht, was es heißt, die *Yakuza* zu hintergehen.«

»Verstanden, was soll ich mit ihnen machen?« Das kleinste Kind versteht noch nicht, was los ist, aber die sechsjährige ahnt Schreckliches. Sie fängt an zu heulen. Hozumis Frau nimmt sie in den Arm. Hozumi ist verzweifelt. »Bitte, lassen Sie uns gehen, wir werden verschwinden, sie werden mich nie wieder sehen, bitte.« Der *Yakuza* schaut ihn nur verächtlich an, während er mit Satô telefoniert. »Bitte, ... wegen der Kinder!« Katô dreht ihm den Rücken zu.

»Ok, brich ihm beide Beine als Erinnerung und seiner Frau die Arme, ... oder besser nur einen Arm, wegen der Kinder«, fügt er zynisch hinzu. »Wenn ihr das Geld habt, verschwindet ihr. Sag den beiden, wenn der Gips ab ist, sollen sie aus der Gegend verschwinden, so weit wie möglich. Hast du schon einen Nachfolger für das Geschäft? Wenn ja, erzähl ihm genau, was mit Hozumi passiert ist. Ach, und schick die Kinder raus, wenn ihr das macht.«

Ich habe doch ein weiches Herz, denkt Satô.

30. Juni – Tôkyô

»**Fünfzig Gramm Glückseligkeit**« lautet die Schlagzeile, die sich über die ganze Breite der Titelseite der »Yomiuri Shinbun« erstreckt. Das Studium der Tageszeitungen gehört nicht nur zu den Pflichten eines Managers, sondern macht auch meistens noch Spaß, wie dieser Artikel beweist.

»Tennô Akihito ist begeistert über die gute Neuigkeit«, informiert der Untertitel weiter. Jetzt will ich auch wissen, worum es geht. Es ist aber nicht, was ich denke, nein Prinzessin Masako erwartet noch immer keinen Nachwuchs. Nein, es geht um ein *Toki*-Küken, ein weißer Ibis, auch als *Nipponia Nippon* bekannt, das gerade geschlüpft ist.

Der Artikel informiert mich über mehrere Spalten hinweg, daß der Ibis, der einst die japanischen Seen und Sumpfgebiete bewohnte, ausgestorben ist bis auf einen letzten Vogel mit Namen Kin, das heißt Gold, der aber vielleicht wegen seines hohen Alters von immerhin zweiunddreißig Jahren keine Lust mehr an der Fortpflanzung hat. Vielleicht gefielen ihm aber auch die Weibchen nicht, die man ihm aus China von Zeit zu Zeit präsentierte.

Als der chinesische Präsident im letzten Winter seinen Japanbesuch abstattete, brachte er als Geschenk ein Ibis-Paar mit dem Namen Youyou und Yangyang mit, die sofort in der Ibisaufzuchtanstalt auf der Insel Sado untergebracht wurden.

Aha, denke ich, Sado ist also nicht nur die Heimat der *Kodô*-Trommler. Unwillkürlich ziehe ich den Bauch etwas ein und spanne meine Armmuskeln an. Die Musiker der Insel spielen nämlich auf Trommeln, von ganz klein bis zu riesiger Größe, den *Taiko*, und sind bei ihren Vorführungen nur mit einem Lendenschurz bekleidet. Trommeln ist anstrengend, entsprechend durchtrainiert sind die Körper der Männer.

Als ich mit Anna und zwei unserer Freundinnen mal bei einem Konzert in Shinjukus Bunka Center war, saßen wir in der ersten Reihe. Die Trommeln dröhnten rhythmisch, der ganze Saal vibrierte, und die Zuschauer waren alle wie in einen Bann geschlagen. Beim Anblick der schweißüberströmten Männerkörper, sehnig, muskulös, ausdauernd, fielen meinen Begleiterinnen fast die Augen aus dem Kopf, ganz vorgebeugt saßen sie da, die Hände um die Sitzlehnen gekrampft. Wäre ich nicht so tolerant, hätte ich vielleicht so etwas wie Eifersucht empfunden. Statt dessen beschloß ich, die gierigen Blicke einfach zu ignorieren. Ich vergaß das ganze denn auch schnell. Erst als mir die drei zu meinem vierzigsten Geburtstag eine *Kodô*-Trommel schenkten, eine kleine versteht sich, mit kaum versteckten Hinweisen, daß regelmäßiges Training gut für meinen Körper wäre, fiel mir das Konzert wieder ein. Ich habe die Sache mit Humor genommen und übe seitdem heimlich.

Meine abgeschweiften Gedanken wieder auf den Artikel lenkend, lese ich weiter. Der Außenminister wird zitiert, für wie wichtig er die Geburt des Ibis für die guten Beziehungen zwischen China und Japan hält, und der Kaiser dankt allen Chinesen und Japanern, die an der Geburt beteiligt waren. Nur Youyou scheint keiner zu danken, daß er für den alten Kin in die Bresche gesprungen ist, im wahrsten Sinne des Wortes. Aber wer weiß, vielleicht ist Yangyang ja eine ganz scharfe Braut.

Brutzeit, Schlüpfen und Aufzucht erfolgten unter Einsatz aller vorhandenen wissenschaftlichen Hilfsmittel.

Menge und Inhalt der ersten Nahrungsaufnahme und Gewicht und Konsistenz des anschließenden ersten Häufchens sind detailliert beschrieben.

Ich bin froh, daß die Zukunft des *Nipponia Nippon* und damit auch Japans vorläufig gesichert ist, jetzt muß sich nur noch Nachwuchs im Kaiserhaus einstellen. Dann wird sicherlich auch sofort die Konjunktur wieder anspringen. Zufrieden widme mich der nächsten Seite.

»**Pech für den Minister – Auto futsch!**« Die für die zweite Seite der »Yomiuri Shinbun« riesige Überschrift fällt mir an diesem Morgen natürlich auch sofort auf. Amüsiert lese ich den ganzen Artikel. Ausführlich, mit unverhohlenem Spott und natürlich unter Berufung auf eine anonyme Quelle, vielleicht muß jemand bei der Polizei den Journalisten von Zeit zu Zeit kleine Gefälligkeiten erweisen. In dem Artikel wird beschrieben, daß der Justizminister am Sonntag, den 27. Juni, den Diebstahl seines Privatwagens zu vermelden hatte. Bei einem Wochenendausflug zur Halbinsel Ise war das Fahrzeug am hellichten Tage vor dem Wochenendhaus, in dem der Minister verweilte, von zwei unbekannten Männern entwendet werden. Der Minister hatte die beiden nur noch wegfahren sehen, hieß es. Auf direkte Nachfrage hin war Minister Kawabata weder bereit, die Geschichte zu bestätigen noch sie zu dementieren. Der Artikel endet mit einem ironischen Kommentar, wie es um die Sicherheit des Landes bestellt sei, wenn selbst das Auto des Justizministers nicht mehr sicher ist.

Ich will überhaupt nicht verhehlen, daß ich so etwas wie Schadenfreude verspüre. Auch das habe ich wahrscheinlich von meinem Vater geerbt, alles was mit Ämtern und Behörden zu tun hat, ist mir zuwider. Schade nur, denke ich, daß das nicht dem eingebildeten Industrieminister passiert ist, dessen Gesicht würde ich in so einem Fall gerne sehen. Ich bin immer noch sauer auf den Alten nach unserem Gespräch neulich. Aber, so tröste ich mich, daß es den Justizminister getroffen hat, das ist auch lustig. Den kenne ich doch von der Party bei der Botschaft, na, auch nicht gerade ein Ausbund an Nettigkeit. Ich überfliege den Rest der Zeitung und widme mich danach ganz der Arbeit.

Aber irgendetwas lenkt mich ab. Ich kann mich nicht auf die Aufgaben vor mir konzentrieren. Was ist es bloß, das mir noch vor wenigen Augenblicken eingefallen war? Mein Blick fällt wieder auf die Zeitung. Da, natürlich, klar doch. Ich greife das Blatt und lese den Artikel noch einmal sorgfältig durch. Hier steht es doch. Kawabata, Wochenendhaus in der Nähe von Toba. Mir fällt die Recherche in der Datenbank ein, eine Frau Kawabata Junko, Anteilseignerin bei Nippon Investors. Ein Zufall? Ich muß das sofort rausfinden. Wozu ist Hubsi mein Freund?

Hubertus von Hahn kann eine Einladung zu einem Abendessen nicht ausschlagen, schon gar nicht, wenn es sich um ein Essen bei Keitel handelt. »Ich werde zwar einige Termine verlegen müssen, und eigentlich habe ich zu viel zu tun«, will er seine Begeisterung mir gegenüber verstecken, »aber weil du es bist; wo, sagtest du, gehen wir hin, zu Keitel?« Ich habe zwar noch nichts davon erwähnt, als ich ihn in der Botschaft anrufe, aber ich kenne ja meinen Hubsi. »OK, Keitel, sagen wir acht Uhr?«

»Prima, ich werde da sein, hoffentlich hat er heute auch Rouladen mit Spätzle.« Ich kann regelrecht Hubsis verzücktes Gesicht sehen, beim Gedanken an den Abend. »Eine gute Flasche Rotwein wird ja hoffentlich auch noch drin sein?« fragt er vorsichtshalber. »Keine Angst, du kennst mich doch, und einen Mirabellenschnaps gibt's auch. Also bis heute abend.«

Ich bin erstaunlicherweise schon vor Hubsi im Restaurant. Café Keitel liegt in Shinjuku im fünften Bezirk und ist sicher eines der besten deutschen Restaurants in Tôkyô. Hartmut Keitel, zweifacher Goldmedaillengewinner bei Kochweltmeisterschaften, ursprünglich aus Heidelberg, kam vor über dreißig Jahren nach Japan, zuerst als Küchenchef eines großen Luxushotels, bis er sich schließlich mit seiner japanischen Frau selbständig machte. Keitel sieht zwar aus wie Kommissar Derrick, ist aber im Gegensatz zu ihm ein witziger Typ. Sein Eisbein und sein Hirschfilet sind vom Feinsten. Sauerbraten, Schnitzel, Haxen und deutsche Weine, alles was der von Heimweh geplagte Deutsche so braucht, gibt es im Café Keitel. Keitel ist eine schillernde Gestalt mit tausend Verbindungen bis ins Kaiserhaus, er kennt wirklich Gott und die Welt, selbst in der *Sumô*-Ringerszene ist er bekannt, selbstverständlich nicht als Aktiver, dafür ist er zu dürr. Nebenbei ist Keitel ein Meister des traditionellen *Enka*-Gesangs, und seine gelegentlichen spontanen *Kabuki*-Theatervorstellungen sind besser als manches Original. Honda, mein Freund von Ikeda Industries, und ich gehen manchmal mit ihm in eine kleine *Karaoke*-Bar in Yotsuya zum Singen. Keitel ist immer der Schwarm aller Damen dort, besonders der über sechzigjährigen *Mama-san*.

Ich freue mich schon auf mein »Weizen No. 1« aus dem Glückskönigsreich, wie das bunte Etikett verrät, auf dem ein Foto Keitels, in voller Kochuniform mit Mütze und Goldmedaille um den Hals, zu bewundern ist. Gerade als ich mich meinem Begrüßungsbier widmen will, schneit

Hubsi ins Lokal herein. »N'abend Hartmut, Jan«, begrüßt er uns knapp. »Gibt es heute Rouladen?«

»Klar, aber vielleicht willst du lieber ein Stück von der Kalbshaxe, die ich extra für Euch gebraten habe?« Keitel kennt von Hahn natürlich genau und weiß, er kann nicht widerstehen. »Äh, ja … dann nehme ich lieber die Haxe. Und was ißt du, Jan?«

»Ich werde mich mit den Resten bescheiden, die du mir übrig läßt.«

Auch er bekommt ein »Weizen No. 1«, und ich komme seiner Frage, die sich auf seinem Gesicht spiegelt, mit einer Erklärung zuvor, was es mit dem Glückskönigsreich so auf sich hat. In der Tat gibt es im hohen Norden Japans, in Obihiro auf Hokkaidô einen Vergnügungspark mit einer täuschend echten Kopie von Schloß Bückeburg in Deutschland. Umgeben von Szenen aus Grimms Märchen, deutscher Bäckerei und Metzgerei, kann man sich in einer der Suiten des Hotels wie ein Fürst fühlen und amüsieren. Und unser Hartmut hat natürlich in diesem Park, eben das Glückskönigsreich, auch die Finger drin. Dank ihm haben Anna und ich vor einigen Jahren Sylvester in der Kaisersuite verbracht, zum echten Freundschaftspreis, versteht sich. Ein einmaliges Erlebnis. Außer uns hatten sich nämlich nur drei ältere Schwestern aus Tôkyô in diese Schneewüste bei minus 25 Grad Celsius verirrt. Schön still war's.

Es dauert nicht lange, und wir sind mit der saftig knusprigen Haxe und dem Wein vollauf beschäftigt. Ich will nicht mit der Tür ins Haus fallen und warte mit meiner Frage, bis die zweite Flasche geleert ist und Keitel den versprochenen Mirabellenschnaps serviert hat. Hubsis Gesicht ist jetzt genauso rot wie der Badische Wein, den wir getrunken haben. »Sag mal, Hubert, neulich in der Botschaft, da hast du uns doch diesem Kawabata, dem Minister, vorgestellt. Anna würde gerne seiner Frau ein Büchlein über die Geschichte der Perlen schicken. Die Frau war doch ganz versessen auf Perlen, und es kann sicher nicht schaden, sich freundlich zu zeigen«, appelliere ich an den Politiker von Hahn. »Du weißt nicht zufällig den Vornamen der Frau?« frage ich scheinheilig. »Na klar weiß ich das, das ist doch mein Beruf, so etwas zu wissen«, prahlt er und greift in seine Rockinnentasche. Er zückt ein kleines, elegantes Lederbüchlein und schlägt es auf. Seine Wurstfinger fahren suchend über die Seiten. »Ah, hier ist es ja, Kawabata Junko.« Er schaut mich bescheiden triumphierend an. »Willst du noch die Adresse und ihre Telefonnummer wissen? Alles hier drin.« Er pocht auf das Büchlein und legt es neben sich. »Kann ich sonst noch was für dich tun? Ich für meinen Teil könnte noch einen Schnaps gebrauchen.«

Er weiß nicht, daß in diesem Moment mein Herz bis in die Socken gerutscht ist. Mein Verdacht ist Gewißheit geworden. Das kann auch nur mir passieren, denke ich verzweifelt, sich ausgerechnet mit dem Justizminister anzulegen, Prost Mahlzeit. »Hallo, irgend jemand hier?« will Hubsi wissen und reißt mich aus meinen Gedanken. »Entschuldige, ja, mir ging nur gerade etwas wegen meiner Arbeit durch den Kopf«, entschuldige ich mich verlegen. Sobald es diplomatische Gepflogenheiten zulassen, zahle ich. Hubsi geht dabei kurz zur Toilette, um mir, rücksichtsvoll wie immer, Gelegenheit zu geben, mich ganz alleine der Begleichung der Rechnung zu widmen. Im Gegenzug nutze ich den Augenblick, mir kurz Anschrift und Telefonnummer der Kawabatas aus Hubsis Büchlein, das er auf dem Tisch liegen gelassen hat, herauszuschreiben. Keitel schaut mich leicht verwundert an, als ich mich an Hubsi privatem Eigentum so eilig zu schaffen mache, sagt aber nichts. Er ist eben diskret. Schließlich hat Hubsi es mir doch gewissermaßen angeboten, rechtfertige ich im stillen meine kleine Tat. Wir machen uns auf, das heißt, ich zurück nach Mejiro und Hubsi mit Hartmut in die *Karaoke*-Bar.

Das kann kein Zufall sein, denke ich auf dem Weg nach Hause in der Yamanote-Bahn. Satô, die *Yakuza*, der Justizminister, oh oh, ich glaube, ich stecke in der Scheiße. Zu Hause trinke ich noch einen Schnaps, es hilft aber nicht viel, ich kann die ganz Nacht kaum ein Auge zumachen.

1. Juli – Wagu

Plötzlich wankt der Boden, Gegenstände fallen von Regalen und Schränken, die Lampen wackeln, alles rattert laut, *Jishin*! ein Erdbeben. Tief unter dem Meeresspiegel schieben sich kontinentale Platten langsam übereinander und setzen von Zeit zu Zeit ungeheure Kräfte frei. Das Epizentrum liegt weit draußen im Meer, diesmal gibt es keine ernste Gefährdung für die Bewohner an diesem Küstenstreifen. Die Schäden halten sich in Grenzen. Alle haben Radio oder Fernsehen eingeschaltet, denn obwohl das Beben selbst keinen direkten großen Schaden angerichtet hat oder Opfer verlangte, ist die Gefahr noch nicht vorüber. Eine riesige Flutwelle, eine *Tsunami*, ausgelöst durch das Seebeben, rast mit hoher Geschwindigkeit auf das Land zu. Die Leute sind gewarnt und haben sich vorsichtshalber auf höheres Terrain zurückgezogen. Die Flutwelle trifft wie eine Riesenfaust auf die Felsen am Strand, ein kleines Fischerboot, das in einer normalerweise geschützten Bucht liegt, wird wie ein Spielzeugschiffchen von der Welle ergriffen, hoch in die Luft geworfen und landet mit einem berstenden Knirschen auf den Felsen.

Das Wasser ist bis in die Tiefe aufgewühlt, der Boden wankt, die Ankerkette eines der vielen Perlenflöße, die in der Bucht schwimmen, reißt aus ihrer Verankerung. Das Floß treibt, und der Drahtkorb für die Zuchtaustern, der am Floß befestigt ist, dreht sich langsam auf die Seite und gibt einen weißen Stoffstreifen, der sich in einer der verrosteten und zum Teil beschädigten Maschen verfangen hatte, frei.

Der Stoffetzen gehört zu einem Kleidungsstück. Langsam schwebt ein Körper, weiß eingehüllt, vollkommen aufgedunsen und schon angefressen von zahllosen kleinen und hungrigen Fischen, an die Oberfläche. Eine heftige Welle ergreift ihn und wirft ihn wie eine leblose Puppe auf den steinigen Strand.

2. Juli – Tôkyô

»Wolf-*shachô*, Herr Silinsky von Hagenbuch & Silinsky ist am Telefon«, informiert mich meine Sekretärin Nozawa-*san*. Es ist Freitag am späten Nachmittag, wahrscheinlich will er mich fragen, ob ich zum Skatabend komme, den einige Deutsche seit Jahren alle zwei bis drei Monate organisieren. Ich bin ein lausiger Spieler und werde nur eingeladen, wenn nicht genug richtige Skatspieler aufzutreiben sind. Wahrscheinlich ist Jürgen, der Chef der Deutschen Bank in Japan und einer der besten beim Skat, wieder mal auf Reisen und hat mich als Ersatz vorgeschlagen. Er weiß, ich werde ihm seinen Platz nie streitig machen. »Tag Peter, brauchst du einen dritten Mann?« lege ich denn auch ohne Vorgeplänkel los. »Nein, nein, wir haben heute abend ein Team von sehr guten Spielern zusammen, du darfst Zuhause bleiben!«

»Danke, das genügt«, beschwere ich mich, mir ist sein leicht sarkastischer Ton nicht entgangen. Es können ja schließlich nicht alle Skatmeister sein, denke ich leicht verletzt. Er lacht nur, wissend, daß ich seinen subtilen Hinweis mitbekommen habe. Na warte, beim nächsten mal wird er wieder angekrochen kommen und mir vorschwärmen, wie gut ich die Karten nachhalten kann, Heuchler.

»Ach, es ist nicht so gemeint«, beschwichtigt er mich, »ich wollte dich nur informieren, daß der Bescheid für den Baustopp am Dienstag der nächsten Woche zugestellt wird, oder willst du, daß ich ihn noch rauszögere?« fragt er leicht hoffnungsvoll. Silinsky, wie die meisten Anwälte, bevorzugt Verhandlungen, solange es geht.

»Auf keinen Fall, ich bin froh, daß es so schnell geht. Vielleicht erzähle ich dir später mal, warum ich es so eilig habe.« Möglicherweise brauche ich ja seine Hilfe, je nach dem, wie das jetzt weitergeht. Wir tauschen noch einige andere Neuigkeiten aus, beenden aber bald unser Gespräch. Er will schließlich zu den Karten, und ich beschließe, nach Hause zu fahren. Anna ist endlich wieder da und der Besuch weg, es könnte ein guter Abend werden. Auf dem Heimweg halte ich an einem Supermarkt und kaufe alles ein, was ich für ein echtes Willkommensdinner brauche. Champagner liegt wie immer schon im Kühlschrank, für alle Fälle.

»*Tadaima*«, melde ich mich beim Betreten des Hauses. »*O-Kaerinasai*«, turtelt es mir lieblich aus dem Wohnzimmer entgegen. Schwer bepackt mit meinen Einkaufstüten und der Aktentasche, drücke ich die Tür hinter mir elegant mit dem Fuß zu. Bei dieser Ballettübung verliere ich fast die Balance. Ein Becher mit saurer Sahne macht sich auch prompt selbständig und landet auf dem Steinboden im Eingangsbereich. Die weiße Pracht breitet sich bis in alle Ecken und über meine Schuhe aus. Anna kommt gerade hinzu, um mein Kunststück zu bewundern. »Bravo, sehr eindrucksvoll. Soll ich dir was abnehmen?« Leicht säuerlich, wie die Sahne, schaue ich meine Allerliebste an. »Das wäre äußerst liebenswürdig von dir.« Aber immerhin hilft sie mir beim Wegwischen der Sahne. Der Rest des Abends verläuft unfallfrei.

Ich dusche schnell, das Einkaufen hat mich ganz schön ins Schwitzen gebracht, und ziehe mir den leichten, blauen *Samue* aus Baumwolle und Leinen an. Das ist ein Anzug, aus weiter Hose und im *Kimono*-Stil geschnittener Jacke bestehend, ursprünglich die typische Arbeitskleidung einfacher Landarbeiter und heute beliebt bei japanischen Künstlern. Ich mag *Samue*, weil sie angenehm kühl und ungemein bequem sind. Außerdem paßt der Stil zu mir, finde ich. Wenn ich sonntags morgens schon mal damit zu unserem Bäcker laufe, oder besser gesagt stelze, auf den drei Zentimeter hohen Holzschlappen, den *Geta*, ernte ich allerdings immer noch zweifelnde Blicke von den Japanern in der Nachbarschaft. Ich weiß gar nicht, was die haben. Ich habe doch auch schon Japaner in Lederhosen in München gesehen.

Aber jetzt ab an den Herd. Heute wird es mein weltberühmtes Schweinefilet im Kräutermantel geben, dazu ein

Gemüse nur aus roten, grünen und gelben Paprikaschoten und Knoblauchkartoffeln. Eine Flasche trockene Rheingauer Spätlese, ein dreiundachtziger Rauenthaler Baiken, ein Spitzenjahr, liegt schon im Kühlschrank. Ich trinke sehr gerne trockene Weißweine, weil Weißwein bekanntlich zehrt. Anna meint nicht so sehr an meinem Gewicht, sondern mehr an der Haushaltskasse. Was soll ich dazu sagen?

Ich binde mir meine Kochschürze um, schärfe diverse Messer, reihe alle Zutaten auf dem Arbeitstisch auf und los geht's. Kartoffeln schälen, einschneiden und in eine Auflaufform. Eine Mischung aus Salz, zerdrückten Knoblauchzehen und süßer Sahne gebe ich über die Kartoffeln und ab in den Backofen, zweihundert Grad, eine knappe Stunde. Anna, selbstlos wie immer, öffnet eine Flasche Moët & Chandon und reicht mir ein Glas mit dem perlenden Naß, um mich bei Laune zu halten. Sie hilft mir, nicht beim Kochen, aber beim Champagner.

Aus dem Backofen steigt ein erster Duft auf. Die Paprikaschoten reinige und entkerne ich, um sie dann in grobe Streifen zu schneiden. In einer Kasserolle mit etwas Olivenöl, Pfeffer und Salz lasse ich die Paprika kurz anbraten und stelle das einfache Gemüse zur Seite. Die frischen Kräuter, Thymian, Majoran, Oregano, Rosmarin, Basilikum, Petersilie, Dill, alles hacke ich fein. Jetzt das Schweinefilet. Ich entferne einige Fettreste mit einem scharfen Messer, salze, pfeffere und bestreiche das ganze Filet mit mittelscharfem Senf, dann rolle ich es in meinen feingehackten Kräutern, bis sich dank des klebrigen Senfs ein dicker Mantel um das Fleisch formt. Anna hat mittlerweile den Tisch gedeckt, der Wein steht im Kühler, die Kerzen sind angezündet, und die sphärische Musik

Kitarôs ist im Hintergrund zu hören. Als das Filet in der Pfanne ist, steigt ein wunderbarer Duft nach Kräutern auf und verbreitet sich im ganzen Haus. Außen knusprig, innen noch rosa, ich schneide das Filet auf, lege die Scheiben auf die Teller, das wieder kurz erwärmte Paprikagemüse und die Kartoffeln dazu. Voilà! »*Itadakimasu*« und »mmh«, ist alles was ich von Anna eine Zeitlang höre. Musik in den Ohren des Küchenchefs.

Später sitzen Anna und ich zufrieden im Wohnzimmer bei einem Gläschen Morand Williamine und lauschen der neuesten CD von Herbie Hancock, die ich gerade erstanden habe. Ich erzähle ihr vom Baustopp und schlage vor, daß wir am nächsten Tag nach Toba fahren, um Nagai zu informieren und ein schönes Wochenende am Meer verbringen. »Nein, das geht nicht, Yoshie hat eine Ausstellung in Tôkyô, und ich habe versprochen zu helfen, fahr lieber alleine«, informiert sie mich. Schade, denke ich, aber die Ausstellung hatte ich tatsächlich vergessen.

»Liebling, in der Küche brennt noch Licht«, informiert Anna mich, als wir endlich ins Bett gehen. Das bedeutet soviel wie: Steh doch mal auf und kümmere dich drum. »Nein, ich glaube nicht«, antworte ich träge, ich will nicht mehr aufstehen, und außerdem kann ich mit geschlossenen Augen kein Licht sehen. »Aber, ich sehe doch einen Schimmer aus der Küche kommen«, beharrt sie energisch. »Ach, das sind wohl nur meine kulinarischen Glanzleistungen«, befinde ich, schon halb eingeschlafen.

3. Juli – Toba

Anna wälzt sich nur faul auf die andere Seite, als ich vorsichtig anfrage, ob sie mit mir frühstücken möchte. Es ist erst sechs Uhr, und das noch an einem Samstag. Ich habe verstanden und mache mir meinen Kaffee selber. Kurz nach sieben Uhr bin ich auf der Piste. Meine Fahrt nach Toba wird schon zur Gewohnheit, aber ich möchte Nagai persönlich vom Baustopp informieren, und daß er jetzt zum Schein den Antrag unterschreiben kann, um vor den *Yakuza* sicher zu sein. Und für mich geht der Ärger jetzt erst richtig los. Die Baugesellschaft wird vermutlich vor Gericht versuchen, den Baustopp aufheben zu lassen. Aber da gebe ich ihnen wenig Chancen. Speziell, seitdem ich weiß, wer und was sich hinter dem Projekt verbirgt. Vielleicht verzichten sie sogar auf eine Klage wegen der unnötigen Publicity, hoffe ich im stillen. Etwas anderes ist, wie mein »Freund« Satô auf die schlechte Nachricht reagieren wird.

Ich habe mich zwar nicht angemeldet, aber Nagai wird vermutlich zu Hause sein, es ist ja Samstag. Ich klopfe an die Tür und warte kurz. Die Tür geht auf, und es ist Isako, seine Tochter. Statt mich wie sonst fröhlich zu begrüßen, scheint sie sehr bedrückt und hat offensichtlich geweint, die Augen noch rotgerändert. »Was ist denn mit dir los?« will ich wissen, »bist du alleine?«

»Ja, meine Eltern sind nach Nagoya gefahren, zum Einkaufen. Kommen Sie doch herein, Wolf-*san*.«

Schade, denke ich, ich sollte vielleicht zurückkommen, wenn Nagai wieder da ist, und solange in der Villa Zermatt warten. Aber was ist mit Isako los, Kummer? Vielleicht kann ich ja helfen, schließlich haben wir eine sehr enge

Beziehung, die schon viele Jahre zurückgeht, als Anna und ich ihr wohl das Leben gerettet haben. Wir setzen uns ins Wohnzimmer. Sie bringt mir Eistee, setzt sich auf den Sessel gegenüber und starrt nur in die Gegend. »Nun mal los, erzähl mir, was los ist, vielleicht kann ich dir helfen«, ermuntere ich Sie und denke an Liebeskummer. Da kenne ich mich aus, ich war ja auch mal fünfzehn, auch wenn das schon eine Weile her ist.

Sie fängt an zu heulen. Ich lasse Sie in Ruhe. Nach einer Weile beruhigt sie sich. »Wolf-*san*, meine beste Freundin ist tot. Am letzten Sonntag ist es passiert. Die Polizei sagt, es ist vielleicht Selbstmord gewesen, aber sicher sind sie nicht. Es ist schrecklich, wir waren am Samstag noch zusammen in der Schule, und jetzt ist sie tot.« Sie heult wieder für einige Minuten. »Ich glaube nicht, daß es Selbstmord war«, stellt sie plötzlich und entschieden fest.

»Was meinst du denn, ein Unfall?«

»Ich weiß nicht, aber sie hat immer mit diesen zwei Männern herumgehangen.«

»Was für Männer«, will ich wissen.

»Wolf-*san*, ich weiß nicht, ob ich darüber sprechen soll, es ist ganz peinlich.«

»Isako, du weißt, du kannst über alles mit mir sprechen, ich kann auch Geheimnisse bewahren.« Sie läuft rot an, als sie mir erzählt, was sie weiß. Ihre Freundin, Suzuki Kiyoko, genau wie Isako erst fünfzehn Jahre alt und Schülerin in Toba, hatte nebenbei für einen der Telefonsexclubs gearbeitet, um ihr Taschengeld aufzubessern. Sie war von zwei jungen Männern eingeführt worden, die mit ihrem lockeren Lebensstil und dem vielen Geld, das sie zu haben schienen, Eindruck auf das Mädchen gemacht hatten. Kiyoko hatte ihrer besten Freundin Isako anvertraut, was sie sonntags immer machte, wenn sie abgeholt wurde. Ganz leicht sei es gewesen, fast nur alte Männer, immer ganz schnell vorbei, und viel Geld gab es dafür.

Ich spüre, wie Wut in mir aufsteigt. Es ist immer wieder dieselbe Geschichte. Den Mädchen ist nicht bewußt, daß man da nicht so einfach ein- und aussteigen kann und wie gefährlich das ganze ist. Die Mädchen glauben, es sei alles rein äußerlich, und man könne jederzeit aufhören. Moralische Fragen will ich gar nicht erst aufwerfen. Mir fällt ein, daß die *Yakuza* hier ganz groß im Geschäft sind. Isako erzählt weiter, daß der beste Kunde Kiyokos ein alter, reicher Mann aus Tôkyô gewesen sei. Er hat irgendwo in der Nähe ein Haus. Für einen Moment geht mir ein Gedanke durch den Kopf. »Ich glaube, es hat was mit dem Club zu tun, Kiyoko hätte niemals Selbstmord begangen und wir waren den ganzen Samstag zusammen, da hätte ich gemerkt, wenn sie was gehabt hätte.«

»Hast du das der Polizei erzählt?«

»Nein…« Sie schaut beschämt auf den Boden und schweigt. Es dauert einige Augenblicke, bis ich begreife. »Bist du auch in dem Club gewesen?«

Ich glaube, weil ich ein Fremder bin, kann sie darüber reden, ohne vor Scham im Boden zu versinken. Kiyoko hatte ihr alles ganz einfach geschildert, und einmal hat Isako es gewagt mitzugehen und einen Mann getroffen, aber als er im Hotelzimmer anfing, sie zu betatschen und ihre Kleider auszog, hat sie der Mut verlassen, und sie hat angefangen zu weinen. Glücklicherweise hatte der Mann Verständnis und versuchte nicht, sie zu vergewaltigen. Seitdem hatte sie die Nase voll davon.

Ich spare mir Ermahnungen oder eine Moralpredigt,

Isako hat wohl selbst kapiert, daß sie auf dem Weg war, einen riesigen Fehler zu begehen. Ich bin sicher, sie ist kuriert.

»Ich verstehe, ich werde mit meinem Freund bei der Polizei reden und ihm einen Tip geben, ohne dich hineinzuziehen. Er wird schon wissen, was zu tun ist.« Isako ist dankbar, und den restlichen Nachmittag reden wir über andere Dinge, wie etwa die neue Katze, die ihre Mutter ihr geschenkt hat, ein niedlicher kleiner Tiger. Als Nagais endlich aus Nagoya zurückkomme, berichte ich über den Baustopp, und er ist heilfroh, daß seine Familie und er jetzt aus der Schußlinie der Gangster heraus sind. Ich wünsche mir insgeheim das Gleiche auch für Anna und für mich, aber man kann eben nicht alles haben. Den Abend verbringe ich nicht mit Nagais, sondern in der Villa, wo Kobayashi, der wohl immer noch ein schlechtes Gewissen hat, mir ein ausgezeichnetes Essen servieren läßt und mich freundlich wie nie zuvor behandelt.

4. Juli – Toba

Ich glaube, ich sollte aufhören, die Zeitung zu lesen. Kobayashi hat mir heute freiwillig die lokale Sonntagszeitung gebracht, höchst ungewöhnlich dieser Service. Ich arbeite mich durch die ersten Seiten bis zum Lokalteil vor.

»**Ama ertrunken**«, lautet die Schlagzeile. Der Bericht handelt von einer jungen *Ama* aus Wagu, erst fünfzehn Jahre alt, die seit dem vierundzwanzigsten Juni vermißt wurde und nun offensichtlich durch die Flutwelle, die das Erdbeben am Dienstag ausgelöst hatte, ans Ufer geschwemmt worden ist. Nach dem Bericht der Polizei war sie offenbar ertrunken. Der Bericht fährt fort, daß trotz der nicht ungefährlichen Arbeit Unfälle wie dieser sehr selten vorkommen. Ich lese den Artikel nicht zu Ende, sondern rase statt dessen aus dem Zimmer, nehme mir nicht einmal die Zeit, meine Schuhe im Eingang zuzubinden, springe in den Wagen und fahre, so schnell es der Verkehr zuläßt, nach Wagu. Ich muß Gewißheit haben, ob es meine kleine Freundin ist, wenngleich ich innerlich schon keine Zweifel mehr hege.

Obwohl ich mich zwinge, die Verkehrsvorschriften nicht allzusehr zu verletzen, erreiche ich Wagu in neuer Rekordzeit. Ich parke den Wagen direkt vor dem Hirohama-*sô*. Drinnen kann ich den jungen Kellner nicht finden. Ich tische dem Besitzer des Restaurants eine Geschichte auf, daß ich seinen Kellner dringend sprechen müsse, weil ich etwas für ihn besorgt habe. Ich kann sehen, daß mir der Besitzer kein Wort glaubt, aber ich bin Kunde, und der hat bekanntlich immer recht. »Tanaka-*san* hat sich freigenommen, aber er wohnt da unten bei seinen Eltern, im letzten Haus in der Straße, das mit der blauen Tür«, informiert er mich, mit dem Finger in die Richtung zeigend. »Vielen Dank, Master«, rufe ich im Rausstürmen. Aha, Tanaka heißt er, denke ich und eile mit langen Schritten auf das kleine Haus zu. Ich bin fast angekommen, da kommt der Kellner gerade aus der Tür und sieht mich. Ehe er sich wieder zurückziehen kann, spreche ich ihn an. »Tanaka-*san*, einen Augenblick bitte, ich muß Sie wegen Ihrer Freundin sprechen!«

»Ich habe keine Zeit«, erwidert er mürrisch, »ich muß zur Arbeit.« So nicht, mein Freund denke ich. »Tanaka, das hat Zeit, ich kann auch die Polizei befragen«, bluffe ich, denn das wäre so ziemlich das letzte, was ich tun würde, wie man weiß. Das zeitigt Wirkung, mehr als ich erwartet habe. Er wird weiß wie eine Kalkwand und folgt mir ohne weiteren Widerstand wie ein Schlachtlamm auf dem Weg zum Opferaltar. »Los, kommen Sie mit, wir gehen an den Strand und reden«, befehle ich schroff, keinen Widerspruch duldend. Er wagt es auch gar nicht erst.

Ich will wissen, wie Minako, den Namen hatte ich schon beim letzten Mal gehört, ertrunken ist. Sie war eine *Ama*, die können doch schwimmen und tauchen wie die Robben. Ich nehme ihn in die Zange. »Tanaka, haben Sie was damit zu tun? Eine *Ama* ertrinkt doch nicht einfach so! Sie hatten doch Streit mit ihr, oder warum haben Sie ein blaues Auge? Los, raus mit der Sprache! Was ist passiert?«

Er hat offensichtlich Angst, aber er weicht aus. »Nein, ich hatte sie seit Tagen nicht getroffen, so gut kannten wir uns auch nicht. Warum interessiert Sie das überhaupt, was haben Sie mit Minako zu tun? Woher kennen Sie sie überhaupt?« Er schaut mich plötzlich mißtrauisch an. Gute Frage, was geht mich das ganze eigentlich an? Ich kann ihm ja wohl kaum von meinen romantischen Träumereien am Strand von Wagu und der kleinen Seejungfrau erzählen. »Ich habe in Toba ein Haus und komme oft nach Wagu. Ich habe die *Ama* schon mal gesehen und zufällig im Restaurant, in dem Sie arbeiten, gehört, daß sie plötzlich verschwunden ist. Letzte Woche ist hier in der Nähe ein anderes junges Mädchen, eine Freundin der Tochter meiner Bekannten in Toba, tot aufgefunden worden, ich glaube, da gibt es vielleicht Zusammenhänge.« Ich weiß, das klingt nicht sehr überzeugend als Grund für meine Fragen und drehe vorsichtshalber den Spieß wieder um. »Sagen Sie mir, woher haben Sie eigentlich die Verletzungen, vom Kellnern?«, frage ich zynisch. »Ich bin gestürzt in unserem Haus, auf der Treppe ausgerutscht. Das hat nichts mit Minako zu tun, wir hatten noch nie Streit«, verteidigt er sich energisch und hat plötzlich Tränen in den Augen, die er unauffällig wegzuwischen versucht.

Ich lasse es für einen Moment auf sich beruhen, ich nehme ihm zwar die Sache mit dem Sturz nicht ab, aber ich fürchte, mit meinem Bohren komme ich nicht weiter. »Und was glauben Sie, was passiert ist, mit Minako?«

»Ich weiß nichts Genaues, sie ist vielleicht unter Wasser hängen geblieben, sagen die Leute, drüben beim alten Floß.« Er zeigt auf ein weit entferntes Perlfloß. »Die Taucher haben ein Stück ihrer Kleidung an einem Korb gefunden.« Ich schaue ihn scharf an. »Das klingt aber merkwürdig, sie hätte sich doch leicht befreien können«, werfe ich ein.

»Ich weiß es wirklich nicht, die Stelle ist sehr tief, vielleicht hatte sie keine Luft mehr, ich weiß es nicht, lassen Sie mich in Ruhe!« Er schlägt die Hände vorm Gesicht zusammen und beginnt zu heulen. Ich bin sicher, er verheimlicht etwas, aber mein Instinkt sagt mir, er hat wahrscheinlich nichts mit dem Tod der kleinen *Ama* zu tun, zumindest nicht direkt. Aber irgendetwas hat er zu verbergen. Ich stehe auf und lasse ihn allein. Ich werde ein andermal wiederkommen und ihn noch mal fragen. Ich drehe mich um, aber in einer plötzlichen Eingebung bücke ich mich noch mal zu ihm hin, nehme eine meiner Visitenkarten aus der Hemdtasche und drücke sie in seine Hand. »Hier, falls Ihnen noch was einfällt, rufen Sie mich an. Und denken Sie daran, ich bin nicht von der Polizei.« Er sagt nichts, sondern hält nur die Karte zwischen den Fingern.

Ich entferne mich langsam, zögere. »Noch eine Frage: Ist Minako oft nach Toba gefahren?« Er schaut mich verwundert an und antwortet erst nach einigen Sekunden: »Na klar doch, wir fahren hier alle oft nach Toba, zum Einkaufen oder wenn wir ins Kino gehen wollen, in Wagu gibt es doch nichts. Warum fragen Sie?«

»Nichts, nur ein Gedanke.« Ich mache mich auf die Socken, einen ziemlich desolaten Tanaka zurücklassend.

6. Juli – Tôkyô

»Papa«, ruft Frau Kawabata ihren Mann, typisch, wenn sie alleine sind. Früher war es liebevoll gemeint, heute mehr ironisch. Die beiden Söhne sind längst aus dem Haus, selber verheiratet mit Kindern. Vier Enkelkinder haben sie mittlerweile, drei Jungs, ein Mädchen. Der ältere ihrer beiden Söhne ist jetzt Abgeordneter für die Opposition, und Papa haßt ihn dafür, welch eine Schmach für ihn und seine Partei. Der jüngere ist Arzt im neuen Shinjuku-Zentralkrankenhaus. Schon besser. Aber auch er kommt nur noch selten nach Hause, seitdem er eine eigene Familie gegründet hat. Kawabata vermutet, daß seine Schwiegertochter dahintersteckt, die beiden können sich nicht besonders ausstehen. Die Beziehung der beiden Alten ist längst nur noch Fassade. Manchmal denkt sie an Scheidung; aber das wäre ein Skandal, der ihr unerträglich erscheint. Der gesellschaftliche Druck und die erhebliche finanzielle Verflechtung hält die Ehe zusammen, mehr schlecht als recht, Gefühle sind vor einiger Zeit schon auf der Strecke geblieben.

»Was willst du?« knurrt Kawabata denn auch entsprechend. Er ist gerade vom Ministerium zurückgekehrt und nicht besonders gut gelaunt. Zu viele überflüssige Probleme, Leute, Fragen, denkt er. Und dann noch dieser verfluchte Zeitungsartikel vor zwei Wochen, noch immer ziehen ihn seine Kabinettskollegen damit auf. Mindestens fünfzig Anrufe hat er auf seiner angeblich so geheimen Nummer erhalten von Leuten, die entweder seinen gestohlenen Wagen gesehen haben und sich nach einer Belohnung erkundigen wollten, mal Bargeld, mal nur einen kleinen Gefallen, oder auch von cleveren Autoverkäufern, die ihm einen neuen Wagen wärmstens empfehlen möchten, mit elektronischer Wegfahrsperre, wie einer der Verkäufer klugscheißt. Ich möchte bloß wissen, woher die Zeitung von der Sache weiß? Wahrscheinlich von einem der Beamten, die die Sache für die Versicherung aufgenommen hatten, denkt er und weiß nicht, wie nahe er an der Wahrheit ist.

»Der Chef von Nippon Investors hat heute angerufen, die Firma hat vom Bezirksgericht in Kansai eine Verfügung erhalten, den Hotelbau in Toba vorläufig zu stoppen. Ein Nachbar hat Einspruch erhoben«, informiert Frau Kawabata ihren Mann, dessen Gesicht nicht nur länger, sondern auch finsterer wird. »Verflucht, das fehlt noch, wir haben viel Geld in dieses Projekt gesteckt, und diese Firma hat schon Probleme genug. Halt dich raus, ich werde mich drum kümmern. Was gibt es zum Abendessen? Hast du mir schon ein Bad eingelassen?« herrscht er seine Frau an. Sie ist an seine Launen gewöhnt, aber manchmal hat sie genug von seiner Art. »Du brauchst mich nicht für diesen Mist verantwortlich zu machen, es war deine Idee, mein Geld in diese Firma zu stecken.« Kawabata entgeht der Hinweis nicht, daß es sich um ihr Geld handelt. Immer in solchen Situationen bekommt er das zu hören. Eines Tages wird er hoffentlich genug im Kasino gewinnen und unabhängig sein. Dann kannst du dir dein Geld sonstwohin schieben, denkt er zufrieden, sagt aber nichts, sondern zieht sich ins Arbeitszimmer zurück.

6. Juli – Ôsaka

Am gleichen Tag hört auch Satô, Chef von Kaneda Electronics in Ôsaka, die ebenfalls Aktionär bei Nippon Investors sind, vom Baustopp. Ein Nachbar hat Einspruch erhoben? Ich dachte, Watanabe hätte das mit dem Nachbar geregelt, ich muß ihn mal anrufen, grübelt er kurz. Aber er ist nicht sonderlich beunruhigt, so etwas kommt im Immobiliengewerbe oft vor. Dafür hat er schließlich seine Leute, um Widerstand zu brechen. Er widmet sich dann auch anderen, wichtigeren Dingen. Zum Beispiel Watanabe, in letzter Zeit wird der immer aufsässiger gegenüber Satô, schon fast respektlos kritisiert er den *Oyabun* der *Yakuza* im Kreise der Unterbosse. Nicht genug gegen die Chinesen würde Satô unternehmen, dabei hatte er doch erst vor kurzem einem der Führer dieser neuen Konkurrenz eine dauerhafte Lektion erteilen lassen, und sogar zu einem ersten Gespräch zwischen der *Yakuza* und der Chinesischen Mafia war es letzte Woche gekommen, wenn auch noch ohne Ergebnis. Das lag in erster Linie sicher an diesem Chan mit seinem einen Ohr. Der hat seine Schmach wohl noch nicht ganz verdaut, denkt Satô nicht ohne leichte Schadenfreude. Aber irgendwann werden die Chinesen kapieren, daß es nur mit Zusammenarbeit geht. Ach ja, und Watanabe und die anderen werfen ihm vor, er sei zu nachgiebig gegenüber den Koreanern. Blödsinn, warum soll er sich mit denen auch noch anlegen? Watanabe geht nie zu weit, aber Satô weiß, hier braut sich was zusammen. Ich werde dem bald ein Ende setzten müssen, ehe es zu spät ist. Satô kennt die rauhen Spielregeln der *Yakuza* genau, einige hat er selber geschrieben.

14. Juli – Aoyama

»Buenas tardes«, begrüßt uns Vincente, Besitzer des »El Castellano« und mein Berater in allen Lebenslagen seit vielen Jahren. Mit einer weitschweifenden Armbewegung, die eines Toreros würdig wäre, weist er auf den Tisch an der Theke, den er immer freihält, wenn er weiß, daß ich komme. Von hier hat man den besten Blick auf die wenigen Tische des kleinen Restaurants, die immer vollbesetzt sind. Eine typisch Tôkyôter Mischung aus westlichen Ausländern: Amerikaner, Franzosen, Deutsche, aber auch Spanier, die hier etwas Heimat spüren wollen, Japaner mit Spanienerfahrung, die ihre Sprachkenntnisse lautstark unter Beweis stellen, und dann die jungen japanischen Paare, scheu, unsicher auf diesem sozusagen extraterritorialen Boden, aber fest entschlossen, alles auszuprobieren. Vincente hat für alle den richtigen Ton, jeder fühlt sich nach kurzer Zeit wie ein Stammgast, wie zu Hause.

Ich habe Andô Shûsaku heute abend nach unserem gemeinsamen Training hierhin geschleppt, um ihn um Rat zu fragen. Schleppen ist vielleicht nicht der richtige Ausdruck, Andô, als Polizist sowieso gut trainiert, hat seinen sechsten *Dan* im *Kendô* nicht im Lotto gewonnen. Er ist einer der besten *Kendô-ka* Japans. Beim Training heute abend, vor unserem Besuch bei Vincente, hatte er mir wieder eine schmerzhafte Lektion erteilt. So war ich es eher, der beim Treppenaufstieg zum El Castellano wie ein Siebzigjähriger wirkte und sich hochschleppen mußte, während Andô, der letzte Woche gerade fünfzig geworden war, in der Vorfreude auf Vincentes Spezialitäten, gleich drei Stufen auf einmal nahm.

Wie immer sitze ich mit dem Rücken zur Küche, um die Geschehnisse im Restaurant nicht zu verpassen. Hinter mir höre ich das vertraute Sägen von Vincentes Brotmesser, nur wenige Handbreit von meinem Hals entfernt. Ich kann nur hoffen, ich werde ihn nie ernsthaft verärgern. Sekunden später haben wir einen kleinen Korb mit frischem, sehr leckerem Baguette auf dem Tisch. Eine Flasche roter Rioja aus seiner Spezialselektion folgt, wie immer mit einem Glas extra für sich. Er teilt halt gerne.

Wir prosten uns zu, Andôs Spanischkenntnisse beschränken sich auf just die wesentlichen Begriffe, die das Überleben in einem Restaurant erfordern, meine übrigens auch. Aber kein Problem, Vincente spricht nicht nur fließend Japanisch, sondern hat auch viele Jahre in England verbracht, wo er auch seine japanische Frau kennenlernte, und sein Englisch ist entsprechend gut. An einer der ehemals weißgetünchten, jetzt dicht beschriebenen Wände, auf denen hunderte von Gästen ihre Sprüche in vielen Sprachen hinterlassen haben, prangt gut sichtbar ein neues Schild, typisch Vincente: »No Euros Please!«. Sein Sinn für Humor ist nicht zu übertreffen. Ich bin nicht sicher, ob er die zukünftige europäische Währung meint oder ob es sich um Europäer von der anderen Seite des Kanals handelt.

Wenn ich alleine oder mit Anna hier bin, sprechen wir meist Englisch, aber mit japanischen Freunden wechseln wir ins Japanische. »Jan, stell dir vor«, legt Vincente los, »ich war heute bei der Stadtverwaltung Tôkyôs, um einige Dinge für mein Geschäft zu regeln...«

Ich ahne schon, was kommt: Der Don Quichote aus Toledo war wieder auf dem Kriegspfad in seinem ewigen Kampf mit den Behörden der Stadt. Er weiß natürlich, daß Andô auch ein Diener des Staates ist, was ihn aber nicht daran hindern wird, uns von seinem neuesten Abenteuer zu erzählen. »Ich mußte heute zum ersten Mal in zwanzig Jahren ein Dokument unterschreiben, bei dem ich unter meine normale Unterschrift noch mal meinen Namen in Lautschrift drunter setzen mußte. Also habe ich brav meinen vollen Namen in Katakana gemalt, García García, Vincente.«

»Bravo Vincente, gut gemacht – und was ist daran so besonderes?« frage ich verwundert. »Na, García García, der Beamte hat mich gefragt welcher García denn zuerst kommt.« Vincente schüttelt sich vor Lachen und fährt fort: »Ich habe geantwortet, egal. Das war ein großer Fehler. Ich habe fast zwei Stunden auf dem Amt verbracht. Keine meiner Erklärungen hat geholfen, und zum Schluß mußte Sumie, meine Frau, mich abholen und meine Unterschrift mit der ihrigen bestätigen. Ich hätte diese ganze Bande umbringen können!«

Ich kann mir die Situation sehr lebhaft vorstellen und lache lauthals, Andô ist nicht so sicher, was denn an der Sache so witzig sein soll, die Frage seines Kollegen vom Amt war doch ganz verständlich. Er schaut etwas verunsichert drein, entscheidet aber dann vorsichtshalber, ein wenig mitzulachen.

Vincente stellt ungefragt die beste Gaspacho der Welt auf den Tisch. Jeder, der nach dieser kalten Tomatensuppe fragt, wird Vincentes persönliches Qualitätsurteil umgehend dazu serviert bekommen. Shrimps in brodelnder Knoblauchbutter und getrockneter Schinken folgen. Als Hauptgericht serviert er uns, ebenfalls ungefragt, eine Art Eintopf mit weißen Bohnen, Stücken vom Huhn, Kartoffel, Scheiben einer herzhaften Wurst, und das alles gut gewürzt, herzhaft, himmlisch, wie bei Muttern.

»Jan,« unterbricht er Andô und mich bei unserer Unterhaltung, stell dir vor, ich war letzte Woche bei einer Corrida.«

»Du warst in Spanien,« frage ich verwundert. »Nein, hier in Tôkyô!« Ich schaue ihn an, als ob er zuviel von unserem Rioja getrunken hätte. Auch Andô scheint verwirrt. Vincente erzählt uns darauf ganz aufgeregt vom ersten Stierkampf in der Geschichte Tôkyôs.

Die Stiere waren eigens aus Spanien für das Fest eingeflogen worden. An dieser Stelle bemerkt Andô, in einem Anfall von echtem Humor, daß sie wohl nur für den Hinflug gebucht hätten. Vincente findet das nicht lustig. Mit Rücksicht auf lokale Tierschutzbestimmungen und die generelle Ablehnung der Japaner von echtem Blut trugen die Stiere nämlich fellfarbene Matten aus Holzlatten, in die die Picaderos die Lanzen stachen, und in die der Matador, ein berühmter Torero, der mit den Stieren zusammen eingeflogen war, Andô verkneift sich hier seine nächste Bemerkung, am Ende des grandiosen Spektakels mit dem Degen dem Stier den symbolischen Todesstoß verpassen konnte. Olé!

Andô ist tief beeindruckt und hängt regelrecht an Vincentes Lippen. Ich dagegen weise Vincente lässig darauf hin, daß Stierkampf in Japan ein alter Hut ist, der einzige Unterschied: es geht Stier gegen Stier. Es ist ein alter Brauch auf der Insel Shikoku, der kleinsten der Hauptinseln des japanischen Archipels, dort, genauer an der Küste des Iyo-Meers, wie die See zwischen Honshu und Shikoku an dieser Stelle heißt, finden seit alters her solche Stierkämpfe statt. Ein großer japanischer Schriftsteller, Inoue Yasushi, hat daraus eine faszinierende Geschichte von Habgier und Unglück geschrieben.

Vincente findet meinen Vergleich vollkommen unpassend und zieht sichtbar beleidigt davon. Das Lokal füllt sich jetzt auch schnell bis auf den letzten Platz, und er hat alle Hände voll zu tun. Endlich kann ich zur eigentlichen Sache kommen.

Andô Shûsaku und ich kennen uns wie gesagt vom *Kendô*. Im Laufe der Zeit sind wir uns auch außerhalb des *Dôjôs* näher gekommen. Ich finde seine Arbeit faszinierend, in mir steckt eben doch in Wirklichkeit ein Sherlock Holmes oder besser ein Hercule Poirot, rein figürlich meine ich. Er steht meiner heimlichen Leidenschaft, dem Detektivspielen, jedoch mehr als skeptisch gegenüber, weil er ständig Angst hat, daß mir etwas zustoßen könnte. Ich fürchte, er könnte sich das nie verzeihen, und ich habe dementsprechend auch jetzt wieder ein schlechtes Gewissen, ihn auszufragen.

Ich erzähle Andô, daß ich zufällig über meinen Nachbarn in Toba vom Tod einer jungen Schülerin erfahren hätte. Ob er davon wisse und ob es tatsächlich ein Selbstmord war, wie die lokale Zeitung berichtete, frage ich ihn. Shûsaku schaut mich etwas mißtrauisch an. Er kennt mich und glaubt nicht an Zufall, aber immerhin gibt er zu, den Fall zu kennen und deutet an, daß es nach Ansicht der lokalen Polizei kein Selbstmord war. Ich hake nach, und nach einigem hin und her läßt er zögernd Details heraus, im Gegenzug will er von mir wissen, warum mich die Sache so interessiert, daß ich ihm sogar ein Abendessen bei Vincente spendiere. Bei dieser Bemerkung schaut er mich verschmitzt an, und ich brauche ein paar Sekunden, bis ich begreife, daß die Rechnung heute auf mich geht.

Andô erzählt, daß die Leiche des Mädchens an einem Montag Morgen auf dem felsigen Boden unterhalb einer fast dreißig Metern hohen Klippe am Meer, nicht weit von Toba, von Muschelsammlern gefunden wurde. Es sah ganz nach einem Selbstmord aus, vielleicht aus Liebeskummer. Die Obduktion ergab, daß die schweren Verletzungen des Mädchens zwar von einem Sturz aus dieser Höhe auf Felsen stammen könnten, aber die Polizei ist sich sicher, das Mädchen ist nicht an dieser Stelle gestorben.

Aus einer zerrissenen Arterie am Hals muß sie einen enormen Blutverlust erlitten haben, das Mädchen war quasi ausgelaufen, aber an der Aufschlagstelle wurde fast kein Blut gefunden. In der Wunde fanden sich kleinste Aluminiumfragmente, aber in der Nähe, weder am Strand noch am Abhang fand sich etwas, was das verursacht haben könnte. Es war eindeutig keine Stichverletzung, eher als ob ein stumpfer, zackig abgebrochener Gegenstand die Arterie aufgerissen hätte. Merkwürdig war auch, daß ihre Freundinnen aussagten, das Opfer sei nie ohne ihre Handtasche mit einer großen, aufgestickten Micky Maus ausgegangen. Diese Tasche wurde weder oben auf den Klippen noch unten bei der Leiche noch bei ihr zu Hause gefunden.

In den Kleidern fand man Glaskrümel einer Autoscheibe, was auf einen Unfall hindeutete. Wozu auch die Aluminiumfragmente und die zerrissene Arterie passen. Bei der Autopsie wurde außerdem festgestellt, und hier senkt Andô die Stimme zu einem Flüstern, so daß ich ihn kaum im Lärm des Lokals verstehen kann, daß sie erst vor kurzem noch Geschlechtsverkehr gehabt haben muß. Der Todeszeitpunkt wurde auf Sonntag nachmittag bestimmt. In der Vagina wurde kein Sperma entdeckt, wahrscheinlich benutzte der Mann ein Kondom, aber auf ihrem Bauch fanden wir Spuren. Wir suchen jetzt eventuelle Zeugen eines Autounfalles in der Gegend, den Fahrer und natürlichen ihren Liebhaber, die vielleicht ein und derselbe sind. Dann finden wir heraus, was wirklich geschehen ist.

Ich frage mich natürlich, während ich aufmerksam zuhöre, wieso ein Kommissar aus Tôkyô von einem vermeintlichen Selbstmord in Toba weiß, da muß wesentlich mehr dahinterstecken. Vielleicht ein Serienkiller?

»Habt ihr schon einen DNA-Test durchgeführt?« will ich wissen. »Getestet ja, aber du weißt ja, wie lange es dauert, bis Resultate vorliegen. Und dann geht die Arbeit erst richtig los. Wir müssen zuerst jemand finden, der überhaupt in Frage kommt und mit dessen genetischem Fingerabdruck wir die Spuren vergleichen können, sonst ist der DNA-Test wertlos.«

»Du weißt, wenn du Ergebnisse sofort brauchst, ich kann dir helfen,« biete ich die Dienste unseres Labors ganz uneigennützig an. Andô schaut mich lange und prüfend an. »Vielleicht komme ich darauf zurück, aber zuerst mußt du mir erzählen, was du mit der Sache zu tun hast?«

Ich hatte schon befürchtet, daß so eine Frage kommen würde. Um Zeit zu gewinnen, bestelle ich noch eine Flasche Rotwein bei Vincente, der mir zwischenzeitlich meinen faux pas vergeben hat. »Shûsaku,« beginne ich endlich und zögerlich, »ich weiß nicht, ob der Tod des Mädchens überhaupt etwas mit meiner Sache zu tun hat. Ich möchte niemanden in irgendetwas hineinziehen. Vielleicht ist alles nur Zufall. Bitte vertraue mir, falls ich herausfinde, daß es irgendwelche Zusammenhänge gibt, sage ich es dir.« Andô glaubt mir kein Wort und ist jetzt sicher, daß ich etwas über den Tod des Mädchens weiß, von dem er dringend erfahren sollte. Aber er kennt mich gut genug, um zu wissen, daß ich nichts sagen werde, wenn ich nicht will. Und die Folter ist in Japan schon lange abgeschafft.

»Aber laß mich noch einige Fragen stellen, vielleicht siehst du dann einen Zusammenhang.«

»OK, ich höre«, knurrt er nur unwirsch. »Ich habe dir doch schon oft von den hübschen *Ama* in Wagu erzählt.«

»Mmh«, brummt Andô, bei dem diesmal die Erwähnung hübscher Mädchen kein Interesse hervorruft. Im Gegensatz zu seiner äußerlich gelassenen Haltung ist er hellwach und hört aufmerksam zu. Er ahnt das Schlimmste.

»Nun, vor kurzem war ich wieder da und habe im Dorf erfahren, daß die kleine *Ama*, Ôta Minako, der ich immer bei der Arbeit zugesehen habe, ertrunken ist, sie war ebenfalls fünfzehn, wie das Schulmädchen in Toba.« Shûsaku setzt sich auf, ich habe seine vollste Aufmerksamkeit. »Was genau weißt du?« Ich erzähle ihm natürlich nichts von meinem Gespräch mit ihrem Freund Tanaka. »Nichts, aber ich finde es merkwürdig, daß zwei Mädchen im gleichen Alter innerhalb kürzester Zeit in der gleichen Gegend unter Umständen ums Leben kommen, die nicht so ganz eindeutig sind.«

»Warum sagst du das?« bohrt Andô, »es kommt doch vor, daß Perltaucherinnen ertrinken?«

»Das schon, aber sie war eine tolle Schwimmerin, es war kein schlechtes Wetter, und die Bucht von Wagu ist nicht gefährlich.«

»Woher weißt du denn das alles?« Hier fällt mir die Antwort leicht. »Ich habe mit den Leuten in der *Isakaya*, der kleinen Dorfkneipe gesprochen. Praktisch jeder im Dorf redete davon.« Shûsaku scheint enttäuscht, er hat wohl erwartet, ich würde mich verplappern. Ich? Nie!

»Gut, Jan, du fragst dich sicher, warum ich von den Fällen weiß?« Er wartet meine Antwort nicht ab, er hatte mir die Frage vom Gesicht abgelesen. »Du erinnerst dich vielleicht, daß ich seit dem letzten Jahr einer nationalen Sonderkommission für die Bekämpfung des organisierten Verbrechens zugeteilt bin. Du weißt, die japanische *Yakuza*, die Nordkoreaner und die chinesische Mafia haben ihre Finger in allem, was Geld verspricht.«

Ich kann mich sehr gut daran erinnern, nicht nur weil ich selbst mit diesem Problem zu tun bekomme hatte, sondern weil es in Japan immer noch ungewöhnlich ist, eine Polizeiorganisation zu finden, die gemeindeübergreifend arbeitet. Erst in letzter Zeit diskutiert man die Einrichtung einer national tätigen Polizei nach dem Vorbild des amerikanischen FBI oder des deutschen BKA, um schneller und vielleicht vorbeugend auf Ereignisse wie zum Beispiel die Giftanschläge und andere Morde der Aum-Sekte vor einiger Zeit reagieren zu können.

»Wir sind zufällig darauf gestoßen, daß beide Mädchen ihr Taschengeld in einem Telefon-Club aufgebessert haben. Du weißt, die Girls werden auf ihrem Handy angerufen, machen einen Treffpunkt aus, und auf geht es. Wir sind diesem Club schon einige Zeit auf der Spur, weil wir vermuten, daß auch Mädchen unter dem gesetzlichen

Mindestalter sich dort zwecks Vermittlung aufhalten dürfen. Wir konnten bisher nichts beweisen, weil bei jeder der drei Razzien, die wir bisher durchgeführt haben, alle Vögelchen frühzeitig ausgeflogen waren. Ich befürchte, es gibt einen Informanten. Aber manchmal haben wir auch Glück. Ein aufmerksamer Kollege, der mit dem Rad auf der Landstraße von Toba unterwegs war, sah letzte Woche einen Wagen mit einem Kennzeichen aus einer anderen Präfektur in einen Feldweg abbiegen, der in einen kleinen Wald führt. Neugierig ist er hinterher geradelt und kam gerade recht, um zu sehen, wie ein Mann in den Fünfzigern und ein sehr junges Mädchen heftig bei der Sache waren. Er hat eingegriffen und die beiden wegen Verletzung der öffentlichen Ordnung festgenommen.«

»Ein echter coitus interruptus«, fügt er grinsend hinzu. »Es stellte sich raus, die Kleine war sogar erst vierzehn, und beide haben auf der Wache geheult und gefleht, man möge niemandem etwas sagen. Im Falle des Mannes geht das mit dem neuen Gesetz natürlich nicht, der ist dran wegen Vergewaltigung. Bei der Kleinen wird sich eine Polizeipsychologin drum kümmern. Das Gute an der Sache war aber, beide haben ausgesagt, sich über den Club kennengelernt zu haben, und das Mädchen gab uns, auf unser Bohren hin, die Namen von fast einem Dutzend anderer Mädchen, die sie vom Club kannte.«

»...und die Kleine aus Toba und die *Ama* waren dabei?« beende ich seinen Bericht für ihn, etwas traurig, besonders wegen der *Ama*, von der Schülerin wußte ich ja schon von Nagais Tochter. Ich hatte »meine kleine *Ama*« wohl doch etwas idealisiert. »Genau,« bestätigt er, »und deshalb glauben wir auch nicht an Zufall beim Tod der beiden. Übrigens, die *Ama* war im dritten Monat schwanger. Wenn wir den Vater finden, ...« Er beendet den Satz nicht. Ich könnte ihm einen Tip geben, aber wem nützt es, ich bin jetzt fast überzeugt, daß Tanaka es nicht war, sondern eher jemand aus ihrem »Kundenkreis«. Die Polizei wird außerdem sicher auch ohne mich bald auf den Freund der Kleinen stoßen, wenn sie die Dorfbewohner befragen.

Für einen Moment schweigen wir beide. Vincente, der beobachtet hatte, daß wir sehr ernst bei unserer Unterhaltung geworden waren, hält sich ebenfalls zurück. »Jan, wenn du etwas weißt, bitte informiere mich, ich möchte nicht, daß du wieder in Gefahr gerätst, wie im letzten Jahr.« Seine Stimme klingt besorgt und eindringlich. Ich kann ihm das nicht versprechen und antworte lieber nichts.

Ich bin sicher, daß Satô dahintersteckt, genau wie hinter dem Hotelbau in Toba. Ich muß den Mann irgendwie zur Strecke bringen oder zumindestens bei seinen Taten stoppen, aber ich darf Nagai und seine Familie nicht gefährden.

15. Juli – Tôkyô

Genüßlich löffle ich an einem gekühlten Fruchtgelee, Mango, köstlich. Die Zeit für die *Ochûgen* hat begonnen, das sind kleine Sommergeschenke an Freunde, Bekannte und Firmen, um sich zu bedanken, für guten Service oder um die bestehenden Beziehungen zu vertiefen.

Von überall erhalten wir kleine Geschenke wie jene Fruchtgelees, Fruchtsäfte oder die jetzt gerade so köstlichen Netzmelonen. Ich habe natürlich auch jede Menge solcher Geschenke verschicken lassen. Die Serviceindustrie, die in Japan diese Dinge erledigt, arbeitet perfekt. Mein *Aikidô*-Lehrer wird heute, wie in jedem Jahr, wieder eine Palette mit Kirin-Bier erhalten. Dafür wird er mich morgen bestimmt doppelt hart auf die Matte legen, als Zeichen seiner Dankbarkeit und dafür, daß ich mir nicht einbilde, ihn bestechen zu können. Aber was sein muß, muß sein.

Schon den ganzen Morgen habe ich mir genau überlegt, was ich tun werde. Es scheint mir zwar verwegen, aber ich bin überzeugt, daß es der einzige Weg ist. Zufrieden widme ich mich dem Tagewerk. Als erstes einer extra langen E-Mail aus Deutschland. Oh, oh, ein neuer Mitarbeiter im Corporate. In seinem Schreiben kündigt er mir seinen baldigen Besuch an, mit dem Ziel, uns zu helfen, damit auch wir uns endlich für ISO 9000 irgendetwas zertifizieren können. Eine unerwartete Spätfolge des Besuchs unseres großen Vorsitzenden, denke ich wütend.

Noch bis vor kurzem Mitarbeiter der berühmten Consulting-Firma Soundso, jetzt »in charge of« Corporate Quality, teilt er mir ungefragt mit. Wenn ich das schon höre, geht mir die Galle über, ich glaube nämlich fest, daß jeder Mitarbeiter in einem Unternehmen für die Qualität verantwortlich ist.

»Ich berichte übrigens direkt dem Vorstandsvorsitzenden«, fügt dieser Mensch noch hinzu, um die Bedeutung seiner E-Mail zu unterstreichen. Ich weiß, weitere Gegenwehr ist zwecklos und wird mit bösen Memos bestraft. Also gebe ich auf und teile ihm mit, daß sich die gesamte Organisation auf diesen Besuch schon immer gefreut hat und wir selbstverständlich alle unsere eigenen Prioritäten dieser wichtigen Aufgabe unterwerfen werden. Klick, ab geht die Nachricht. Wenn der Knabe kommt, werde ich ihm zeigen, wo es langgeht, ihn erstmal richtig einnorden und ihm einige der echten Spezialitäten des Landes verpassen: zuerst ein zu heißes Bad im *Onsen*, dann sehr viel rohen Fisch, am Tisch zubereitet, mit noch mehr *Nattô*, das ist dieses stinkige, klebrige Zeug aus fermentierten Sojabohnen, dann viel Bier und *Sake*, dann *Karaoke*, und wenn er dann noch nicht genug hat, ein erstes Meeting um sieben in der Früh, denke ich rachsüchtig und mit gewisser Vorfreude.

Beim Mittagessen, ich esse alleine ein Sandwich in meinem Büro, das Nozawa mir freundlicherweise besorgt hatte, gehe ich noch mal in Gedanken die ganze mysteriöse Geschichte um Nippon Investors, die toten Mädchen und was Andô mir darüber erzählt hatte, durch und fasse einen Entschluß. Die Idee ist vermutlich verrückt, und ich sollte es eigentlich Andô überlassen. Wenn der wüßte, was ich vorhabe, würde er mich vermutlich einsperren. Anna erzähle ich besser auch nichts von meinem Vorhaben. Sie wird nur versuchen, mich von meinem Plan abzuhalten, aber ich sehe keinen anderen Weg, die kriminelle Tragödie zu beenden und gleichzeitig Nagais und uns zu schützen.

»Wolf-*san*, ein Anruf für Sie, dringend und persönlich«, informiert mich Nozawa übers Telefon, als ich nach dem dritten Läuten endlich den Hörer abgenommen habe. »Wer ist es denn?« Eigentlich habe ich jetzt keine Lust zum Telefonieren, jemanden bei der Mittagspause zu stören, gilt in Japan als unfein. »Er hat keinen Namen genannt, aber gesagt, es sei sehr wichtig und Sie würden schon verstehen. Ich solle nur »Wagu« sagen.«

»Her damit«, ich bin jetzt hellwach, die Mittagspause ist vorüber. »Hallo Wolf-*san*?, höre ich eine Stimme, die mir etwas bekannt vorkommt. »Ja, wer ist da?«

»Hören Sie zu, ich habe nicht viel Zeit«, antwortet er, ohne meine Frage zu beantworten. »Ich habe gehört, Sie interessieren sich dafür, wie die *Ama* in Wagu ums Leben gekommen ist.«

»Ja, aber wer sind Sie, Tanaka?«

»Es spielt keine Rolle, wer ich bin, hören Sie endlich zu.«

»OK.«

»Minako war nicht nur *Ama*, sondern hat für einen Telefonclub gearbeitet, in Toba, verstehen Sie, was das heißt?«

»Ja, ich verstehe«, antworte ich, während mir der Bericht Andôs wieder einfällt. »Wenn Sie wissen wollen, was passiert ist, suchen Sie nach einem alten, reichen Mann aus Tôkyô, der ein Wochenendhaus in der Nähe von Toba hat.«

»Was soll denn der Mann mit ihrem Tod zu tun haben, ein bißchen Spaß ist doch kein Grund, jemanden umzubringen«, provoziere ich ihn bewußt. »Ich weiß es eben, sie war schwanger, und da hat er sie eben beseitigt«, antwortet er leicht erregt. »Ich weiß nicht, Schwangerschaften kann man doch abbrechen, das ist nicht mal teuer und sicher kein Grund für einen Mord. Und außerdem, wenn der so alt ist, wie soll er sie dann umgebracht haben? Ist er ihr hinterhergeschwommen?« Ich bin bewußt zynisch, um ihn aus der Reserve zu locken. Ich glaube, ich weiß, wer am anderen Ende ist, bin aber nicht sicher. »Sie wollen es einfach nicht verstehen, der Mann hat natürlich Freunde, wahrscheinlich von diesem Club, die haben das gemacht.« Er ist jetzt hörbar wütend. Wahrscheinlich bedauert er es, überhaupt angerufen zu haben. Ich will aber nicht, daß er auflegt.

»Hören Sie, Tanaka, lassen Sie das Versteckspielen, ich habe Ihre Stimme erkannt, ich will Ihnen helfen, glauben Sie mir«, versuche ich einen Schuß ins Halbdunkel. Treffer! Es ist zwar für einige Sekunden still, und als ich gerade denke, er hat aufgelegt, räuspert er sich und antwortet: »Ja, ich bin es, es darf aber keiner außer Ihnen wissen, bitte!«

Ich verspreche es und fordere ihn auf, mir alles zu erzählen, was er weiß. Es ist nicht sehr viel, aber es paßt alles in mein Mosaik, das ich seit Tagen zu vervollständigen versuche. Tanaka weiß nur aus zweiter Hand von Minako, daß der alte Mann aus Tôkyô stammt und irgendwo ein Ferienhaus bei Toba hat; wo, hat sie ihm nie gesagt. Beim letzten Rendezvous hatte sie dem Alten von der Schwangerschaft erzählt und gesagt, daß sie beide nichts ausplaudern würden, wenn er genügend Geld bezahlen würde für eine Abtreibung und etwas Schmerzensgeld.

»Der Alte war überhaupt nicht der Vater, nicht wahr?« unterbreche ich seine Erzählung. »Nein, ich glaube, das war ich«, sagt er mit fast unhörbarer Stimme. Mir wird einiges klarer, ein sauberes Pärchen, Tanaka und seine Minako. Erpressung nennt man das, was die beiden versucht haben. »Der Alte ist zwar sauer gewesen, hat mir Minako erzählt, hatte aber versprochen, es sich zu überlegen. Kurz darauf ist Minako dann spurlos verschwunden, und ich bin am selben Tag, als ich abends von der Arbeit nach Hause ging, von zwei Männern verprügelt worden. Ich bin sicher, die waren von dem Club. Sie haben mich gewarnt, mich nie mehr in Sachen einzumischen, die zehn Nummern zu groß seien, und daß ich froh sein könne, noch am Leben zu sein. Als Minako gefunden wurde, habe ich sofort kapiert, was passiert ist.«

»Und warum haben Sie der Polizei nichts gesagt?« frage ich, obwohl ich mir die Antwort denken kann. Ich kann jetzt hören, daß Tanaka heult wie ein Schloßhund. Wahrscheinlich hat er jetzt erst richtig begriffen, was er angerichtet hat und daß er mitschuldig am Tod des Mädchens ist. »Ja, was hätte ich denen denn erzählen sollen? Daß Minako und ich versucht haben, einen Mann zu erpressen? Daß ich nicht weiß, wer der Mann ist, nur in welchem Club Minako gearbeitet hat? Mann, verstehen Sie doch, die Polizei wird mir kein Wort glauben und annehmen, ich war es, weil ich sie geschwängert habe. Das finden die doch sofort heraus. Außerdem habe ich Angst vor den Schlägern, die bringen auch mich noch um, das sind bestimmt *Yakuza*!«

»Und warum rufen Sie mich jetzt an, was soll ich jetzt tun?«

»Ich weiß nicht, Sie haben gesagt, ich solle Sie anrufen und ... irgendwie habe ich gedacht ...«, antwortet er zögerlich, immer wieder schluchzend, »vielleicht hat der Tod des anderen Mädchens, von dem Sie mir erzählt haben, ja einen ähnlichen Grund und Sie könnten vielleicht der Polizei einen Tip geben.« Seine Stimme klingt hoffnungsvoll. »Ach, und woher weiß ich das alles mit Minako? Nein, so geht das nicht. Mal sehen, was ich tun kann. Ich schlage vor, Sie machen sich erst mal unsichtbar.«

»Bitte, sagen Sie nichts der Polizei über mich, die Typen vom Club bringen mich um!« fleht er. »Beruhigen Sie sich, Sie haben es zwar nicht verdient, schließlich haben Sie sich die ganze Sache mit eingebrockt, aber ich werde niemand von unserem Gespräch erzählen.«

Ich lege auf, jetzt ist so ziemlich alles klar. Zusammen mit Andôs Information, mit dem, was ich von Isako weiß, es gibt für mich keine Zweifel mehr, aber beweisen läßt sich das alles wohl kaum, es sei denn ..., denke ich und fasse einen Entschluß.

17. Juli – Meguro

»Hallo, hier ist Jan Wolf von VIW, spreche ich mit Minister Kawabata? Wir haben uns neulich in der deutschen Botschaft getroffen, ich hoffe, Sie erinnern sich.«

»Ja, Kawabata hier, woher haben Sie meine private Telefonnummer?« will er wissen, und ich kann seine Verärgerung unschwer heraushören, schließlich ist er, wie fast alle Prominente, speziell hohe Politiker, nicht im Telefonbuch gelistet. »Es tut mir leid, Sie zu Hause zu stören. Ich weiß, es ist noch früh, aber es geht um etwas, bei dem ich es nicht für klug halte, Sie im Ministerium anzurufen, da gibt es zu viele Ohren, wissen Sie?« Seine Frage ignoriere ich, wohl wissend, daß Hubsi sonst in Schwierigkeiten wäre. Meine Andeutung hat offensichtlich seine Neugier geweckt, denn er hakt nicht weiter nach. »Ja, und was haben Sie mir so Dringendes und Vertrauliches zu sagen?«

»Darüber möchte ich nicht am Telefon sprechen; ich sage nur soviel: Es geht um Toba. Ich schlage vor, wir treffen uns heute kurz, wenn es Ihnen paßt und Sie Zeit haben.« Seine Antwort wird mir schon einiges verraten, denke ich.

»Wieso glauben Sie, ich will mich mit Ihnen treffen, als Minister bin ich ein vielbeschäftigter Mann, Ihr Ansinnen ist sehr sonderbar, Herr Wolf.« Immerhin kennt er meinen Namen; ich hatte ihn nur bei der Begrüßung kurz genannt, und es wäre das erste Mal, daß ein Japaner diesen

Namen mit fast nur Konsonanten auf Anhieb verstanden hätte. Normalerweise muß ich buchstabieren.

»Mir ist bewußt, daß ich etwas Ungewöhnliches vorschlage, aber die Umstände sind auch ungewöhnlich. Ich möchte Ihnen nur einige Peinlichkeiten ersparen, und wir können vielleicht Irrtümer aufklären, ehe ich zur Polizei gehe«, werde ich jetzt deutlicher. »Was soll das, was wollen Sie von mir, ich werde das Gespräch sofort beenden«, schimpft er, hängt aber nicht ein. »Herr Minister, Sie sind doch an Nippon Investors beteiligt?« Er unterbricht mich, ehe ich meine Frage überhaupt richtig stellen kann. »Nein, nur meine Frau«, entfährt es ihm ungewollt. Aha, Punkt Eins bestätigt, es sind die richtigen Kawabatas. »Ich weiß, aber Sie sollten sich eben deshalb mit mir treffen, oder soll ich Ihre Frau bitten?«

»Sie sind ziemlich unverschämt, Herr Wolf, aber gut, ich habe heute nachmittag kurz Zeit für Sie, dann können Sie mir sagen, worum es geht. Ich hoffe, Sie stehlen mir nicht nur die Zeit«, lenkt er scheinbar widerwillig ein, obwohl ich sicher bin, daß er vor Neugierde platzt, was ich wohl so alles weiß. Kawabata lebt, wie viele reiche Leute, im Stadtteil Meguro, also schlage ich als Treffpunkt das Café im Gajôen vor, um fünfzehn Uhr, nur er und ich.

Den Rest des Morgens verbringen Anna und ich in unserem *Dôjô* in Shinjuku. Ozawa-*sensei* gibt Unterricht, und es ist, wie immer samstags morgens, rappelvoll. Training im Juli ist eigentlich eine Zumutung, es ist über dreißig Grad, und in der vollen Halle steht die Luft. Mein *Dôgi* ist mit Schweiß getränkt, die Zunge dagegen klebt trocken am Gaumen. Bier, denke ich, als ich mit einigen Mühen meinen Partner auf die Matte befördere. Es ist Kei, einer der Japaner, der nicht nur meine Größe, sondern auch mein Gewicht hat, abgesehen davon daß er es liebt, mir die Übungen nicht zu leicht zu machen. Es tut mir in der Seele gut zu sehen, daß er auch keucht und viel erklärt, ein sicheres Zeichen der Erschöpfung. Nur Ozawa, der ständig herumgeht und mit allen kurz übt, scheint keine Probleme mit der Hitze oder seiner Konstitution zu haben. Widerlich, denke ich und bin heilfroh, als ich unter der kalten Dusche stehe.

Es ist erst vierzehn Uhr, als ich im Gajôen ankomme, weil ich sicher sein will, daß der Minister wirklich alleine kommt. Man weiß ja nie. Der Gajôen, der Garten der lyrischen Eleganz, was immer das auch bedeuten mag, wurde 1931 von Hosokawa Rikizô gestaltet, um das Beste an zeitgenössischer Kunst und Kultur zu verewigen. Es war ein Geschenk des japanischen Gouverneurs in Korea während der langen Kolonialherrschaft über das Nachbarland. Mittelpunkt ist eine phantastische Veranstaltungshalle im koreanischen Stil. Verzierungen aus schwarzem Lack mit Perlmuttintarsien und Wandbemalungen schmücken die hundert Räume, Hallen und die Toiletten. Überhaupt, die Toiletten sind für mich das Beste. Ich kenne natürlich nur »Herren«. Man betritt eine kleine Halle, geht über eine kleine rotlackierte Holzbrücke und steht dann vor den Porzellanpissoirs, die man in Europa auf Flohmärkten gerne als Schirmständer anbietet; oder wenn man zur anderen Seite geht, steht man vor Türen aus bestem Lack, hinter denen man sich für größere Geschäfte zurückziehen kann. Die Decken sind alle voll mit farbigen Darstellungen von Landschaften, und Szenen aus dem japanischen Leben der vergangenen Epochen. Überall Bambusbäumchen. Es ist alles blitzsauber und wohlriechend. Wenn ich nicht schon ein Haus hätte, könnte ich glatt hier einziehen.

Ich sitze schon im Café und beobachte, wie ein Hochzeitspaar nach dem anderen durchgeschleust wird. Das Gajôen dient als eine der »Wedding Halls«, alles ist bis ins kleinste organisiert, einschließlich Foto vor dem künstlichen Wasserfall außerhalb der Halle. Es ist heute nicht nur Samstag, sondern auch noch *Tai-an*, was quasi »große Sicherheit oder großes Glück« bedeutet, also der beste Tag in einer wiederkehrenden Reihenfolge von sechs sehr günstigen bis sehr ungünstigen Tagen, den Rokuyô, einem aus dem siebzehnten Jahrhundert und wahrscheinlich aus China überlieferten Brauch. Fällt dies zusammen mit einem Samstag oder Sonntag, ist das ein besonders populärer Tag für eine Trauung und dementsprechend teurer. Am ungünstigsten Tag, dem *Butsu-metsu*, finden höchstens ein Drittel der Hochzeiten statt wie an *Tai-an*, an dem eine Hochzeit im Gajôen ein Vermögen kosten muß, denke ich, als ich gerade Kawabata ankommen sehe. Ich kann nur hoffen, daß heute für mich auch *Tai-an* ist.

Er steuert direkt auf mich zu, nicht schlecht dafür, daß er mich nur einmal kurz getroffen hat, aber als *Gaijin* falle ich natürlich immer ein bißchen mehr auf. »So, und was haben Sie mir zu sagen«, kommt er gleich zur Sache, als er mich nur kurz mit der knappsten aller möglichen Verbeugungen begrüßt hat und sich gleich setzt.

Meine netten Begrüßungsformeln kann ich mir wohl sparen, merke ich. Er ist gereizt. Ehe ich ihn über meine Fragen aufkläre, bestellen wir einen Tee, der prompt ankommt. Wir wechseln kein Wort, bis wir wieder alleine sind. »Herr Minister, ich will es kurz machen.«

»Das wäre mir auch recht, ich habe noch einige andere

Termine«, macht er seinem Ärger Luft. Also lege ich los, ich erzähle ihm kurz von unserem Firmenhaus in Toba und der einstweiligen Verfügung, die ich erwirkt habe, um den Bau der Nippon Investors zu stoppen.

»Na und, damit habe ich nichts zu tun, und für meine Frau ist das nur eine Finanzbeteiligung. Das ist nicht mein Problem, ist das alles?«

»Nein, keineswegs, vielleicht interessiert es Sie als Justizminister, daß einer der Hauptanteilseigner eine Firma ist, die zum Imperium der Yamaguchi-*gumi* zählt. Sagt Ihnen der Name Satô aus Ôsaka was?« Scheint es mir nur so, oder ist er um einige Nuancen blasser geworden? »Kenne ich nicht, und von den *Yakuza* weiß ich nichts. Nippon Investors hat nur seriöse Eigner, wollen Sie mir vielleicht etwas unterstellen?« Sein Gesicht nimmt jetzt eine rötliche Farbe an. Sehr interessant, denke ich. »Es geht um mehr als nur Nippon Investors, Sie haben mir erzählt, Sie sind oft in Toba, kannten Sie da zufällig eine Suzuki Kiyoko, eine Schülerin aus Toba?« werde ich jetzt sehr direkt.

»Nein, natürlich nicht, warum sollte ich?«

»Oder eine Ôta Minako, eine *Ama* aus Wagu?«

»Sagen Sie mal, Wolf, sind sie verrückt, was glauben Sie denn, was ich in Toba mache. Ich gehe dorthin, um zu arbeiten, Reden zu schreiben, Gesetzestexte in Ruhe zu lesen. Ich kenne niemanden dort. Was wollen Sie überhaupt!« Er ist so laut geworden, daß die Gäste am Nachbartisch herüberschauen. Er senkt sofort wieder die Stimme. »Wolf, kommen Sie zur Sache oder ich gehe.« Seine Gesichtsfarbe hat mittlerweile einen leicht grauen Ton angenommen.

Ich riskieren einen Schuß ins Dunkle. »Ich habe Beweise, daß Sie die beiden Mädchen getroffen haben, in Ihrem Wochenendhaus. Beide sind tot, angeblich Selbstmord, beziehungsweise ein Unfall. Die Polizei hat Spuren gefunden, die darauf hindeuten, daß die Schülerin in einem Auto ums Leben gekommen ist. Ihr Auto ist in Toba gestohlen und nie mehr gefunden worden, sicher ein Zufall? Die Mädchen haben für einen Club gearbeitet, der der Yamaguchi-*gumi* gehört, und ihre Frau ist Partner von Satô von Kaneda, einem der Chefs dieser *Yakuza*. Alles Zufall? Herr Minister, ich glaube, Sie müssen einiges aufklären. Mir geht es nicht um Sie oder Ihr Sexualleben, ich will diesen Satô, der bedroht mich, meine Familie und meine Freunde, und Sie werden mir helfen, ihn aus dem Verkehr zu ziehen!« So, jetzt ist es raus, selbst in meinen Ohren klingen die Anschuldigungen abenteuerlich.

Kawabata sagt keinen Ton, ich kann geradezu sehen, wie es in seinem Kopf arbeitet, welche Antwort er geben soll, welche Taktik jetzt die richtige ist. »Wolf, es ist ungeheuerlich, was Sie mir unterstellen, ich glaube Sie sind nicht normal. Lassen Sie mich in Ruhe, oder ich setze alles daran, Sie aus dem Land entfernen zu lassen«, zischt er haßerfüllt und steht abrupt auf. »Ich bin sicher, man wird Spuren von dem Mädchen in Ihrem Wochenendhaus finden, Kawabata«, lasse ich jetzt auch die Höflichkeit fallen, »und dann sind Sie dran. Helfen Sie mir lieber, Satô zu erledigen, ehe es auch für Sie zu spät ist.«

»Nehmen Sie sich selber in acht, bevor es für Sie zu spät ist«, erwidert er nur drohend, dreht sich um und entfernt sich mit schnellem Schritt. Ich bleibe noch einige Augenblicke sitzen. Habe ich einen Fehler begangen, die direkte Konfrontation zu suchen? Der Hinweis auf die Spuren in seinem Haus? Wird er versuchen, alles zu beseitigen? Mir kommen jetzt arge Zweifel, ob ich richtig gehandelt habe, vielleicht sollte ich so etwas doch der Polizei überlassen. Zu spät, denke ich und stehe ebenfalls auf. Zumindest beschließe ich, Andô nun endlich einzuweihen.

Am Abend sitzen Anna und ich – sie im kleinen Schwarzen, ich im Smoking – in der neuen Oper im Westteil von Shinjuku. Seiji Ozawa dirigiert das NHK Symphonieorchester, Puccinis »Tosca« wird aufgeführt. Die »Tosca« und die anderen Hauptrollen sind alle mit Stars besetzt, die eigens aus Mailand angereist sind, und durch lokale Kräfte unterstützt werden. Ozawa ist eine faszinierende Persönlichkeit, ich vergesse meine Sorgen und finsteren Gedanken vollständig, während ich der Musik lausche und ihn beobachte, wie er absolute Kontrolle über das große Orchester ausübt, immer mit einer scheinbaren Leichtigkeit. Boston wird einen echten Verlust erleiden, wenn er demnächst die Wiener Philharmoniker übernimmt, denke ich.

Ich habe ihn schon mehrfach erleben können, einmal auch in Boston, Tschaikowskis »Erstes Klavierkonzert«. Nach der Aufführung, die von einer befreundeten Firma gesponsert wurde, hatte ich die einmalige Gelegenheit, ihn kurz persönlich kennenzulernen. Obwohl wir nur wenige Sekunden aufeinandertrafen und nur wenige Worte wechselten, war ich vollkommen überwältigt. Ozawa hat ein enormes Charisma und zieht einen sofort in seinen Bann. Ich habe damals verstanden, warum ein Orchester, das ja aus vielen Individuen und oft aus Primadonnen besteht, ihm wie aufs Wort folgt. Ein Genie.

Die Oper endet bekanntlich mit dem Selbstmord der Tosca, die sich über die Mauer des Gefängnisses stürzt, in dem ihr Geliebter hingerichtet wurde. An dieser traurigen Stelle schauen Anna und ich uns an und müssen beide grinsen. Die Tosca-Darstellerin, eine Frau nicht nur von gewaltiger Stimme, sondern auch entsprechendem Körperbau, im Hechtsprung über die Mauer? Wir stellen uns beide vor, daß dahinter sicher ein riesiges Kissen liegt, auf dem sie mit einem enormen Plumps, aber sicher landet. Staubwolken haben wir keine aufsteigen sehen. Es ist eine tolle Vorstellung und es gibt tosenden Applaus für Tosca, die glücklicherweise wieder auftaucht, Ozawa und alle anderen natürlich auch.

Mit einem winzigen Gläschen Champagner endet der Abend für uns, wir beschließen, so was öfter zu machen.

17. Juli – Ôsaka

«Das kann doch nicht wahr sein, schon wieder dieser verfluchte *Gaijin*!« entfährt es Satô wutentbrannt und vor ohnmächtigem Zorn. Er verliert nicht oft die Fassung, und beim letzten Mal, als dies geschah, war es wegen des gleichen Mannes, wegen Jan Wolf.

Kawabata hatte ihn trotz der Tatsache, daß es Samstag abend war, noch in seinem Büro angetroffen. Er hatte ihn von einer Telefonzelle aus auf der gesicherten Leitung erreicht und ihm gerade brühwarm und haarklein vom Gespräch im Gajôen erzählt. »Ich muß nachdenken, Kawabata, ich melde mich«, hatte er, mühsam seine Wut unterdrückend, gesagt und die Verbindung unterbrochen. Satô ist vor Wut ganz rot im Gesicht, an der Schläfe ist eine Ader dick hervorgetreten und scheint jeden Augenblick zu platzen. Sein rechtes Augenlid zuckt nervös. Er, der sonst eiskalt und immer gelassen erscheint, hat vollkommen die Beherrschung verloren. Seine Sekretärin draußen im Vorzimmer hat nur seinen kurzen Aufschrei gehört, und ihr Herz sinkt in die Magengrube. Sie weiß, was folgen wird. Immer wenn Satô wütend ist, wird er es zuerst an ihr auslassen. Sie wäre schon lange nicht mehr seine Sekretärin, aber ihr Vater, ein kleiner Fisch bei der Yamaguchi-*gumi*, ist vollkommen abhängig von Satô und würde nur darunter zu leiden haben, wenn sie sich eine neue Stelle suchte.

Satô könnte sich vor Wut in den Hintern beißen, Wolf hatte ihm im letzten Jahr sein so sorgfältig eingefädeltes Komplott zur Einflußname auf Ikeda Industries in Tôkyô vereitelt. Mit seinen Nachforschungen und dem Druck, den er auf den jungen Ikeda ausübte, war Wolf ihm voll in die Parade gefahren. Der alte Ikeda, sein Partner Hosokawa und ein erpresserischer Buchhalter namens Iwata hatten sterben müssen. Wolf konnte zwar Satô nichts nachweisen, insbesondere als der Sohn Ikedas Selbstmord beging, weil Wolf ihn überführt hatte, aber die Sache war so heiß geworden, das Satô keine Chance mehr sah, seine Idee der Übernahme des Ikeda-Konzerns zu verwirklichen, um ihn den legalen Geschäften der *Yakuza* einzuverleiben.

Dieser *Gaijin* hatte damals die Frechheit besessen, ihn in Ôsaka in seinem Büro aufzusuchen und ihn klar vor die Alternative gestellt, entweder die Finger von Ikeda zu lassen oder zu riskieren, daß die Polizei mit Unterstützung Wolfs die drei mysteriösen Todesfälle und die Beziehungen zwischen Satôs Firma Kaneda und Ikeda genauer untersuchen würde. Damals entschied Satô sich dafür, Ikeda Industries sausen zu lassen. Es war ihm zwar in den Sinn gekommen, Wolf beseitigen zu lassen, aber auch hier erschien ihm das Risiko zu hoch, wohl wissend, daß Wolf wichtige Freunde bei der Tôkyôter Polizei hatte, und überhaupt wirbelt das Verschwinden oder auch der Tod von relativ prominenten Ausländern, wie dieser Wolf nun mal einer ist, ob durch Unfall oder aus ungeklärter Ursache, zu viel Staub auf. Ein zu großes Risiko, daß die Polizei besonders intensiv schnüffelt. Satô hatte schon genug Probleme mit den anderen *Yakuza*-Familien wegen des zunehmenden Einflusses der chinesischen Mafia. In diesem Jahr ist es noch schlimmer geworden. Die anderen Bosse der *Yakuza* werfen ihm vor, nicht genug gegen die neuen Eindringlinge in ihren angestammten Geschäftsfeldern zu unternehmen. Einige, die ihn schon länger auf dem Korn haben, um selbst an die Spitze der Organisation zu gelangen, haben sogar gefordert, er solle sich zurückziehen, wenn er nicht länger die Kontrolle ausüben könne. Satô weiß, was Machtverlust bedeutet: Man wird versuchen, ihn aus seinen Geschäften zu drängen, und vielleicht wird man beschließen, ihn gleich ganz zu beseitigen. Die kennen mich noch nicht richtig, denkt er zornig, um einige meiner freundlichen »Kollegen« werde ich mich in den nächsten Wochen intensiv kümmern. Der Spezialist wird viel Arbeit bekommen.

Seine Gedanken kehren zu Wolf zurück. Er weiß jetzt, daß er einen Fehler gemacht hat: Er hätte den Deutschen gleich erledigen lassen sollen. Er bedauert, damals nicht den Spezialisten auf Wolf angesetzt zu haben, jetzt, im Nachhinein, eine klare Fehlentscheidung.

Aber auch Kawabata nervt ihn. Es reicht Satô jetzt, daß er diesen geilen Trottel immer wieder aus dem Schlamassel ziehen muß. Der Alte wird allmählich eine Last und gefährlich für die Familie.

Er denkt kurz nach und greift zum Telefon. Er wählt

eine Nummer, die nur wenige kennen. Es klickt mehrmals, der Ruf wird automatisch über mehrere Relaisstellen umgeleitet, um eventuellen Abhörern die Verfolgung des Anrufes zu erschweren. Satô schaltet den Zerhacker ein, der seine Nachricht in sinnloses Geräusche zerlegt, auch hier kaum Chancen für Neugierige. Schon nach dem zweiten Klingeln meldet sich ein Anrufbeantworter mit einer mechanischen Stimme, die nur die Telefonnummer angibt, mit der Aufforderung, eine Nachricht zu hinterlassen. Satô sagt nur einen scheinbar belanglosen Satz in den Hörer. Er hängt ein, und der Anrufbeantworter stoppt und geht wieder in Wartestellung. Er befindet sich in einer winzigen Wohnung in einem riesigen Wohnblock in Tôkyô, die eine Frau gemietet hat, und die Miete ist für ein Jahr im voraus bezahlt, bar versteht sich. Es ist fast nie jemand in der Wohnung.

Satô führt noch ein zweites Gespräch, ebenfalls auf der sicheren Leitung, und lehnt sich einigermaßen beruhigt zurück. Alles unter Kontrolle, denkt er.

18. Juli – Zwischen Ôsaka und Kôbe

Satô hätte am Vorabend vielleicht weniger beruhigt dagesessen, wenn er die Szene, die sich gerade vor einem verschwiegenen *Ryokan*, wie die traditionellen japanischen Landhotels heißen, irgendwo zwischen Kôbe und Ôsaka abspielt, miterlebt hätte. Gerade sind acht große und teure Autos vorgefahren, zwei schwere Mercedes Zwölfzylinder, ganz in Weiß, drei ganz in Schwarz, ein Cadillac, schwarz, und zwei BMW 750, ebenfalls schwarz. Alle Fahrzeuge haben dunkle Scheiben. Dicke Antennen ragen von den Kofferräumen oder Dächern. Im Gegensatz zu den üblichen Gepflogenheiten haben die Besitzer der Limousinen auf ihre Fahrer verzichtet. Diskretion ist angesagt bei diesem Treffen. Der Besitzer des *Ryokan*, das einem der gerade eingetroffenen Gäste gehört, und das Personal des Hotels sind zu absolutem Stillschweigen verdonnert worden. Sie wissen, daß Schweigen Gold und Reden Tod bedeuten kann. Sähe man die Szene von weitem, käme es einem vor wie ein Gangstertreffen in einem Hollywood-Film, in dem kein Klischee ausgelassen wird. Aus der Nähe betrachtet, ist es immer noch ein Gangstertreffen. Aber wenn man die Männer sieht, die gerade alle ausgestiegen sind und sich begrüßen, vergeht einem der Humor. Das ist nicht Hollywood. Knallharte, eiskalte und sehr ernste Gesichter, knappe Verbeugungen, wenige Worte, dann verschwinden die acht im *Ryokan*.

Sie versammeln sich in einem Raum mit einem langen tiefen Tisch und setzen sich im Schneidersitz auf die flachen Kissen. Auf dem Tisch ist schon vor jedem ein Lacktablett mit verschiedenen Fisch- und Gemüsespeisen aufgestellt. Zwei alte Frauen, in schlichte Kimonos gekleidet, bringen Bier und ziehen sich unauffällig gleich wieder zurück. Watanabe Hideo aus Ôsaka, der ranghöchste der Männer, spricht ein »*Kanpai*« aus, und alle nehmen einen kleinen Schluck. Die Stimmung ist gleichzeitig gedämpft und spannungsgeladen.

Das Treffen ist geheim und alle wissen: es ist nicht ungefährlich, was sie da gerade veranstalten. Die acht Männer sind Unterbosse der Yamaguchi-*gumi*, die von Satô, dem *Oyabun*, geführt wird. Jeder hat am Revers seiner Anzugsjacke die rautenförmige Anstecknadel, das Symbol der Familie.

Sie sind hier, um just über ihn zu sprechen. Sie werden vielleicht heute dabei über Satôs Zukunft entscheiden. Es ist jedem klar, daß sie damit ihrem Boß, dem sie absolute Treue geschworen haben, in den Rücken fallen. Ihre Gesichter sind verschlossen, jeder behält seine Gedanken für sich, keiner will mit der Diskussion anfangen.

Draußen auf dem Parkplatz kehrt ein Mann mit einem Besen die freien Flächen um die Autos, von Zeit zu Zeit bückt er sich nach Blättern oder anderem größeren Abfall und läßt ihn in einem Sack, den er mit sich trägt, verschwinden. Der Mann scheint schon älter, er wirkt unscheinbar, einfach grau. Nach einigen Minuten beendet er seine Arbeit und schlurft davon. Hinter einer Hecke steigt er in einen kleinen Wagen, läßt den Besen und den Sack zurück und fährt davon. Niemand scheint ihn bemerkt zu haben.

Drinnen reden die »ehrenwerten« Herren der *Yakuza* immer noch um den heißen Brei. Wie bei der Cosa Nostra in Italien, der Mafia in Amerika oder den Triaden Südostasiens und den Tong in China, Hongkong und Taiwan gibt es eiserne Regeln, und allen ist bewußt, daß sie gerade gegen eine der wichtigsten verstoßen, daß das ihr eigenes Ende bedeuten kann oder zumindest eine Menge abgehackter kleiner Fingerglieder.

Die *Yakuza* haben genau wie die anderen ausländischen »ehrenwerten Familien« ihre lange Tradition, und dazu gehören auch Machtkämpfe, wie eben jener, der sich gerade bei der Yamaguchi-*gumi* anzubahnen scheint.

Die Geschichte der *Yakuza* geht drei- bis vierhundert Jahre zurück ins feudale Japan, wo man sie als *Kabukimono*, die Verrückten, bezeichnete, weil sie merkwürdige Kleidung trugen und auffällige Frisuren. Aber auch weil sie jedermann attackierten und terrorisierten, gelegentlich sogar mit ihren langen Schwertern umbrachten, einfach so aus Spaß, oder weil ihnen die Nase des Opfers nicht gefiel. Statt Schwertern sind es heute meistens Pistolen oder Handgranaten, statt langer Mähnen kurze Kraushaare, statt Pferden der *Bentsu* in Weiß oder Schwarz und statt Bonny-und-Clyde-Mode jetzt Anzüge von Armani oder Brioni, wie die des deutschen Bundeskanzlers, wenn auch damit jegliche weitere Ähnlichkeit mit diesem endet. Aber sonst ist vieles beim alten geblieben.

In jenen finsteren Tagen marodierten hunderttausende von *Samurai* durch Japan, die durch langen Frieden, den den die Tokugawa-*Shôgune* erzwungen hatten, gewissermaßen arbeitslos geworden waren. Eine entsprechende Versorgung durch eine staatliche Versicherung gab es noch nicht. Diese herrenlosen *Samurai*, *Rônin* genannt, bezeichneten sich auch als *Hatamoto-yakko*, Diener des *Shôgun*, obwohl nicht verbürgt ist, daß der *Shôgun* sich über so viele »Diener« sehr gefreut hat.

Um sich gegen diese mörderischen Banden zu wehren, schlossen sich in den Städten und Dörfern andere ebenfalls arbeitslose *Samurai* und *Rônin*, aber auch Händler, Wirte, Feldarbeiter und Tagelöhner zusammen und nannten sich logischerweise Diener der Stadt, die *Machi-yakko*. Sie bewaffneten sich und schützten die Orte vor den anderen und wurden zu Volkshelden, über die man Theaterstücke schrieb, und nebenbei wurden sie oft auch reich. Diese *Machi-yakko* sind die Ahnen der heutigen *Yakuza*, und man versteht besser, warum viele Japaner ein zwiespältiges Verhältnis zu den *Yakuza* haben, teils Beschützer, teils Robin Hood, aber eben auch rechtsradikale Verbrecher, die vor nichts zurückschrecken.

Irgendwann Mitte des siebzehnten Jahrhunderts tauchte dann der Begriff *Yakuza* auf. Unter den Mitgliedern der Organisation waren viele professionelle Spieler, die *Bakuto*. Sie spielten ein Kartenspiel, *Hanafuda*, ähnlich dem Blackjack oder Siebzehnundvier. Man erhielt jeweils drei Karten mit unterschiedlichen Zahlenwerten. Ergab sich aus der Addition eine Zwanzig, hatte das den Wert Null. So ergaben die Zahlen Acht, YA, Neun, KU, und Drei, SA, den Wert Zwanzig, der nutzlos war. Mit anderen Worten: die YA-KU-ZA waren Nichtsnutze. Auch daran hat sich bis heute nichts geändert.

Mußte ein *Yakuza* sich bei seinem Boß für irgendeinen Fehltritt entschuldigen, schnitt man ihm das erste Glied des kleines Fingers ab. Dieses Zeremoniell, *Yubitsume*, symbolisierte, daß der Sünder sein Schwert nicht mehr so fest in der Hand halten konnte und damit ernsthaft geschwächt war. Heutzutage wäre es besser, ein Stück vom Zeigefinger abzuschneiden, da mit diesem der Abzug der Pistole bedient wird. Welcher Finger auch immer, lernte der Sünder aus seinem ersten Fehler nichts, wurde es und wird es immer noch unangenehmer für ihn. Glücklicherweise gibt es heutzutage eine kleine, florierende Firma in Japan, die sich auf die Herstellung naturgetreuer künstlicher Körperteile, wie eben Finger, spezialisiert hat. Die *Yakuza*, die sich entschlossen haben, aus der ehrenwerten Gesellschaft auszutreten, gehören zu den besten Kunden.

Tätowierungen wurden ein Markenzeichen der *Yakuza*. Ursprünglich tätowierte man den Kriminellen einen schwarzen Ring um den Arm, einen für jede Missetat. Als Zeichen, daß man stolz auf seine kriminelle Karriere war und als Härtetest ließen sich viele Männer, aber auch Frauen der *Yakuza* am ganzen Körper tätowieren. Das konnte oft Monate dauern und war äußerst schmerzhaft. Viele der farbenprächtigen Tätowierungen waren wahre Kunstwerke, nicht zu verwechseln mit den simplen Ankern und Seejungfrauen auf den Unterarmen eines Hamburger Matrosen. In Tôkyô gibt es ein Museum, in dem man konservierte Tatoos von berühmten Meistern sehen kann. Als ich die aufgezogenen menschlichen Häute gesehen haben, bedeckt mit phantastischen Bildern von Drachen, Löwen und anderen Figuren und Symbolen, fiel mir bei dem makabren Anblick unversehens »Das Schweigen der Lämmer« ein. Takagi Akimitsu hat Ende der Vierziger zu diesem Thema sogar einen beeindruckenden Krimi geschrieben »Shisei satsujin jiken« ins Englische übersetzt »The Tattoo Murder Case«.

Von Anfang an organisierten sich die *Yakuza* in Familien. Der Boß, der *Oyabun*, war die Vaterfigur und die *Kobun* seine Kinder. Beim Eintritt in eine der Familien schworen die neuen Mitglieder dem *Oyabun* bedingungslose Treue und Loyalität, die mit einer Schale *Sake* besiegelt wurde, statt wie bei der Mafia mit Blutstropfen.

In den Fünfzigern und Sechzigern gab es mehr als fünftausend Familien und Unterfamilien, und es ging ziemlich heiß her untereinander, bis ein *Yakuza* namens Kodama Yoshio es schaffte, einen Waffenstillstand zwischen den verfeindeten Familien zu erreichen. Kodama war eine schillernde Figur, die im Zweiten Weltkrieg in China im Auftrag der japanischen Regierung als Geheimagent tätig war und dabei ganz nebenbei steinreich wurde. Seine Geschichte ist in einigen Büchern, wie zum Beispiel David Kaplans und Elec Dubros »*Yakuza*«, detailliert beschrieben worden. Als er nach Kriegsende im berüchtigten Sugamo-Gefängnis in der Nähe des Tôkyôter Stadtteils

Ikebukuro zusammen mit anderen Kriegsverbrechern einsaß und auf seine Verurteilung wartete, schaffte er es, Spion für den amerikanischen Geheimdienst G-2 zu werden und kam frei. Als extremer Rechtsnationalist machte er sich große Sorgen über den zunehmenden Einfluß der Kommunisten im Lande, und es gelang ihm, eine Koalition dagegen zu schmieden, indem er die mächtigsten Familien wie die Yamaguchi-*gumi*, die koreanisch beeinflußte *Tôsei-kai* und die *Inagawa-kai* zusammenbrachte.

Das große Vorbild und ein Vorgänger Satôs als *Oyabun* der Yamaguchi-*gumi* war Taoka Kazuo, von dem Satô viel gelernt hat. Taoka beherrschte die Familie von den Vierzigern bis Anfang der Achtziger mit eiserner Faust und war ein Überlebenskünstler, denn der Frieden zwischen den Familien dauerte nicht lange. Er überlebte mehr Anschläge auf sein Leben als de Gaulle in Frankreich. Der Grund dafür war, wie bei de Gaulle, sein ausgeprägtes Mißtrauen, sein Instinkt, seine Vorsicht, loyale *Kobun* und natürlich auch ein Quentchen Glück.

Satô hatte als junger Mann bei einem Attentat auf Taoka das Schlimmste verhinderten können. Ein Mitglied der verfeindeten Matsuda-Familie hatte versucht, Taoka zu erschießen. Satô, einer seiner Leibwächter, hatte sich schützend vor den alten *Oyabun* geworfen. Die Kugel hatte seine Schulter glatt durchschlagen und den Boß noch am Hals verletzt, aber ohne Satôs selbstlose Tat wäre er sicher tot gewesen. Diese Heldentat half natürlich bei seinem schnellen Aufstieg, bis er schließlich selber zum *Oyabun* ernannt wurde. Satô hatte damals bei der unerwartet plötzlichen Ablösung seines Vorgängers auch leicht nachgeholfen. Loyalität ist eben relativ, die Grabrede, die Satô danach selber hielt, war relativ freundlich. Ein Treffen, nicht unähnlich dem heutigen, war der damaligen »Neuwahl« vorausgegangen. Eingeladen hatte damals Satô.

Aufgewachsen in armen Verhältnissen und auf der Straße groß geworden, eine zeitlang Mitglied einer der unzähligen und gefürchteten Motorradgangs, der *Bôsôzoku*, war Satô, wie sein Vorbild Taoka, hart, unerbittlich, intelligent und schlau wie ein Fuchs. Es war auch Taoka, der ihn nach Amerika zum Studium schickte, wo er seinen MBA mit Auszeichnung bestand. Satôs Verdienst für die Yamaguchi-*gumi*, die bis dahin mehr von Spielhöllen, Leihhäusern, Drogen und Bordellen lebte, war es, daß er kontinuierlich die legalen Geschäfte der Familie ausbaute, um die Zukunft für die mehr als dreizehntausend Mitglieder zu sichern, denn das moderne Japan hat seine Einstellung zur *Yakuza* deutlich verändert. Die romantischen Vorstellungen vieler sind endgültig verflogen, seitdem blutige Vorfälle und politische Skandale auch so ziemlich dem letzten Bürger die wahre Natur der *Yakuza* verdeutlicht haben. Selbst der schnelle und werbewirksame Hilfseinsatz der *Yakuza* beim großen Erdbeben in Kôbe, noch vor den offiziellen Stellen und dem Militär, hatte nur wenige Tage eine etwas positivere Stimmung für die Familien erzeugt. Seit Neunzehnhundertzweiundneunzig gibt es außerdem ein Gesetz gegen die illegalen Aktivitäten der *Bôryokudan*, wie die *Yakuza* oder andere kriminelle Vereinigungen genannt werden. Als kriminelle Vereinigungen werden Organisationen eingestuft mit einem bestimmten Prozentsatz an vorbestraften Mitgliedern oder solche, deren Aktivitäten starke Gewalttendenzen haben. Um nicht als *Bôryokudan* eingestuft zu werden, verstecken sich die *Yakuza* hinter anderen Aktivitäten wie Firmen oder oft auch religiösen Sekten als Tarnung. Das ist auch der Grund, warum Satô sich im Gegensatz zu seinen Vorgängern im Hintergrund hält. Denn es weiß kaum einer, daß sich hinter dem Präsidenten der respektablen Firma Kaneda Electronics der Boß der mächtigsten *Yakuza*-Familie verbirgt.

Satôs Strategie ist nicht bei allen Unterbossen der Familie anerkannt. Zwar laufen die illegalen Zweige der Geschäfte wie Drogen, Pornographie, Wucher oder Schmuggel von Immigranten gut, auch die Einnahmen aus anderen Quellen wie Wetten bei Sportveranstaltungen, wo der Ausgang bereits vorher feststeht, und die Geschäfte der *Sokaya*, der Leute, die gegen Bezahlung durch das Management auf unwillkommene Störungen bei den jährlichen Aktionärsversammlungen der großen Firmen verzichteten, waren alle ganz gut. Aber seit zwei, drei Jahren verliert man ständig an Boden gegen die koreanischen und chinesischen Mafia-Familien, die sich in Japan eingenistet haben. Ganze Geschäftszweige hat man schon abgeben müssen, wie die *Pachinko*-Hallen, die fest in den Händen der Nordkoreaner sind, oder die Prostitution im Kabukichô in Tôkyô, wo schon mehr Chinesisch als Japanisch gesprochen wird. Wenn es so weiter geht, werden die *Yakuza* entweder auswandern müssen oder ehrlich werden, fürchten manche der Bosse. Einige werfen Satô vor, nicht hart genug durchzugreifen und sich zu sehr um die legalen Geschäfte zu kümmern. In letzter Zeit wird die Kritik immer lauter.

Nach den ersten Gläsern Bier wächst der Mut, und Watanabe bringt das heikle Thema zur Sprache. Er klagt lange und ausführlich über die Fehlentwicklung im Lande, betont immer wieder, daß Satô ja eigentlich früher die Sache voll im Griffe hatte, aber in letzter Zeit...? Er weist auf die nachlassenden Umsätze im Kabukichô hin, führt einen Fall nach dem anderen auf, wo Chinesen die eigenen Leute aus dem Geschäft geworfen haben, spricht über den schwindenden Einfluß der Familie auf die regierenden Parteien und erwähnt genüßlich Satôs persönliche Niederlage bei der Übernahme der Ikeda Industries, ohne zu erklären, woher er davon weiß. Gerade letzteres zeige besonders, daß Satô im Begriff sei, seine ehemalige Stärke rapide zu verlieren, beendet Watanabe seine Abrechnung. Die anderen, wie Nakanishi, Kishimoto oder Takumi nikken zustimmend, während Nogami, Katô und die beiden anderen nichts sagen und nur aufmerksam zuhören. Es entgeht Watanabe nicht, daß die vier keine Reaktion zeigen. Er weiß, er hat sie noch nicht auf seiner Seite, aber heute will er auch nur einen Grundstein legen und erste größere Zweifel an Satôs Führung säen. Speziell bei Nogami und Masuda wird er noch einige Überzeugungsarbeit leisten müssen, aber es gibt ja auch andere Wege, denkt er.

Das Treffen endet schnell und ohne konkrete Beschlüsse. Man beschließt wie jedes anständige Komitee, erst einmal abzuwarten. Alle verschwinden wieder so unauffällig, wie sie gekommen sind. Watanabe bleibt noch einen Moment, um dem Hotelbesitzer und seinem Personal noch einmal absolute Verschwiegenheit einzubleuen. Einige hunderttausend Yen helfen dabei natürlich.

In seinem kleinen Wagen sitzt der Spezialist und denkt darüber nach, was er mit der Information, daß sich die Unterbosse Satôs offensichtlich ohne dessen Wissen getroffen haben, anfangen soll. Abe ist ein vorsichtiger Mann, vielleicht findet ein Machtwechsel statt, da möchte er nicht zwischen die Fronten geraten. Er hat niemandem Treue geschworen, außer der Tradition seiner *Ninja-*

Schule. Abe Keisuke, wie der Spezialist mit richtigem Namen heißt, was aber nur sehr wenige unter den Lebenden wissen, ist ein Meister der *Ninja*-Künste. Schon im elften Jahrhundert tauchten diese extrem gut ausgebildeten und stets im Geheimen agierenden Krieger auf, oft als bezahlte Killer für die Herrschenden oder die, die herrschen wollten. Ihr Training war äußerst hart und vielseitig, vergleichbar vielleicht mit einer Rangerausbildung bei der US-Armee der Neuzeit, nur noch viel umfassender. Sich unsichtbar machen, Teil der Umgebung zu werden, wenn die Umgebung keine Deckung bot, war eine ihrer besonderen Fähigkeiten. Gifte, speziell entwickelte Waffen, Sprengstoffe, alles beherrschten sie perfekt. Eine eiserne Regel war und ist noch heute, sich nicht erwischen zu lassen, zumindest nicht lebend. Eine der berühmtesten *Ninja*-Schulen ist die Kôga-Schule im Bezirk Kônan in der Präfektur Shiga unweit von Kyôto. Dieser Ort ist nicht weit entfernt von der Stelle, an der Abe die *Ama* umgebracht hat. Er stammt aus Konan und ist ein *Genin*, wie man die *Ninja* nennt, die die eigentliche Drecksarbeit leisten. Sie erhalten ihre Aufträge von den *Chûnin*, den Mittlern, die wiederum für den *Jônin*, den Chef einer *Ninja*-Familie, arbeiten. Jawohl, die *Ninja* gibt es immer noch, allerdings heute mehr für Touristen. Der Spezialist ist eine Ausnahme, er setzt die eigentliche geheime und schreckliche Tradition seiner Familie fort, und er ist ein Meister seiner Zunft.

Abe hatte nie die Chance, zu einem normalen Menschen heranzuwachsen, mit einem Gewissen, mit Gefühlen, mit dem Bedürfnis nach einem Partner oder sogar Liebe. Nein, sein Vater wollte einen echten *Ninja* aus ihm machen, einen von der alten Schule, von der er selber nur noch träumen konnte, ein Autounfall und die daraus resultierende Querschnittlähmung hatten das verhindert. Also mußte Keisuke als Ersatz herhalten. Von klein an setzte er ihn härtester Belastung aus, schlug ihn, wenn Keisuke nicht schaffte, was sein Vater verlangte. Seine Mutter hatte soviel Angst vor ihrem Mann, daß sie wegblickte, obwohl er im Rollstuhl saß. Nur manchmal versuchte sie, Keisuke zu trösten, aber der, von den Idealen seines Vaters schon angesteckt, wies sie grob zurück.

Mit zwanzig war er bereit für den ersten Einsatz als *Ninja*. Sein Vater stellte den Kontakt her. Ein Mittler wiederum übergab einen ersten Auftrag, von wem, wollte keiner wissen, und Keisuke würde es auch nie erfahren. Das erste Opfer, noch vergleichsweise einfach, ein widerlicher Kredithai. Selbstmord stellte die Polizei fest. Abe Keisuke, der *Ninja*-Mörder, war geboren. Immerhin eine Million Yen kassierte er, nicht schlecht für einen Zwanzigjährigen. Der zweite Fall war schon häßlicher, aber auch das einzige Mal, daß sich so etwas wie ein Gewissen in ihm regte. Ein Vater von drei Kindern, der es gewagt hatte, bei einem Prozeß gegen einen der wichtigsten *Yakuza*-Bosse auszusagen. Ein tödlicher Autounfall war die Belohnung, und Abe kassierte diesmal drei Millionen vom Mittelsmann. Er war noch keine dreißig Jahre alt, als man in einschlägigen Kreisen nur noch ehrfürchtig und mit Schaudern vom Spezialisten sprach. Zu diesem Zeitpunkt waren Abes Vater und seine Mutter bereits tot, auf natürliche Weise, und er war nur noch anonym zu erreichen, ein Phantom, aber real und tödlich zugleich.

Über das Netzwerk der *Ninja* hatte er auch vom geheimen Treffen der Unterbosse erfahren. Aber vielleicht sollte er Satô doch informieren. Diesen Watanabe kann er nicht ausstehen. Er traut ihm nicht über den Weg. Nachdenklich schreibt er sich die Namen der Männer auf, die er im *Ryokan* gesehen hat. Er startet den Motor und fährt los in Richtung Tôkyô. Er hat noch einen Auftrag zu erledigen.

20. Juli – Tôkyô

Es ist Marine Day, ein Feiertag, an dem die Japaner sich für die Segnungen des Meeres bedanken, die nasse Version eines Ernte-Dank-Festes, das im Herbst gefeiert wird. Für die Mehrzahl der Japaner ist es schlicht ein Feiertag, an dem man, unbehindert von der Arbeit, einkaufen gehen kann, ohne sich um den ursprünglichen Hintergrund des Tages zu scheren. Auch wir hocken schon am frühen Morgen in den Startlöchern, wild entschlossen, Geld auszugeben, unser Beitrag, die Konjunktur anzukurbeln.

Es ist ein relativ schöner Tag, zwar ziemlich heiß, aber nicht so feucht wie sonst. Wir hatten beschlossen, nach dem Frühstück auf die Jagd zu gehen. Nein, keine Elefanten oder Hirsche, ich hatte vor ein paar Tagen in der Nähe der großen Roppongi-Kreuzung eine kleine Nebenstraße entdeckt, die mir bis dahin entgangen war. Es gibt wohl kaum jemanden, der in Tôkyô lebt, der noch nicht vom Treffpunkt »Almond« oder »Âmando«, wie man es korrekt in Japanisch ausspricht, gehört hat. Das » Âmando« ist ein Café eben an jener Kreuzung in Roppongi, einem ziemlich lebhaften Stadtteil, vor dem sich täglich hunderte von Pärchen verabreden, um in eine der vielen Discos oder Restaurants zu ziehen. Tagsüber wirkt noch alles ganz normal, fast konservativ, aber wenn es dunkel wird, findet man sich in einer Show von verrückten und gewagten Kostümen und Frisuren wieder. Es ist laut, es geht wild zu, Männlein und Weiblein sind nicht immer zu unterscheiden, aber was soll's. Früher bin ich natürlich auch öfter in Roppongi gewesen, aber seit Maggie ihre Kneipe vor Jahren an ihren japanischen Geschäftsführer, den ich nie leiden konnte, verkauft hat, ist nichts mehr, wie es mal war. Die Tausenden von abgeschnittenen Krawattenspitzen hängen zwar immer noch da, aber ich glaube, die meisten hat der heutige Chef auf dem Flohmarkt gekauft und selber aufgehängt. Gäste, die mit Krawatte bekleidet nach Roppongi kommen, sind heutzutage nämlich selten geworden. Irgendwo hängt vielleicht noch meine, die teure rote von Kiton, doppelt gelegt, handgenäht, feinste Seide. Dreihundert Mark hatte ich investiert. Na, Schlips ab, Schwamm drüber. Vorbei ist vorbei.

Es gibt immer noch gute Gründe, nach Roppongi zu gehen zum Beispiel der Nuno Shop im Untergeschoß des Axis-Gebäudes, oder mein Frisör Keisuke, der meine Leidenschaft für guten Jazz teilt. Nach einem Besuch bei ihm war es geschehen, daß ich nicht den üblichen Weg zur U-Bahn nahm, sondern eben durch jene kleine Straße, eher eine Gasse, schlenderte. Der kleine Laden, der mir sofort ins Auge fiel, hatte ein Schaufenster vollgepackt mit antiken Lackschalen, Keramikgegenständen, alten Lampen, Teeboxen und tausend anderen Dingen. Die alte Holzschiebetür ging kaum auf, so verzogen war sie. Innen war es halbdunkel und genauso voll wie das Schaufenster, Kommoden, Treppen-*Tansu*, Berge von alten *Kimonos*, Körbe, Schalen, Werkzeuge. Es roch etwas modrig, aber nicht unangenehm. Meine entzückten Augen sahen auf Anhieb: Hier gibt es was zu entdecken. Nur eins konnte ich nicht finden, jemand, der den Laden führte. Zaghaft machte ich mich bemerkbar. Zunächst entpuppte sich die antike Katze, die ich auf einem Schrank gesehen hatte, als echt, als sie aufstand, buckelte und dann davonstelzte, ohne mich eines Blickes zu würdigen. Sie verschwand hinter einem Vorhang, der in diesem Moment zur Seite geschoben wurde, und der Besitzer das Ladens tauchte auf.

Es war ein Mann unbekannten Alters, wie man bei gutem Calvados sagt, irgendwo so zwischen siebzig und hundertsiebzig, gekleidet in einen alten Kimono und Schlappen. Kein einziges Haar auf dem Kopf, eine Nickelbrille, die schon bessere Tage gesehen haben mußte. Ich fühlte mich in diesem Moment, als sei ich im vergangenen Jahrhundert gelandet, und das mitten im quirligen Roppongi. Es gibt keine Stadt auf dieser Welt, die mehr Gegensätze zu bieten hat zwischen Tradition und Moderne, Häßlichem und Schönem, Lärm und Besinnlichkeit. Der Alte verbeugte sich und murmelte die übliche Begrüßungsformel, während er wahrscheinlich dachte, schon wieder ein amerikanischer Geschäftsmann auf Besuch und mit dem Zwang, ein originelles Mitbringsel erstehen zu müssen. Roppongi ist eine Hochburg der Amerikaner, muß man dazu anmerken. Gleich würde der Kunde sicher fragen, ob er Dollars oder zumindest American Express annehmen würde. Alles war seinem Gesicht abzulesen. Nein, eindeutig keine Freude über meinen Besuch. Ich fürchte, das erklärte auch, warum der Laden so voll mit Gütern war und ich der einzige Kunde. Aber es dauerte nicht lange, bis die Atmosphäre deutlich auflockerte. Als er kapiert hatte, daß aus meinem Munde tatsächlich Japanisch kam und daß ich offensichtlich was verstand von den Dingen, die er anbot, wurde er lebhaft und zeigte mir einen Schatz nach dem anderen.

Schließlich verbrachte ich fast zwei Stunden in dem Laden. Wir tranken Tee, und ich zog davon mit einer kleinen Lackschale ursprünglich für Suppe, und einem alten *Obi*, einer Kimonoschärpe, für Anna. Sie muß sicher schon hunderte haben. Es gibt keine Stelle im Haus, an der man sie nicht findet, als Tischläufer, als Wandbehang, sie hängen von Regalen, schmücken Kommoden, verdekken Risse an alten Möbeln oder Flecken an den Wänden, *Obi* sind eben vielseitig. Im Winter stopft Anna mit *Obi* die klaffenden Ritzen an den alten Holzschiebetüren zum Garten, durch die sonst der kalte Wind pfeift. Anna wird eines Tages das Buch mit dem Titel »1001 *Obi*« schreiben. Als ich das Geschäft schließlich widerstrebend verließ, versprach ich dem Alten, mit Anna wiederzukommen. Es gab noch soviel in diesem Laden zu sehen und zu kaufen.

Und genau das haben wir heute vor. Ich bin schon ganz aufgeregt und wie immer als erster mit dem Frühstück fertig. Wild entschlossen schiebe ich meinen Stuhl zurück, stehe auf und schaue Anna erwartungsvoll an. Anna haßt es, wenn ich schon bereit bin, mich vom Tisch zu erheben, während sie noch genüßlich an ihrem Kaffee mit selbst geschlagenem Milchschaum schlürft. Speziell, weil ich meine Absicht immer mit dem gleichen Satz kundtue: »Ich für meinen Teil bin fertig!«. Einmal hatte sie mir angedroht, daß sie, wenn es denn mal so weit ist, genau diesen Spruch auf meinen Grabstein gravieren lassen wird. Nur Anna würde natürlich die wahre Bedeutung des Spruches verstehen, der ja durchaus verschiedene Interpretationen gestattet. Ich habe zwar auch Stärken, aber Geduld gehört nun mal nicht dazu. Und prompt, als ich mein Sprüchlein aufsage, greift sie nach einer Apfelsine, die in einem Korb auf dem Tisch steht und wirft sie, in meine Richtung zielend. Ich kann dem Wurfgeschoß nur mit Mühe ausweichen, knapp über meinen Kopf fliegt die Apfelsine durch das glücklicherweise geöffnete Fenster in den Garten. Ein entsetztes »Miau« aus dem Garten markiert, wo das Geschoß eingeschlagen ist. Die Sache eskaliert nicht weiter, Anna tut es leid, die Katze statt meiner getroffen zu haben, und wir machen uns wenig später auf den Weg.

Wir sind heute ziemlich erfolgreich bei unserer Schatzsuche und einigen uns schließlich auf den Erwerb eines alten, fein geflochtenen Korbsets, dessen dunkelbraune, glänzende Oberfläche die Farben der *Obi*, die Anna noch ersteht und in den Körben dekorieren wird, wunderschön unterstreicht. Ich habe mich für einen Kimonoständer aus schwarzlackiertem Holz begeistert. Endlich eine Lösung, denke ich, um an der Wand hinter unseren Betten Kissen aufhängen zu können, damit wir bequem aufrecht sitzen können und ich auf meinen Espresso im Bett warten kann, den mir Anna jeden Morgen bringen wird. Man kann ja wohl mal träumen, oder? Der Alte schenkt uns noch ein ausgefallenes *Furoshiki*, jene bunten Tragetücher, die die Japaner zum Einschlagen von Geschenken oder Mitbringseln nutzen. Es hat sich für alle gelohnt, und ich lenke unseren *Bentsu* zufrieden zurück nach Mejiro, mit dem zusammengeklappten Kimonoständer, der weit aus dem offenen Schiebedach herausragt.

Den Nachmittag vertrödele ich im Garten, ausführlichst verschiedene Zeitungen lesend. Das neue »Manager Magazin« ist aus Deutschland angekommen. Wie üblich wird der arme Mann, der im letzten Jahr das Unglück hatte, zum Manager des Jahres gekürt zu werden, in dieser Ausgabe ob seiner für jedermann schon immer klar erkennbaren Fehler gründlich abgebürstet. Ich kann nur hoffen, nie erwähnt zu werden. Ach, und dann noch ein ausführlicher Bericht über den neuen Chef der Deutschen Bahn AG. Ich kenne Mehdorn ganz gut aus früheren Zeiten, ein energiegeladener Dynamo, nie ermüdend, sehr zielorientiert, charismatisch und mit einem feinen Gespür für Chancen und Gefahren. Ich fürchte allerdings, an der Bahn wird auch er sich die Zähne ausbeißen. Eine Behörde von dieser Größe und mit soviel eingefahrenen, ja zementierten Gewohnheiten in ein erfolgreiches Wirtschaftsunternehmen zu verwandeln, ist beinahe eine Mission Impossible. Aber vielleicht irre ich mich ja, das Magazin wird mich sicher auf dem laufenden halten. Ich blättere weiter. Es dauert nicht lange, und meine Gedanken schweifen ab zu einem viel wichtigeren Thema. Ich lege das Heft aus der Hand.

Vor meinem geistigen Auge plane ich weiter an unserem Wasserfall, während ich unserer Katze mit Hilfe eines alten Tennisballs etwas Bewegung verschaffe. Ab und zu höre ich Anna, die im Hause sitzt und hölzerne Teekisten mit Stoffen bezieht. Abwechselnd ist das scharfe »Tack, Tack« der Heftmaschine zu hören, mit der sie die Stoffe anbringt, dann nur sekundenlanges Husten. Anna leidet immer noch an den Folgen einer starken Erkältung, die sie sich bei ihrem Ausflug in die Berge eingefangen hat. Nachts ist es am schlimmsten mit dem Husten. Sonst ist es herrlich still. Die Kinder unserer französischen Nachbarn sind wohl nicht da. Eigentlich sind die Kinder es auch nicht, die manchmal meine Nachmittagsruhe stören, nein, es sind die Eltern, die beide mit gewaltiger Stimme abwechseln ein markiges »Bruuuunooo!« erschallen lassen, wenn der arme Bruno mal wieder irgendwas anstellt. Aber eigentlich sind alle sehr nett.

20. Juli – Kamakura

Kawabata hatte am frühen Morgen einen Anruf erhalten. »Kawabata, hören Sie, ich weiß, daß Sie meine Freundin Minako aus Wagu auf dem Gewissen haben. Ich will fünf Millionen Yen, noch heute, oder ich zeige Sie an«, hatte der Anrufer nur gesagt. Kawabata, dessen Selbstsicherheit schon durch das Gespräch mit Wolf erschüttert war, versucht erst gar nicht, lange zu widersprechen, und willigt letztlich ein, den Erpresser in Kamakura zu treffen. »Und kommen Sie nicht ohne das Geld«, warnte ihn der Fremde, der ihm gesagt hatte, er würde ihn erkennen, er habe ihn ja oft genug in Toba gesehen. Diese Bemerkung räumt auch die letzte Hoffnung Kawabatas aus, daß der Mann vielleicht doch nur blufft.

Seiner Frau erzählt Kawabata etwas von einer Wanderung und packt einen kleinen Rücksack, um die Geschichte glaubhaft erscheinen zu lassen. Er möchte nicht von anderen erkannt werden und setzt sich eine Sonnenbrille und einen alten weißen Schlapphut auf. In seinem Safe, dessen Kombination nicht einmal seine Frau weiß, hat er noch reichlich Bargeld, von Cheju. Er zählt ab, und es sind vier Millionen Yen. Soll er versuchen, den Mann runterzuhandeln? Nein, besser nicht. Auf dem Weg zum Bahnhof hebt er noch eine Million an einem Kassenautomaten ab. Ganz ungewöhnlich für ihn, nimmt er statt Auto mit Chauffeur die Yamanote-Linie bis zum Shinagawa-Bahnhof und steigt in ein Erste-Klasse-Abteil der Yokosuka-Linie nach Kamakura ein. Niemand scheint ihn zu erkennen. Er sieht aus wie hundert andere Ausflügler an diesem Feiertag.

Es dauert eineinhalb Stunden von seinem Haus bis zum

Bahnhof in Kamakura. Kaum kommt er aus dem Bahnhof, spricht ihn ein jüngerer Mann mit Brille an, irgendwo um die dreißig, vielleicht auch schon etwas älter, denkt Kawabata. Der Mann hat modisch rotblond gefärbte Haare und einen kleinen Schnurrbart. Er ist mit einem grauen Anorak bekleidet. »Kawabata, kommen Sie, hier entlang, ich hoffe, Sie haben mein Geld.« Kawabata nickt nur und folgt dem Mann zu einem Auto, ein unscheinbarer weißer Corolla. »Wo wollen Sie hin?« will Kawabata wissen, als der Fremde ihn auffordert, in den Wagen zu steigen, »ich kann Ihnen das Geld auch hier geben«. »Nein, hier sind zu viele Leute, vielleicht haben Sie ja sogar Polizei eingeschaltet. Aber nein, das glaube ich nicht«, sagt er grinsend, »nicht mit dem, was Sie auf dem Gewissen haben.« Widerwillig steigt der Minister ein, Wut mischt sich mit Angst. »Woher weiß ich, daß Sie auch wirklich verschwinden, wenn Sie das Geld haben? Was für Garantien?«

»Ja, Sie müssen mir einfach vertrauen, ich will weg aus dem Kaff, und ich brauche Geld. Minako ist tot, ich muß sehen, wie ich weiterkomme. Keine Angst, wenn ich mein Geld habe, hören Sie nie mehr von mir.« Kawabata möchte es zwar glauben, aber er weiß, nur wenn dieser Mann beseitigt ist, ist er sicher. Er wird sich die Autonummer merken und sich den Mann gut einprägen, dann kann Satô den Rest erledigen lassen, denkt er schon wieder etwas optimistischer.

»Wie heißen Sie eigentlich?« fragt er verschlagen. Der Fremde schaut ihn nur an und antwortet: »Halten Sie mich für blöd? Suzuki, wenn Ihnen das weiterhilft, und übrigens, das Auto habe ich heute morgen geklaut, die Nummer brauchen Sie sich auch nicht zu merken.« Der Mann scheint seine Gedanken gelesen zu haben, schießt es dem Minister durch den Kopf. Ich muß vorsichtig sein, denkt er. Aber Satô wird keine Probleme haben, herauszufinden, wer dieser Suzuki wirklich ist und wo er wohnt. Ich werde vielleicht sogar mein Geld wiederbekommen, geht ihm durch den Kopf.

Die meisten Besucher, die nach Kamakura kommen, werden vielleicht zuerst den großen Buddha, den *Daibutsu*, besuchen. Mit imposanten dreizehn Metern und fünfunddreißig Zentimetern blickt er auf Tausende von Menschen, die ihn täglich bewundern, wohlwollend herab, ohne seine immerhin einmeterfünfzehn lange Nase zu rümpfen.

Nicht so der Mann, der sich Suzuki nennt, und Kawabata. Nur wenige Minuten später erreichen die beiden im Auto den Anfang einer der vielen Wanderwege in Kamakura und lassen das Fahrzeug in einer Ecke des großen Parkplatzes zurück. »Suzuki, oder wie immer Sie wirklich heißen, warum reden wir nicht hier, ich gebe ihnen das Geld und Sie verschwinden«, versucht Kawabata es noch mal. »Nein, hier sind immer noch zu viele Leute, vielleicht auch welche, die Sie hierhergeschickt haben. Ich will absolut sicher sein, daß uns niemand beobachtet. Kommen Sie, ich habe eine gute Stelle ausgesucht. Und außerdem tut Ihnen etwas Bewegung gut«, fügt er noch spöttisch hinzu.

Sie steigen rasch den steilen Weg hinauf, trotz des Feiertags sind nicht sehr viele Wanderer unterwegs, wahrscheinlich ist es zu heiß. Sie sprechen kein Wort, der Fremde weiß wohl genau, wohin er geht, und Kawabata folgt nur, schwitzend und schon außer Atem. Sie kommen an einer kleinen Hütte vorbei, wo es kalte *Soba*-Nudeln und Grünen Tee gibt. Kawabata besteht auf einer kleinen Pause, und sie essen Nudeln.

Suzuki bietet dem Minister eine Flasche Whisky an, die er in seinem eigenen Rucksack hat, aus der der Alte sich dankbar die leere Teetasse vollgießt. Schließlich ist er ziemlich nervös wegen der Sache. »Hören Sie, ich habe nichts mit dem Tod des Mädchens zu tun, glauben Sie mir, ich kenne sie nur vom Club«, erklärt er ungefragt. Der jüngere Mann antwortet nicht, sondern schaut ihn nur durchdringend an. Kawabata friert plötzlich, als er in die eiskalten Augen seines Gegenübers blickt. Selbst der Whisky, von dem er noch schnell einen tiefen Schluck nimmt, wärmt nicht, und das trotz über dreißig Grad im Schatten.

»Warum sollte ich die Kleine umbringen, das macht doch keinen Sinn!« Keine Antwort. »Vielleicht waren Sie es ja selber, weil Sie eifersüchtig waren« trumpft Kawabata auf. »Reden Sie keinen Unsinn, Sie haben meine Freundin erledigt, weil Sie ein Kind von Ihnen erwartete, und ich will Geld dafür, daß ich schweige. Sobald wir oben angekommen sind und alleine sind, übergeben Sie mir mein Geld und gehen dann sofort den Weg weiter, auf dem wir gekommen sind bis zu einer Bushaltestelle nach ungefähr zwei Stunden. Sie nehmen diesen Bus dann zurück zum Bahnhof in Kamakura, und ich habe genug Zeit zu verschwinden, klar?« Der Erpresser wartet nicht auf eine Antwort, sondern steht einfach auf, packt die Flasche in den Rucksack und geht los. Kawabata bleibt nichts anderes übrig, als hinterherzustolpern, die leere Tasse noch immer in der Hand.

Der Pfad wird noch steiler und noch enger. Seit Minuten sind sie keinem anderen Wanderer begegnet. An einer Gabelung biegt der Jüngere ab. Jetzt ist der Pfad kaum noch ausgebaut, aber er weiß offensichtlich genau, wo es hin geht. »Warten Sie, Suzuki, wohin gehen wir, es ist weit genug, wir können uns auch hier unterhalten«, keucht Kawabata atemlos, allmählich macht er sich Gedanken. Was will dieser Kerl wirklich, nur Geld? »Noch ein paar Meter, da gibt es eine Stelle, von der man die Insel Enoshima sehen kann, ich war früher schon mal da, und außerdem biegt von da der Weg ab, den Sie nehmen. Wir können da ungestört reden«, beruhigt Suzuki ihn.

Tatsächlich, als sie um eine Kurve biegen, mündet der Weg in eine kleine Lichtung direkt an einem steilen Hang. Der Fremde mit den rötlichen Haaren bleibt stehen und zeigt auf die Insel, die einige Kilometer entfernt vor ihnen liegt. Kawabata tritt auch an das Seil, das den Aussichtspunkt sichert und genießt für einen Augenblick die Aussicht. Vom Hang hinter ihnen fließt ein kleines Rinnsal aus dem Moos und versickert in der Erde. Es ist feucht und glitschig an der Stelle. Der Minister rutscht kurz aus und kann nur durch Festhalten an Suzukis Arm verhindern, daß er sich auf den Hintern setzt. Er läßt den Mann los, eine Entschuldigung murmelnd, und schaut wieder zur der Insel. Auch jetzt bietet ihm der andere wieder einen Becher mit Whisky an und scheint mitzutrinken. Das wirst du noch bedauern, mich erpressen zu wollen, denkt Kawabata, als er seinen Becher entschlossen mit einem Zug leert. Er lehnt nicht ab, als der andere nachfüllt. Er spürt jetzt doch den Alkohol. Es ist heiß, er ist erschöpft, und der Whisky ist stark. Aber es hilft ihm, seine Nervosität im Griff zu halten. Enoshima scheint etwas verschwommener zu sein als vorher.

Die Insel Enoshima mit ihrem berühmten Schrein aus dem sechsten Jahrhundert, der einzigen weiblichen der sieben Glücksgötter gewidmet, der Göttin *Benzai-ten* oder kurz *Benten*, die man überall in Form von kleinen Figürchen oder Stickern findet. Heute ähnelt die Insel mehr dem Drachenfels bei Königswinter mit seinem Touristenrummel, nur die Esel und die Burgruinen fehlen.

»Kawabata«, sagt der Fremde, der hinter den Alten getreten ist, »ich soll Ihnen Grüße von Satô ausrichten. Sie sind erledigt und müssen weg.« Bei diesen Worten reißt der Minister die Augen vor Angst auf, nicht nur, weil er erkennt, daß Satô, sein langjähriger Geschäftspartner, ihn in eine Falle gelockt hat, sondern weil der Mann, der sich als Freund der kleinen *Ama* ausgegeben hatte, ihm in diesem Moment einen heftigen Stoß in den Rücken versetzt, der den Minister den Halt verlieren läßt. Er gleitet auf dem feuchten Lehm aus, rutscht auf das altersschwache Seil zu, das prompt reißt. Kawabata segelt kopfüber mit einem markerschütternden Schrei den Hang hinunter.

Der Spezialist schaut ungerührt von oben, wie der Körper des Ministers wie eine Puppe den Abhang runter stürzt, auf Felsen aufschlägt, weiterrutscht und schließlich, fast fünfzig Meter tiefer, gegen einen Baumstamm prallt und leblos liegenbleibt.

Satôs Meisterkiller steigt den Hang einige Meter abseits vorsichtig runter, bemüht, keinerlei Spuren zu hinterlassen. Er erreicht den Minister, fühlt kurz dessen Puls und ist zufrieden. Er kann deutlich die seltsame Haltung des Kopfes von Kawabata sehen, dessen Genick gebrochen sein muß. Der Tote blutet aus unzähligen Abschürfungen, die Kleider sind vielfach eingerissen. Ohne Zögern, aber auch ohne Hast, zieht der Spezialist Handschuhe an, zieht die Flasche Whisky aus seinem eigenen Rucksack, wischt sie sorgfältig ab, gießt Kawabata noch einen Schluck in den offenen Mund – der Whisky rinnt zum größten Teil wieder raus –, drückt die Flasche dem

Toten mehrfach kurz in die Hand, um sie dann in dessen Rucksack zu verstauen. Auch hier achtet er sorgfältig darauf, keine Fußspuren zu hinterlassen. Mit einem abgebrochenen Ast lockert er das Laub auf und verläßt die Stelle rückwärts, indem er wiederum jede Spur verwischt. Kawabatas tote Augen starren ihm blicklos nach.

Der Spezialist klettert wieder den Hang hinauf, abseits der kleinen Aussichtsplattform, rennt schnell den Pfad zurück und stoppt erst, als er zwei Wanderer herankommen sieht. »Schnell, gehen Sie da hin, da ist ein Mann den Hang hinuntergerutscht, ich laufe zum *Soba*-Laden und telefoniere nach einem Krankenwagen!« ruft er den beiden verblüfften Männern zu, auf den kleinen Pfad zeigend. »Am Aussichtspunkt, da ist er abgestürzt!« ist alles, was die beiden noch hören, ehe der jüngere Mann mit den rotblonden Haaren an ihnen vorbei den Weg zum Tal hinuntersaust. Ohne darüber nachzudenken, eilen die beiden den Pfad hinauf.

Die Polizei, die den Unfall kurze Zeit später untersucht, schreibt in den Bericht nur, daß der Minister vermutlich auf einer glitschigen Stelle auf dem Aussichtspunkt ins Rutschen geraten ist, dabei das alte Seil zerriß und den Hang hinunterstürzte.

Was man den Journalisten nicht mitteilt, ist, daß der Minister ziemlich angetrunken war. Die beiden Männer, die den Toten gefunden hatten, berichteten nur von einem jungen blonden Mann, der sie gerufen hatte. Tatsächlich hatte die Polizei Minuten nach der Begegnung einen Notruf erhalten und sofort einen Krankenwagen und einen Notarzt losgeschickt. Als ein Herr Nagaoka hatte der Anrufer sich ausgegeben. Der Arzt und die beiden Sanitäter mußten natürlich den Weg zu Fuß gehen, und es dauerte entsprechend lange. Der Mann, der angerufen hatte, konnte nicht mehr befragt werden. Er hatte wohl gedacht, daß er mit seinem Anruf genug Hilfe geleistet hatte. Merkwürdig war nur, daß der Besitzer des *Soba*-Ladens sich auch erinnerte, den Minister in Begleitung eines blonden Japaners mit Brille gesehen zu haben. Weiter beschreiben konnte er den Mann jedoch nicht. Vielleicht nur eine Zufallsbegegnung. Es erklärt auch zur Genüge, warum noch ein paar Abdrücke von Schuhen an der Unfallstelle gefunden wurden. Sie waren vermutlich von dem gleichen Mann, der, als er an der Stelle vorbeikam, das Opfer von oben gesehen haben muß, bevor er das Geschehen meldete.

Der Spezialist wirft die rotblonde Perücke in einen Abfallcontainer zusammen mit der Brille, dem Schnurrbart und dem Rucksack. Er nimmt sein Handy heraus und gibt eine Nummer ein. »Erledigt!« ist alles, was er sagt, ehe er die Verbindung unterbricht.

Zufrieden lehnt Satô sich zurück, jetzt noch den Ausländer. Die beiden, die er an diesem Tag nach Tôkyô geschickt hat, haben nicht dieselbe Klasse wie der Spezialist, aber für Wolf wird es wohl reichen.

20. Juli – Mejiro

Nach dem Abendessen, ich hatte einfach eine große Platte mit *Sushi* gekauft, ziehen wir uns noch den Dienstagskrimi rein und beschließen nach diesem erfolgreichen Tag, früh ins Bett zu gehen. Ich schaffe es gerade noch, ein Kapitel meines Buches zu lesen, bis mir die Augen zufallen, John Irving wird mir hoffentlich verzeihen. Anna ist mir wie fast immer voraus und träumt sicher schon von noch mehr nackten Teekisten.

Plötzlich bin ich hellwach, irgendetwas hat mich aufgeweckt, ein Geräusch? Hat Anna gehustet? Nein, sie schläft fest. Ich lausche angestrengt. Das alte Haus hat tausend eigene Geräusche, der Garten auch. Jede Minute erklingt zum Beispiel das »tock« unseres Wildschweinvertreibesystems. Aber ich kenne alle diese Geräusche, sie sind mir vertraut. Die Katze war es auch nicht, nein es klang eher wie ..., quatsch, ich gebe mir einen Ruck und werde nachsehen.

Entschlossen wälze ich mich aus dem Bett und gehe vorsichtig, um Anna nicht aufzuwecken, aus dem Schlafzimmer in den Korridor. Ohne Licht zu machen, steige ich langsam die Holztreppe herunter, die Stufen knirschen unglaublich laut, scheint mir. Durch das hohe, mit weißem Papier bezogene Fenster im Treppenhaus schimmert genug Licht, um zu verhindern, daß ich die Treppe runterfalle. Der große Fisch auf dem Bild an der Wand grinst mich aus dem Dunklen an, als wäre ich Jonas. Es kribbelt im Rücken, am liebsten möchte ich jetzt pfeifen.

Ich erreiche die unterste Stufe und stehe in der Eingangshalle, meine Füße erinnern mich daran, daß Steinfußböden auch im Sommer kühl sind. Ich will gerade in Richtung Küche gehen, als ich mehr ahne als sehe, wie aus der Nische unter der Treppe ein dunkler Schatten hervorkommt. Statt dem dringenden Gefühl nachzugeben, zur Salzsäule erstarren zu müssen, übernimmt jahrelanges Training das Kommando. Ich drehe mich blitzschnell auf den Schatten zu, geduckt und bereit zur Abwehr.

Der Schatten hat etwas in der Faust, es schimmert metallen, ich brauche nicht das scharfe Knacken des Hahns zu hören, um zu wissen, der Einbrecher hat eine Pistole. Der Schatten hebt den Arm an, die Waffe zielt auf meine Brust. Es gibt keinen Platz zum Ausweichen. Verdammt!

»Wir hatten Sie gewarnt«, ist alles, was der Schatten sagt ehe er den Finger krümmt. Es gibt einen fürchterlichen Lärm, es klirrt und scheppert, aber ich spüre keine Schmerzen, es klang auch nicht wie ein Schuß. Vor mir sehe ich den Schatten langsam in die Knie gehen, die Pistole hält er noch schlaff in der Hand, als er sich auf dem Boden ausbreitet. Ich lebe noch!

Das Licht im Treppenhaus geht an, und ich sehe Annas Gesicht von oben besorgt über das Treppengeländer lugen. Um den Schatten, den ich jetzt als einen Mann, ganz in schwarz gekleidet, erkennen kann, liegen die Millionen Scherben des ehemals wunderschönen Porzellan-*Hibachi*, der oben auf dem Treppenabsatz gestanden hatte. Autsch, das schmerzt, nein es ist nicht der Kopf des Einbrechers, dem mein Mitleid gilt, es ist das wertvolle Stück. Ein *Hibachi* ist eine Art von übergroßem Topf, in dem man in alten Zeiten glühende Holzkohle zum Zwecke des Heizens oder zum Teewärmen aufbewahrte. Dieses Prachtstück war mindestens zweihundert Jahre alt und eben jetzt hin. Aber dafür bin ich noch heil. Anna hatte wohl abgewogen, finde ich. Sie hat mir das Leben gerettet. Alles Gute kommt von oben, fällt mir ein. Schüchtern lächelnd, winke ich ihr zu und bedanke mich mit leicht belegter Stimme. Das wäre fast das Ende gewesen, denke ich mit Schaudern und widme mich dem Bewußtlosen.

Anna hat nicht einmal Zeit, mich zu warnen, da springt aus dem Halbdunkel des Flures ein zweiter Eindringling mit einem riesigen Satz auf mich zu. Instinktiv und gedankenschnell, wie ich es tausendmal geübt habe, lasse ich mich auf Knie und Hände fallen, und mein Gegner saust im Hechtsprung über mich hinweg. Sein Flug wird abrupt unterbrochen, als er auf die Tür der kleinen Abstellkammer aufprallt, die, dank japanischer Leichtbauweise, einfach komplett aus dem Rahmen fällt. Die Tür samt dem Einbrecher als Ballast knallt mit einem gewaltigen Krach auf den Boden der Kammer und verfehlt nur um Haaresbreite unseren Kater, der sich dort zum Schlafen zusammengerollt hatte und vielleicht gerade genüßlich von der bernsteinfarbenen Mieze im Nachbarhaus träumt. Erneut brutal aus dem Traum gerissen, springt er vor Schreck wie ein Senkrechtstarter mit allen Vieren steil in die Höhe, sein Fell steht ihm wie elektrisiert zu Berge. Der Kater landet auf seinen Pfoten, wie es sich für Katzen gehört, sieht den Einbrecher und zieht dem Mann kurz entschlossen eine tiefe, blutige Spur quer übers Gesicht, ehe er mit lautem Protestmiau über Tür und Mann hinweg durch meine Beine hindurch irgendwo in den Tiefen des Hauses verschwindet.

Genauso schnell wie ich unten war, stehe ich auch wieder aufrecht. Bevor der Gangster sich von seinem Flugerlebnis erholen kann, knie ich schon auf seinem Rücken, greife seinen ausgestreckten rechten Arm mit beiden Händen und verdrehe ihn leicht. Er hat nicht die geringste Chance, sich aus diesem Haltegriff herauszuwinden und gibt auf, als er es endlich begreift, zumal Gesicht, Rücken und der verdrehte Arm höllisch schmerzen.

Anna, mit einer Mischung aus Schrecken und Wut auf dem Gesicht, kommt die Treppe runter, um mir zu helfen, selbst ihren Husten hat sie vergessen. Die Gürtel unserer *Aikidô*-Anzüge, die in der Kammer zum Lüften hängen, sind unzerreißbar und äußerst praktisch zum Fesseln der beiden Eindringlinge. Ruckzuck sind beide eingewickelt und fertig zur Übergabe an die Polizei.

Erst jetzt habe ich Zeit, mir die beiden genauer anzusehen. Es sind zwei Japaner, Mitte Zwanzig, kräftig gebaut, sonst aber keine wesentlichen Merkmale, wenn man davon absieht, daß beide Kraushaare haben und dem einen ein Glied am kleinen Finger fehlt. Nur der eine, der mit den gewaltigen Kopfschmerzen von Annas *Hibachi*, hatte eine Waffe, der zweite hatte sich wohl auf seine eigene Stärke verlassen wollen.

»Jan, du rufst besser Andô an«, meint Anna. »Was soll denn die Mordkommission hier, die leben doch noch?« entgegne ich. »Ich weiß nicht, aber wenn unser freundlicher Nachbarschaftspolizist vom *Kôban* am Bahnhof das sieht, der gerät doch in Panik«, gibt sie zu bedenken. Sie hat recht, in Japan gibt es ein System von kleinen Polizeistationen, den *Kôban*, in denen ein oder zwei Polizisten ihren Dienst tun und praktisch ein Teil der Nachbarschaft sind. Sie geben Auskunft, wenn man eine Adresse sucht, passen auf das Haus auf, wenn man sie bittet, bevor man in Urlaub fährt, und bringen schon mal den Ehemann nach Hause, wenn er es sakeseelig nur bis zum Bahnhofsausgang geschafft hat. Nein, dieser Überfall ist eine Nummer zu groß für den *Omawari-san,* wie man diese Art von Schutzmann auch nennt.

»Shûsaku, es tut mir leid, dich aufzuwecken, wir haben ein Problem«, lasse ich Andô wissen, als ihn mein Anruf aus dem Schlaf reißt.»Jan? Weißt du wieviel Uhr es ist?« fragt er mich ungläubig und mit schläfriger Stimme. »Zwei Uhr vier«, informiere ich ihn präzise. Ich deute nur kurz an, was passiert ist. Er ist jetzt ganz wach und ganz Polizist. »Ich bin in einer halben Stunde da, und ein Wagen vom Bereitschaftsdienst wird in ein paar Minuten bei Euch sein. Halt dich von den beiden fern«, instruiert er mich und hängt abrupt ein.

Tatsächlich hören wir schon kurze Zeit später das scharfe Bremsen eines Wagens in unserer Einfahrt. Anna erwartet die beiden Polizisten schon an der geöffneten Tür und läßt sie herein, während ich die beiden Übeltäter im Auge behalte. Handschellen ersetzen die Gürtel, und die beiden sitzen kurze Zeit später sicher im Polizeifahrzeug. Beide verpflastert. Andô trifft auch gerade ein, und wir berichten ihm ausführlich, was passiert ist. Ein Polizist schreibt ein Protokoll, in dem der mißlungene Einbruch geschildert wird, und wir unterschreiben. Andô schickt die beiden samt den Einbrechern davon, bleibt aber noch da. Er hat noch einige Fragen, die nicht fürs Protokoll sind.

»Jan, was wollten die beiden hier?« legt er los und schaut mich scharf an. »Erzähl mir nicht, daß das nur Einbrecher waren, die Annas Schmuck rauben wollten! Gewöhnliche Diebe haben keine Schußwaffen.«

Mir ist auch klar, daß das kein Zufall war. Es hat mit den Ereignissen der letzten Tage und Wochen zu tun, und ich bin nur mit viel Glück heil davon gekommen. Aber was soll ich Andô erzählen? Ich kann doch nichts wirklich beweisen. Anna schaut mich auch merkwürdig an. »Jan, du mußt Shûsaku alles erzählen, die schrecken vor nichts zurück. Ich habe Angst!«

»Jan, die beiden sind keine gewöhnlichen Einbrecher, es sind *Yakuza*. Einbruchdiebstahl ist nicht deren Geschäft«, ermuntert er mich, auszupacken. Ich beschließe, eine leicht bearbeitete Version abzugeben und erzähle ihm vom Hotelprojekt, von den Drohungen gegen Nagai und mich, vom mysteriösen Tod der beiden Mädchen, lasse aber den Namen des Ministers und den ersten Überfall auf mich ebenso aus wie das Geständnis des Freundes der *Ama*. Ich erzähle meinem Freund, daß Satô von der *Yakuza* die Finger im Spiel hat, was aber nicht zu beweisen ist. Anna schaut mich nur noch verzweifelt an. Es wird ihr klar, welch irres Risiko ich in den vergangenen Wochen eingegangen bin. Wahrscheinlich zweifelt sie jetzt noch mehr an meinem Verstand als sonst. Auch Andô ist fassungslos. »Jan, spinnst du, warum sagst du mir nichts, damit ich mich drum kümmern kann, das ist Polizeisache, nicht deine! Du bist wohl lebensmüde?«

Ich verspreche hoch und heilig, ab sofort nichts mehr auf eigene Faust zu unternehmen, und Andô wird versuchen, der Sache auf den Grund zu gehen. »Du hast mir alles erzählt, nicht wahr?« fragt er beim Verlassen des Hauses. Nicht wahr, denke ich, nicke aber enthusiastisch zustimmend auf seine Frage. Kann es sein, daß er mir nicht glaubt? Und entdecke ich auch in Annas Ausdruck Zweifel? Wie auch immer, wir haben Schwein gehabt.

21. Juli – Tôkyô

»Justizminister Kawabata bei Wanderung tödlich verunglückt!« schreit die riesige Schlagzeile mir entgegen. Im Untertitel steht, daß sein Vize ab sofort die Ämter des Ministers übernimmt. Ich sitze da wie eingefroren. Es ist mir ganz schwindelig. Erst die Geschichte am Dienstag bei uns, und jetzt das. Ich sauge den Artikel regelrecht auf und lese, Minister Kawabata, 62, ist bei einer Wanderung, die er am gestrigen Feiertag alleine in den Bergen um Kamakura unternommen hat, ausgerutscht und einen tiefen Hang heruntergestürzt. Er konnte nur noch tot geborgen werden. Fremdverschulden schließt die örtliche Polizei aus. Seine Witwe sagte nur aus, daß ihr Mann das schöne Wetter zu einem Ausflug nutzen wollte. Sie hat ihn aber nicht begleitet. Der Bericht fährt fort mit den üblichen Kommentaren vom Premierminister und anderen, die glauben, etwas sagen zu müssen. Hier endet der Artikel.

Kein Fremdverschulden, abgerutscht, das können die ihrer Schwiegermutter erzählen. Wahrscheinlich ist dem Alten klar geworden, daß ich ihn in der Zange hatte, und er hat keinen anderen Ausweg gesehen, das ist vielleicht für alle das Beste, denke ich. Eigentlich ist damit ja alles vorbei, wenn ich jetzt noch Satô überzeugen kann, mich auch in Ruhe zu lassen. Ich werde den Stier bei den Hörnern packen. Aber mir ist jetzt schon ganz mulmig bei dem Gedanken.

Im Gegensatz zum Tod des Ministers steht über den kleinen Zwischenfall in unserem Haus in Mejiro aus guten Gründen nichts in der Zeitung. Ich falte das Blatt wieder zusammen und lehne mich für einen Moment in meinem Sessel zurück, leicht blaß im Gesicht.

28. Juli – Tôkyô

Wie jeden Morgen im Büro, nachdem ich meinen Computer hochgefahren habe – Sie wissen schon, es dauert trotz neuestem Superprozessor länger, als ich brauchen würde, um Schillers Glocke vorwärts und rückwärts zu zitieren, nicht daß ich jemals in der Lage sein werde, dies zu tun – frische ich als erstes mein noch zähes Gedächtnis auf, was die Termine des Tages angeht. Alles ist schön übersichtlich auf dem Bildschirm dargestellt. Ich bin natürlich vernetzt, und Nozawa-*san* hat mir noch ein paar neue Termine eingeschoben, danke. Verschiedene Leute haben Terminanfragen geschickt, so auch zwei verschiedene für Videokonferenzen mit der Zentrale, natürlich zur gleichen Stunde und zu einer Uhrzeit, zu der anständige Leute schon mit den Pantoffeln und dem Bier vor dem Fernseher hocken. Irgendwie vergessen diese Leute immer, daß wir ihnen im Sommer sieben und im Winter sogar acht Stunden voraus sind, ich meine zeitlich. Ich nehme alles gelassen auf, jedenfalls zu dieser frühen Stunde.

Der Kaffee aus unserer stets dienstbereiten Maschine schmeckt sehr gut für Kaffee aus einer Maschine, die außerdem noch wahlweise Cola, Wasser, Orangensaft, Grünen Tee, Schwarzen Tee, beides heiß oder kalt, mit oder ohne Eiswürfel, viel, wenig oder ohne Zucker, viel, wenig oder ohne Milch und obendrein noch Fleischbrühe und *Miso*-Suppe hergibt, und das alles aus einer Öffnung, oh Wunder der japanischen Innovation. Das Beste ist aber, ich kann sie ganz alleine bedienen, Nozawa-*san* kommt nämlich wie die meisten Mitarbeiter erst kurz vor neun an, während ich die Stunde vorher, wenn praktisch noch keiner da ist, genieße, weil ich in Ruhe arbeiten kann. Aber ich habe es natürlich auch leichter, früh im Büro zu sein, ich brauche nur etwa zehn oder fünfzehn Minuten, während die durchschnittliche Anfahrtszeit für die anderen bei über einer Stunde, bei manchen bis zu zwei Stunden liegt, wenn sie von Chiba oder Saitama, den Nachbarpräfekturen Tôkyôs, kommen, wo die meisten unserer Leute wohnen. Manche behaupten, daß der riesige Erfolg des Sony Walkman unter anderem damit zu erklären ist, daß sich die Pendler in den Zügen ja irgendwie sinnvoll beschäftigen müssen. So hat also fast jeder einen Knopf im Ohr und lauscht entweder der Musik mit einem Walkman oder den Nachrichten im Miniradio. Selbst extra kleine Buchformate und schmal faltbare Zeitungen sind den beengten Gegebenheiten auf der langen Strecke zwischen Wohnort und Arbeitsstätte angepaßt. Ich bin immer wieder beeindruckt, wie sich die Menschen der Umgebung und den Umständen anpassen können.

Mein Terminkalender auf dem Bildschirm piepst und zeigt mir an, heute ist Isakos Geburtstag. Natürlich, der achtundzwanzigste Juli, denke ich, hätte ich fast vergessen. Ich werde ihr erstmal per E-Mail eine elektronische Geburtstagskarte, komplett mit tanzenden Mäusen, die Happy Birthday« singen, schicken, so macht man das heute eben, und ich gehe immer ganz mit der Zeit. Isako ist heute sechzehn geworden, was schenkt man einer Sechzehnjährigen zum Geburtstag? Baseball-Handschuh, Fußball, *Go*-Spiel? Sehr schwierig, ich werde Anna einschalten, ihr wird schon was einfallen.

Wir haben keine eigenen Kinder, irgendwie hatten wir nie Zeit, sagen wir uns immer, als ob wir eine Begründung benötigten. Anna und ich waren beide in unseren Berufen immer stark engagiert, viel auf Reisen, wollten flexibel bleiben. Insgeheim wissen wir beide, daß wir es eines Tages wahrscheinlich bedauern werden. Aber jetzt, mit über vierzig, ist es wohl auch zu spät, um sich noch an eine vollkommen andere Lebensweise zu gewöhnen. Isako ist sozusagen eine unserer Ersatztöchter, eine unserer liebsten. Dabei wäre es fast nicht dazu gekommen.

Vor ziemlich genau acht Jahren verbrachten Anna und

ich einen kurzen Urlaub in der Villa Zermatt, zum ersten Mal übrigens. Es war ein ziemlich heißer Sommertag, und wir fuhren an den Strand zum Baden. Es herrschte trotz der Hitze nicht viel Betrieb, nur einige Familien, meist mit kleinen Kindern, hatten sich auf Plastikmatten und Badetüchern ausgebreitet. Sonnenschirme, Plastikstühle, Burgen bauen, alles so wie an jedem Strand der Welt. Wir breiteten ebenfalls unser großes Badetuch mit dem bunten Tuca, das wir in Brasilien erstanden hatten, aus, zogen Hemd und Shorts aus, ölten uns gegenseitig feste ein und widmeten uns unserem jeweiligen Buch. Zwischendurch ein kurzer Sprung ins kühle Naß, wieder einölen, lesen und so weiter.

Ich muß wohl eingeschlafen sein, als mich der markerschütternde Schrei einer Frau aus dem schönen Südseetraum riß. Ich saß vor lauter Schreck kerzengerade auf unserem Tuch, genauso wie Anna, die den Schrei ebenfalls gehört hatte. Ich blickte mich um und sah eine Frau halb im Wasser stehen, die verzweifelt gestikulierte. Ich folgte ihrem Blick und sah sofort, was passiert war. Weniger als fünfzig Meter vom Strand entfernt ragte ein großer Felsen, eher eine kleine Insel aus dem Wasser. Ein kleines Mädchen lag leblos auf einem Absatz knapp über der Wasseroberfläche. Sie war wahrscheinlich auf den Felsen geklettert, wie viele andere Kinder auch, und abgerutscht. Die Frau, sicher die Mutter, warf sich gerade ins Wasser, um zum Fels zu schwimmen, und ich sprang auf, um zu helfen.

Ich sauste ins Wasser, schwamm wie einst Johnny Weissmüller und erreichte gleichzeitig mit der Frau den Felsabsatz. Sie nahm mich in diesem Augenblick überhaupt nicht wahr, ihr Blick war nur auf das Mädchen gerichtet. Wir kletterten auf den Felsen, und sie warf sich über das Mädchen, das aus einer Platzwunde am Kopf und einem tiefen Schnitt am Oberschenkel des linken Beines stark blutete. Das Kind war bewußtlos. Ich versuchte, die Frau anzusprechen, die mich erst jetzt zu bemerken schien. Der Hoffnungsschimmer in ihren Augen schien Verzweiflung zu weichen, als sie in mir einen *Gaijin* erblickte. Wie sollte sie mir erklären, daß ich dringend Hilfe holen sollte. Ich ahnte, was sie dachte und sprach sie beruhigend auf japanisch an. Sofort faßte sie wieder Mut. »Bitte schnell, holen Sie einen Krankenwagen, meine Tochter, sie verblutet!« Mir war klar, das würde mindestens eine halbe Stunde dauern, bis ein Krankenwagen hier wäre. Die Wunde am Bein, vielleicht hatte es eine Arterie erwischt, mußte abgebunden werden. Außer meiner Badehose und dem Bikini der jungen Frau sah ich nichts, was dazu hätte vielleicht dienen können, und selbst diese winzigen Teile erschienen mir nicht geeignet, abgesehen von der peinlichen Situation. »Nein, ich werde Ihre Tochter an den Strand bringen und erst einmal die Wunde abbinden, schnell. Ich hob die Kleine an, die federleicht war, ehe die Mutter widersprechen konnte, und sprang mit ihr ins Wasser. Als Jugendlicher hatte ich den DLRG-Rettungsschein erworben und wußte noch einigermaßen, wie man einen Verletzten auf dem Rücken schwimmend transportieren kann, ohne daß das Opfer dabei ertrinkt. Es war glücklicherweise nicht weit bis zum Strand, wo Anna und die anderen Badegäste schon aufgeregt warteten. Die Mutter schwamm neben mir her und versuchte, so gut es ging, zu helfen.

Anna stieg ins Wasser und nahm mir das Mädchen aus den Armen, trug sie zu unserem Badetuch und legte sie vorsichtig nieder, den Kopf der Kleinen drehte sie etwas zur Seite, für alle Fälle, falls sie aufwachen und sich übergeben sollte. Die Mutter war uns natürlich gefolgt und beobachtete skeptisch, aber auch dankbar, wie Anna schnell und fachmännisch, mit Hilfe meines schönen und jetzt in Streifen zerrissenen Hawaiihemds und ihrer Haarbürste zum Verdrehen des Knebels, das Bein oberhalb der Wunde abband. Anna hatte während ihrer Studententage in Bonn in einem Krankenhaus gejobbt und dabei Grundkurse für Erste Hilfe besucht. Die Blutung ließ sofort nach. Die Platzwunde am Kopf war weniger kritisch, Annas T-Shirt, das mit dem aufgedruckten Beethoven, diente als provisorischer Kopfverband. Um uns herum standen alle und staunten. Wir hatten gerade etwas Ungehöriges getan, nämlich sofort Erste Hilfe geleistet. Die Regeln für medizinische Versorgung in Japan waren damals noch sehr strikt, und außer Fachpersonal durfte niemand Hand anlegen. Aber was soll's, wir waren halt Ausländer, und keiner der Anwesenden wagte zu widersprechen. Die Mutter war jedenfalls überglücklich, daß in diesem Moment die Kleine gerade aus der Bewußtlosigkeit erwachte. Sie fing an zu heulen und der dürre Körper zitterte erbärmlich, Schock? Die Decke war durchtränkt mit Blut, also wickelten wir sie in ein großes Badetuch, das einer der anderen Badegäste zur Verfügung stellte. »Wir müssen sie sofort ins Krankenhaus bringen, sie hat einen Schock erlitten und ziemlich viel Blut verloren«, erklärte Anna der verzweifelten Mutter. Ohne abzuwarten, hob ich das Mädchen hoch und trug sie zu unserem Wagen. Anna hielt die Tür auf, und ich legte die Kleine vorsichtig auf die hintere Sitzbank. Später waren hier neue Polster fällig. Die Mutter setzte sich daneben und hielt ihre Tochter in ihren

Armen, zum Trost und zum Wärmen. Wir sprangen ebenfalls ins Auto, und ich fuhr schnell, aber trotzdem vorsichtig nach Toba in das städtische Unfallkrankenhaus. Frau Nagai, sie hatte sich mittlerweile vorgestellt, wies uns den Weg.

In der Notaufnahme sah man uns zwar vorwurfsvoll an, getraute sich aber angesichts einer möglicherweise rasend werdenden Mutter nicht, uns die sonst üblichen Belehrungen zu erteilen. Das war auch gesünder für sie, ich kann Belehrungen grundsätzlich nicht und schon überhaupt nicht in einem solchen Fall ausstehen. Isako, auch den Namen der Kleinen wußten wir jetzt, wurde sofort und professionell versorgt. Anna und ich mußten, genau wie Frau Nagai, einige Formulare ausfüllen und waren gnädigst entlassen. Wir boten Frau Nagai an, sie nach Hause zu bringen, um ein paar Sachen für ihre Tochter zu besorgen. Dankbar nahm sie an, und wir staunten nicht schlecht, als sich herausstellte, daß die Nagais unsere Nachbarn in Toba waren.

Herr Nagai, der erst durch einen Anruf bei seiner Arbeit von dem Unglück erfuhr, eilte zuerst ins Krankenhaus, wo auch seine Frau wieder eingetroffen war, und abends kam er zur Villa Zermatt mit einem riesigen Korb Obst, Netzmelonen und *Nashi*, eine Kreuzung zwischen Birnen und Äpfeln, alles sündhaft teuer, um sich im Namen der Familie zu bedanken. Er lud uns für das Ende der Woche zum Essen bei sich ein, was wir gerne annahmen. So fing mit einem Unglück eine sehr enge Freundschaft mit den Nagais und ihrer Tochter Isako an, die, als sie etwas älter war, auch häufiger in unserem Haus in Mejiro einige Tage ihrer Sommerferien verbrachte. Man kann sich vorstellen, wie wir sie verwöhnt haben,

Nagais waren jedesmal entsetzt, was sie so alles zu erzählen hatte oder aus Tôkyô mitbrachte.

Isako ... Mir dreht sich der Magen um bei dem Gedanken, was ihr in den letzten Wochen alles hätte zustoßen können, und so ganz vorbei ist die Sache ja noch nicht. Der Bau ist mit einiger Sicherheit gestoppt, der Minister tot, aber es gibt noch einen, der frei herumläuft, zu schlau, um direkt in solche kriminellen Aktionen verwikkelt zu werden, Satô der *Yakuza*-Boß. Ich hoffe, er und seine Gang glauben wirklich, daß die Nagais nichts mit dem erfolgreichen Durchkreuzen ihrer Pläne zu tun hatten, und lassen die Finger von der Familie. Ich hatte ja alles so hinbiegen können, daß sie, im wahrsten Sinne des Wortes, aus der Schußlinie blieben; aber absolut sicher ist niemand, niemals.

Satô geht mir nicht aus dem Kopf. Was wird der wohl unternehmen? Ich fürchte, er wird nicht aufgeben und versuchen, mich doch noch zu erwischen. Für Anna und mich ist die Sache noch nicht vorbei. Ich überlege, ob ich nicht, wie schon zuvor, einfach die Konfrontation suchen und eine Art von Waffenstillstand mit diesem Teufel schließen soll. Nein, dieses Mal wird er uns nicht so einfach in Ruhe lassen. Er muß einen richtigen Haß auf den *Gaijin* haben, der ihm schon wieder in die Quere gekommen ist, und ich habe praktisch nichts in der Hand gegen ihn, um zu verhandeln. Vielleicht wird der Boden allmählich zu heiß für uns in Japan, und es ist an der Zeit umzuziehen, am besten weit weg?

Nein! Kommt nicht in Frage, ich laufe nicht weg. Mein Vater, lebte er noch, wäre jetzt stolz auf seinen Sohn. Es ist eine jener Charaktereigenschaften, die ich von ihm geerbt habe, Widerwille gegen Erpresser oder Leute, die einen irgendwie bedrohen. Stolz, Trotz, Starrköpfigkeit, nennen Sie es, wie sie wollen, vielleicht auch Dummheit, aber ich werde mich von Satô nicht vertreiben lassen. Ich muß Andô dringend sprechen, ich glaube, ich brauche seine Unterstützung als Freund, diesmal mehr denn je. Ein Plan reift in meinem Kopf oder zumindest eine erste Idee.

2. August – Tôkyô

Seit dem frühen Morgen hatte ich eine Besprechung nach der anderen. Ein großer Kunde aus der Nähe von Nagoya, ein großer Automobilhersteller, hatte einen Senioreinkäufer geschickt, um mit uns Details einer neuen Produktionsanlage für elektronische Bauteile zu besprechen. Es ist ein riesiges Projekt für meine Firma und würde einen Durchbruch für diesen Bereich in Japan bedeuten. Entsprechend engagiert sind wir. Ich hatte Andô eine Nachricht hinterlassen, daß ich ihn unbedingt sprechen wollte. Irgend jemand auf dem Polizeirevier teilte mir mit, der Hauptkommissar sei den ganzen Tag unterwegs. Mist. Nein, eine Nachricht wollte ich nicht hinterlassen. Ich beschloß einfach, am Abend nach dem Training bei seiner Wohnung vorbeizufahren, vielleicht hatte ich ja Glück.

Ich parke meinen Wagen im Halteverbot direkt unter dem Schild, vielleicht sieht es ja dann keiner, schließe die Tür ab und betrete den großen Wohnblock im Stadtteil Takadanobaba, in dem Andô, ein eiserner Junggeselle, seine kleine Wohnung hat. Der Aufzug, im schon ziemlich alten Gebäude, ächzt mühsam bis zum achten Stock. Wie üblich bei diesen Bauten betritt man einen wie ein Balkon nach außen offenliegenden Flur, an dem die vielen Metalltüren aufgereiht sind. Fast am Ende liegt Andôs Wohnung. Ich klingele an der Tür und höre zu meiner großen Zufriedenheit Geräusche. Es dauert einige Sekunden, bevor Andô im *Yukata* bekleidet vor mir steht und mich erstaunt anguckt. »Du? Was machst du denn hier?« Er hat mich offensichtlich nicht erwartet, warum auch. Es ist erst das zweite Mal, daß ich überhaupt hier bin. Beim ersten Mal hatte ich ihn nach dem *Kendô*-Training gefahren, weil jemand seinen Wagen demoliert hatte, mit Absicht, wie sich später herausstellte. Ein ehemaliger »Kunde« Andôs hatte sich an den dessen Fahrzeug gerächt, als er ihn zufällig sah, wie jener aus dem Wagen stieg und im *Dôjô* verschwand.

»Shûsaku, entschuldige, daß ich so einfach hier unangemeldet auftauche, aber ich muß dich dringend sprechen, ich habe ein kleines Problem.« Andô ist zu sehr Polizist, als daß er nicht sofort weiß, daß ich nicht wegen irgendwelcher Eheprobleme oder wegen Falschparkens gekommen bin.

»Es geht um Satô, stimmt's?« Ich nicke nur. »Komm rein.« Ich ziehe meine Schuhe aus, und er führt mich in die Küche. Aus den Augenwinkeln sehe ich eine Gestalt, die schnell die Schiebetür zum Wohn- und Schlafzimmer schließt. Mir scheint, die Gestalt ist weiblich und nur in ein Handtuch gewickelt und auch nicht Shûsakus Großmutter. Ich kann mir ein Schmunzeln nicht verkneifen. »Störe ich gerade?« frage ich ganz unschuldig. Andô läuft tatsächlich rot an. »Nein, eh, meine Nichte ist zu Besuch, äh, ... « stottert er hilflos. »Shûsaku, Shûsaku, wenn da mal nicht was anderes hintersteckt«, spotte ich. Er verpaßt mir als Antwort nur einen nicht so ernst gemeinten Knuff in die Rippen. »Du bist ja nur neidisch, willst du ein Bier?« lenkt er vom Thema ab.

Wir setzen uns an den kleinen Tisch, und ich proste auf sein Junggesellenleben. »Was ist los, wie kann ich dir helfen?« Andô ist offensichtlich nicht bereit, mich in sein Sexualleben einzuweihen. Ich schaue mich in der Küche um, ehe ich mit meiner Erzählung beginne. Es ist eine typische japanische Wohnung. Jede Ecke ist vollgestopft mit Büchern, Kisten, Nippes. Auf der winzigen Arbeitsplatte kämpfen der zweiflammige Gasherd, der Reiskocher und der obligatorische Heißwassertopf mit Töpfen, Gläsern und Lebensmitteln um Platz. Die Küche ist gleichzeitig sein Büro. Auf einem Metallgestell stehen der PC, ein Drucker, eine Faxmaschine, das Telefon und ein kleines Gerät, das wie ein Funkgerät aussieht. An den Wänden, die nicht von Regalen belegt sind, hängen einige Poster, eins vom Grand Canyon, eins von San Francisco. Ich weiß, vor einigen Jahren war Andô einige Monate in den USA, als er einen Fall klären mußte, in den auch ein Zweig der amerikanischen *Yakuza* verwickelt war.

»Shûsaku, was würdest du denken, wenn ein Minister oder dessen Frau Teilhaber an einer Gesellschaft ist, an der auch ein Spitzenmann der *Yakuza* beteiligt ist?« Andô ist jetzt voll bei der Sache, was immer er vor wenigen Sekunden noch gedacht haben mag, er ahnt Fürchterliches, sagt aber nichts. »Und was wäre, wenn dieser Minister ein guter Kunde bei dem Telefonclub in Toba gewesen wäre, über den wir bei Vincente gesprochen haben?«

»Jan, hör auf in Rätseln zu sprechen; was ist los, was hat das alles mit Satô zu tun?« Andô verliert sichtlich die Geduld. Ich nehme noch einen tiefen Zug aus dem Bierglas und erzähle ihm von meinem Plan.

»Ich habe dir nach dem Überfall vor zwei Wochen von der Geschichte mit dem Haus in Toba und dem Tod der beiden Mädchen erzählt. Ich weiß, Satô steckt hinter allem. Er wird versuchen, nicht nur Anna und mir, sondern auch unseren Nachbarn in Toba etwas anzutun. Ich habe dummerweise vergessen, dir zu sagen, daß der Partner von Satô in Toba Minister Kawabata war, der am gleichen Tag tödlich verunglückte, als die beiden *Yakuza* versuchten, mich umzulegen.«

Andô fällt das Bierglas aus der Hand, das auf dem Boden zerschellt, nebenan höre ich einen kleinen Erschreckensausruf. »Es ist alles OK, Yûko«, beruhigt Andô seine »Nichte«. »Du bist verrückt! Warum hast du mir das nicht gleich gesagt?« Er steht auf, holt eine Schaufel und einen Handbesen, um die Scherben aufzufegen. Das Glas war glücklicherweise fast leer gewesen. Er wischt trotzdem sorgfältig den Boden auf, weil er Zeit zum Nachdenken gewinnen will. »Jan, du spielst wirklich mit dem Feuer. Du bist mein Freund, aber du gehst zu weit. Wenn du so etwas verheimlichst, machst du dich strafbar. Und ich kann dir nicht helfen, wenn du mich belügst.«

Ich bin ehrlich betroffen und fühle mich ziemlich beschissen. Ich hatte es nie so gesehen, weil es doch meine Angelegenheit war und ich meinen Freund nicht mit in die Sache ziehen wollte, aber ich kann fühlen, daß Andô verletzt ist. »Es tut mir wirklich leid, ich habe mich wie ein Idiot benommen. Verzeih mir, Shûsaku.« Andô winkt nur ab, sagt nichts. Er nimmt sich ein neues Glas aus dem Regal und füllt beide Gläser noch einmal mit Bier. »Du glaubst also, daß der Unfall des Ministers kein Unfall war?«

»Ich weiß es nicht, aber ich bin sicher, daß es kein Zufall war. Ich habe ihn am Samstag zuvor in Meguro zur Rede gestellt und ihm auf den Kopf zugesagt, daß er sowohl in die Bauaffäre verstrickt ist als auch etwas mit dem Tod der beiden Mädchen zu tun hat. Er ist nur wütend weggerannt. Ich nehme an, er hat Satô informiert, und der wollte gleich zwei Probleme auf einmal lösen und hat seine Kettenhunde auf mich und den Minister losgelassen. Bei Kawabata hat es eben geklappt.« Andô nickt. »So könnte es gewesen sein, aber wir haben keinerlei Beweise für Gewaltanwendung bei Kawabata, nur einige Merkwürdigkeiten.«

»Aber vielleicht könnt ihr Kawabatas DNA mit Spuren an dem Mädchen vergleichen. Du hattest mir bei Vincente doch erzählt, ihr habt Sperma bei der Schülerin entdeckt!«

»Nein, der Minister ist heute morgen eingeäschert worden.«

»Aber bei ihm zu Hause muß es doch zahllose Gegenstände geben, auf denen sich seine Spuren befinden ... Im übrigen, glaube ich, habe ich eine Vorstellung, wo er die Mädchen immer getroffen hat, jedenfalls so ungefähr«, werfe ich aufgeregt ein. »Und wem soll das nützen, er ist ja schon tot, und wenn er es war, hat er es verdient. Warum sollen wir einen Skandal aufdecken und seine Frau mit hineinziehen?« Ich kenne Andô, er meint es so, er haßt korrupte Politiker oder Beamte, aber er denkt auch an die Angehörigen, die oft nichts vom kriminellen Treiben ihrer Lieben wissen. Als im letzten Jahr mein Freund Ikeda von dessen Sohn Kazuo umgebracht wurde, der sich anschließend das Leben nahm, hatte er den Fall auch einfach zu den Akten gelegt, Tod durch Unfall.

»Aber können wir Satô nicht das Handwerk legen?«

»Wir?« Andô schaut mich böse an. »Du machst jetzt überhaupt nichts mehr. Ich werde mir Satô vorknöpfen und ihm klarmachen, daß er dich und die ganze Angelegenheit vergessen muß.«

»Du willst ihn davonkommen lassen?« frage ich ungläubig staunend. »Nein, natürlich nicht, aber mit dem, was wir bis heute wissen, würde mir der Staatsanwalt nicht mal die Tageszeit nennen. Es gibt keine beweisbare Verbindung zwischen Satô und dem Minister, und nichts zwischen Satô und dem Telefonclub. Seine Leute halten alle dicht und würden sich eher umbringen, als auszusagen. Nein, wir werden dran bleiben, bis wir ihn haben, aber ich werde ihm die Suppe versalzen. Wegen des Baus in Toba werde ich einen kleinen Hinweis an die Baubehörde geben, und den Telefonclub kann er auch abschreiben. Aber am wichtigsten, ich werde ihn wissen lassen, daß er ab sofort auf meiner persönlichen Liste steht.« Andô blickt dabei so hart drein, daß mir unbewußt schaurig wird. »Satô wird dich in Ruhe lassen und deinen Nachbarn auch, er wird gar keine Zeit mehr haben, sich um dich zu kümmern.« Ich bin Andô dankbar, obwohl ich meine Zweifel habe. »Laß meinen Nachbarn ganz aus dem Spiel. Satô denkt, Nagais hätten seiner Drohung nachgegeben. Es ist besser für unsere Freunde, wenn Satô in dem Glauben bleibt.«

Ich weihe ihn komplett in alle Einzelheiten ein, auch den ersten Überfall, was ihn erneut zu einem Wutanfall veranlaßt. »Jan, du bist der verbohrteste Dickschädel, der mir je untergekommen ist. Eines Tages erwischt es dich. Denkst du denn nie nach? Und nimmst du keine Rücksicht auf Anna?« Ich schrumpfe immer mehr zusammen, je mehr er mir die Meinung geigt. »Du hast ja recht, aber ich kann nicht anders«, versuche ich eine Rechtfertigung. Ich kann die Antwort von Andôs Gesicht ablesen.

»Am besten nimmst du Urlaub oder gehst auf eine lange Dienstreise«, rät er mir beim Abschied. »Vielleicht mache ich das. Noch mal vielen Dank für deine Hilfe. Sagst du mir, was Satô geantwortet hat?«

»Nein, gute Nacht«, ist alles was er antwortet.

»Na gut, übrigens, schönen Gruß an deine hübsche ›Nichte‹«, kann ich mir eine kleine Gemeinheit zum Abschied nicht verkneifen und verziehe mich schnell, ehe er mir noch etwas an den Kopf werfen kann.

6. August – Ôsaka

Was will dieser Polizist von mir, denkt Satô, als er den Hörer auflegt. Seine Sekretärin hat gerade Hauptkommissar Andô von der Tôkyô Metropolitan Police angekündigt. Die Tür geht auf, und Andô betritt das riesige Büro Satôs. Der steht auf und geht Andô entgegen. Beide verbeugen sich minimal, während sie Visitenkarten austauschen. Satô bittet Andô, sich auf einen der niedrigen Sessel niederzulassen, während er einen gegenüberstehenden wählt.

»Polizei aus Tôkyô? Was kann ich für Sie tun?« fragt er unschuldig und blickt auf Andôs Visitenkarte. Er weiß natürlich auch ohne Visitenkarte, wer Andô ist, und es ist ihm nicht sehr wohl bei dem Gedanken. Andô kommt auch gleich zur Sache. »Satô-*san*, Sie brauchen mir jetzt nur gut zuzuhören. Ich weiß, Sie sind in den Tod von Minister Kawabata verwickelt.« Satô unterbricht ihn trotzdem sofort. »Was habe ich mit dem Unfall zu tun?« Zu blöd, denkt er sofort, jetzt weiß der Polizist, daß ich zumindest etwas über Kawabata weiß. Ich muß vorsichtiger sein.

»Kein Unfall, wir haben Beweise dafür, daß es Mord war, und wir haben Zeugen«, blufft Andô. Verdammt, denkt Satô, der Spezialist hat versagt. Sein Gesicht bleibt dabei undurchdringlich. »Was habe ich damit zu tun?«

»Kawabata war Ihnen gefährlich, wegen der jungen *Ama* aus Ihrem Telefonclub und der Schülerin aus Toba.«

Satô ist sichtlich weiß im Gesicht geworden, bemerkt Andô zufrieden. »Was fällt Ihnen ein, ich habe nichts mit Clubs, Mädchen oder Ministern zu tun. Ich bin Geschäftsmann, sonst nichts. Verlassen Sie sofort mein Büro, oder ich lasse Sie rauswerfen!« Seine Nerven sind ihm durchgegangen, aber er fängt sich wieder nach diesem Ausbruch.

»Ich bin noch nicht fertig. Sie sind Teilhaber an Nippon Investors, und wir untersuchen gerade die illegalen Bauaktivitäten der Baufirma Yamaha Kômuten, an der Nippon Investors beteiligt ist, und die merkwürdigen Geschäfte ihres Chefs Oda.«

»Ich kenne keine Firma Yamaha und keinen Oda. Und worin besteht das Problem unserer Beteiligung an einer Investmentfirma. Ist das jetzt strafbar?«

»Nein, aber Bestechung und Erpressung. Wir werden den Beamten des Bauamts in Toba zur Rechenschaft ziehen. Und irgendwann werden ihre Leute wie Oda oder der Chef des Clubs schon reden. Sagt Ihnen übrigens der Name Kinoshita Akira was?« Satô schaut ihn nur eiskalt an, ohne etwas zu erwidern. Andô hatte nicht viel Mühe gehabt herauszufinden, daß die Hütte des Ministers eben jenem Kinoshita gehört, der in Polizeikreisen als Mitglied der Yamaguchi-*gumi* bekannt ist.

Andô, der weiß, daß alle seine Anschuldigungen nur schwer zu beweisen sind und er nur bluffen kann, steht auf. »Satô, so lange Sie Ihre kriminellen Machenschaften untereinander abmachen, auch wenn es Minister sind, die darin verwickelt sind, interessiert mich das persönlich kaum, aber Sie bedrohen unschuldige Menschen, wie meinen Freund Wolf. Ich warne Sie, wenn Wolf auch nur einen Staubflecken auf der Jacke hat, komme ich wieder. Ich bleibe dran, bis ich Sie fertiggemacht habe. Sie haben einen Fehler gemacht, machen Sie nicht noch mehr!«

Satô sieht Andô an, daß er es todernst meint. Der Kerl ist eisenhart, gefährlich für mich, denkt Satô. Ohne Satôs Antwort abzuwarten, verläßt Andô das Büro. Der Gangster hat begriffen, denkt er zufrieden.

Satô sitzt noch Minuten später, ohne sich gerührt zu haben. Dieser Polizist weiß genau, was abgelaufen ist, aber er kann nichts beweisen. Woher weiß er das? Wer hat geredet? Gibt es Zeugen, die ihn, Satô, persönlich belasten können? Warum erzählt ihm dieser Andô das alles, er muß doch wissen, daß er ihn nie erwischen wird? Satô begreift plötzlich, das war nur eine persönliche Warnung, diesen Wolf in Ruhe zu lassen, als Preis dafür, daß Andô ihn in Ruhe läßt. Satô denkt sehr lange nach und faßt endlich einen Entschluß.

10. August – Ôsaka, Kôbe und Toba

Der Chef des Telefonclubs ist vorläufig, bis zur Verhandlung, aus der Untersuchungshaft entlassen worden und betritt gerade seinen Club. Merkwürdig, es riecht nach billigem Rasierwasser, denkt er. Er will sein kleines Büro betreten. Um diese Uhrzeit ist er der einzige im Club. Verdammt, die Sache mit der toten Schülerin ist heiß, ich glaube, ich suche mir eine andere Arbeit, am besten weit weg, denkt er. Er sieht nicht den Mann hinter sich, der ihm plötzlich eine Plastiktüte über den Kopf zieht und blitzschnell eine Schnur um die Tüte wickelt. Es dauert nur Sekunden, bis der Todeskampf vorbei ist. Sein Mörder wickelt die Schnur wieder auf, entfernt die Tüte und läßt den toten Clubbesitzer vor dessen Büro liegen. Er entfernt sich so unauffällig, wie er gekommen ist.

Fast zur gleichen Zeit findet Oda, der Geschäftsführer von Yamaha Kômuten, sein frühzeitiges Ende, als er in eine tiefe Baugrube fällt, beziehungsweise von zwei sehr kräftigen Männer gefallen wird. Aus dem Beton des Fundaments ragende Armiereisenstangen durchbohren seinen Leib wie Schaschlikspieße. Aus einem Betonmixer ergießt sich ein breiter Schwall aus frischem, dünnflüssigem Brei, und Oda nimmt für immer eine fundamentale Stelle in dem Neubau ein.

Am Nachmittag wird die Feuerwehr von Toba gerufen. Ein kleines Wochenendhaus steht lichterloh in Flammen. Es gehört einem Kinoshita Akira, wie man schnell herausfindet. Wahrscheinlich ein Kurzschluß oder Leichtfertigkeit. Man findet den Eigentümer völlig verkohlt in den Trümmern. Nur über einen Vergleich der Zahnarbeiten kann man ihn identifizieren. Es gibt keinerlei Hinweise auf Brandstiftung, auch sonst findet die Kripo keine Spuren, die auf ein Verbrechen hinweisen könnten. Es ist aber auch nicht viel von der Hütte übriggeblieben.

Als Satô die Vollzugsmeldungen erhält, lehnt er sich zufrieden in seinem Sessel zurück. Es ist zwar schade um diese guten und loyalen Leute. Aber die Sicherheit der *Yakuza* und seine eigene gehen über alles. Alle Verbindungen zu ihm sind gekappt. Bis auf eine, denkt er flüchtig, verwirft den Gedanken aber wieder. Nein, der Spezialist würde ihn nie verraten, oder? Andô kann mir jetzt überhaupt nichts mehr nachweisen, der kann mir gestohlen bleiben, denkt er. Er greift zum Telefonhörer, er hat noch ein wichtiges Gespräch zu führen, ehe er sich seiner Neuerwerbung, der kleinen Eri, der Halbchinesin, widmen wird.

15. September – Mejiro

Schwarz auf weiß halte ich es in meinen Händen. Gerade war der eingeschriebene Eilbrief abgegeben worden. Das zuständige Gericht hat überraschend schnell beschlossen, daß der Bau der Yamaha Kômuten in Toba illegal und mit sofortiger Wirkung einzustellen ist. Die Rechnung von Silinsky liegt dem Schreiben bei. Die sind eben auch schnell. Ich rufe Nagai an, der natürlich noch von nichts weiß. Er ist überglücklich, daß die ganze Angelegenheit vorbei ist und die Bedrohung für seine Familie jetzt wohl auch aufhört. Ich hoffe es, bin aber nicht so sicher wie Nagai, lasse es ihn aber nicht spüren. Spontan lädt er Anna und mich zu einem Abendessen zu sich ein. Ich sage zu, und wir verabreden uns für Anfang Oktober.

»Ach, übrigens, das wird Sie interessieren, Wolf-*san*«, sagt Nagai, »dieser Gotô vom Bauamt hat gekündigt, und raten Sie mal, wo der jetzt arbeitet?«

»Wo denn?« will ich neugierig wissen. »Nun raten Sie doch mal«, läßt er mich zappeln. »Keine Ahnung, bei der Müllabfuhr?«

»Nein, nein, er ist jetzt neuer Geschäftsführer bei Yamaha Kômuten, die Firma, die uns den Bau vor die Nase setzen wollte, ahnen Sie da etwa Zusammenhänge?« verrät er mir mit ironischem Unterton. »Ich weiß das von einem Bekannten in der Gemeindeverwaltung, der konnte Gotô auch noch nie ausstehen. Halblaut pfeife ich in den Hörer. »Welch eine Überraschung, das paßt ja prima zusammen. Ein korrupter Beamter und die *Yakuza*«, antworte ich nur. Die *Yakuza* läßt ihre Leute also nicht hängen. Wenn es noch eines Beweises bedurft hätte, dann wäre es das jetzt, denke ich.

Wir beenden das Telefonat. Es ist Respect for the Age Day, ein Feiertag. Es wäre sicher schon früher angebracht gewesen, aber erst 1966 wurde dieser Tag zu Ehren der älteren Leute als offizieller Feiertag eingeführt, immerhin noch rechtzeitig für mich. Honda Kenjirô, mein Freund, holt mich am Nachmittag ab, und wir besuchen eine neue Ausstellung im Museum für Moderne Kunst im Ueno-Park. Anna hatte keine Lust und blieb zu Hause. Irgendwas von Umräumen hatte sie gemurmelt. Mir schwante zwar Schreckliches, aber dabei zu sein, wenn sie mal wieder alles im Haus umstellt, ist noch schrecklicher, also machten Honda und ich uns alleine auf.

Kenjirô ist seit einem Jahr Chef von Ikeda Industries und seit kurzem mit Mitsuko, der jungen Witwe des Sohnes meines alten Freundes Ikeda verheiratet. Eingefädelt hatte ich die Beziehung zwischen Kenjirô und Ikeda Industries, als ich ihn beim letzten Kirschblütenfest, auch im Uneo-Park, der Witwe des alten Ikeda, Sonokô und ihrer Schwiegertochter Mitsuko »zufällig« vorstellte. Mir war vollkommen klar, daß Ikeda Industries nach dem Tod des Präsidenten dringend einen erfahrenen Geschäftsführer brauchte, und ich wußte, daß Honda, damals noch Manager bei Sony, der richtige Mann für diesen Job sein würde. Daß Mitsuko und Kenjirô sich dann auch noch mochten und heirateten, war ein Bonus, mit dem nicht einmal ich gerechnet hatte. Kenjirô ist der einzige Japaner, den ich persönlich kenne, der zwei Meter mißt. Ein Hüne, aber äußerst gutmütig, es sei denn beim *Kendô*-Training, wo ich ihn ursprünglich kennengelernt hatte. Selbst Meister Andô hat Respekt vor ihm wegen seiner ungeheuren Reichweite.

Wir verbringen den Abend in der Kamiya-Bar in Asakusa, angeblich Tôkyôs älteste Bar im westlichen Stil. Heutzutage ist es ein riesiges Restaurant, sehr laut und sehr lebendig. Aber der *Denki Bran*, wie der hauseigene Bitterlikör heißt, schmeckt gut, und das Essen ist reichhaltig. Allerdings scheint es zu allem rohe Zwiebeln zu geben. Mir tut Anna jetzt schon leid. Es ist noch früh, noch vor zehn, und wir beschließen, Anna eine Flasche vom *Denki Bran* persönlich zu überreichen. Honda und ich fahren leicht beschwingt mit der Yamanote-Linie von Ueno nach Mejiro und biegen schon knapp eine halbe Stunde später in die Einfahrt unseres Hauses, die mal wieder im Halbdunkel liegt. Die Glühbirne der Laterne an der Mauer ist schon wieder hin. Ich wechsele sie im Schnitt so alle sechs Wochen aus.

Ich führe und Kenjirô folgt. Wir gehen an der Mauer, die unseren Garten umgibt, vorbei, und ich sehe, oder besser, ahne etwas im Dunkel, das wie ein dünnes Seil aussieht. Es hängt über der Mauer, und das Ende liegt auf dem Steinboden der Einfahrt, direkt vor meinen Füßen.

»Was ist das denn, da könnte man ja drüber stolpern.« Wahrscheinlich war Bruno wieder in Aktion, denke ich während ich mich bücke, um das Hindernis aus dem Weg zu räumen.

Plötzlich und vollkommen unerwartet erwischt mich

eine gewaltiger Stoß von hinten in den Rücken, und ich sause kopfüber in einen der Büsche vor der Mauer. Unglücklicherweise handelt es sich um einen sehr dornigen Busch. Wie von vielen Nadeln auf einmal gestochen, so fühle ich mich. Ein scharfes reißendes Geräusch kündet das frühe Ende meiner noch fast neuen Jacke an. Mühsam versuche ich, mich aus meiner mißlichen Lage zu befreien.

»Entschuldige Jan, das wollte ich nicht, aber…«, höre ich Kenjirô. »Bist du verrückt, mich so zu stoßen«, erwidere ich wütend und voller Schmerzen, sowohl körperlicher als auch seelischer Natur. Ich komme mir nämlich reichlich bescheuert in meinem Busch vor.

»Jan, ich wollte verhindern, daß du das Stromkabel anfaßt«, sagt er mit entschuldigendem Ton. »Was für ein Stromkabel«, frage ich und weiß aber gleich, was er meint, das Seil. Ich werde in diesem Augenblick ganz weiß im Gesicht und der Schmerz ist wie weggeblasen, abgelöst von einem eisigen Schauer, der durch meinen Körper jagt.

Jetzt, wo sich die Augen an die Dunkelheit gewöhnt haben, kann ich es auch sehen, es ist ein Drahtseil, ein Kabel. Im Gegensatz zu mir kann Kenjirô über die hohe Mauer schauen und hat rechtzeitig gesehen, woher dieses Kabel kam.

In diesem Augenblick geht die helle Außenbeleuchtung an der Haustür an und Anna steht im Eingang. Sie hat den merkwürdigen Lärm gehört und will wissen, was los ist. Wir können im Licht der Lampe jetzt alles ganz genau sehen, wobei Anna und ich uns allerdings an der Mauer erst hochziehen müssen. Das Kabel kommt von einem der Strommasten, der in unserem Garten steht, und ist offensichtlich abgerissen. Beim Herunterfallen ist es in unserer Einfahrt gelandet.

In Japan sind Stromkabel im Gegensatz zu Europa fast immer überirdisch verlegt und werden über Beton- oder Holzmasten geführt. Angeblich ist nach Erdbeben alles schneller wieder zu reparieren, aber ich glaube, es ist eher eine Ausrede, weil es billiger ist. Die Stromkabel sind eines der wenigen Dinge, die ich wirklich häßlich in Japan finde.

Normalerweise fallen diese Kabel natürlich nicht so einfach herunter. Wir rufen daher auch sofort bei der Feuerwehr an, die den Bereitschaftsdienst der städtischen Elektrizitätswerke benachrichtigt. Wir sollen nichts anfassen, und es werde sofort jemand kommen, erfahren wir.

Es dauert in der Tat weniger als fünfzehn Minuten, bis ein Wagen mit den Arbeitern eintrifft. Der Vorarbeiter schaut sich die Sache an und schüttelt verwundert den Kopf. »Da haben Sie aber Schwein gehabt, daß Sie das Kabel nicht angefaßt haben, sonst sähen Sie jetzt aus wie ein Grillwürstchen, Starkstrom, wissen Sie.« Einen seltsamen Sinn für Humor hat der Mann.

Einer der Männer steigt mit Hilfe der Klettereisen den Holzmast hoch, um zu sehen, warum das Kabel abgerissen ist. Wir können einen erstaunten Ausruf hören. Der Isolierkopf, in den das Kabel eingelassen war, ist geplatzt, ruft er uns zu. »Das gibt es doch nicht«, sagt der Vorarbeiter ungläubig.

»Krähen?« werfe ich hilfsbereit ein. Er schaut mich nur abwertend an und denkt wohl, ich hätte zuviel getrunken, womit er ja nicht ganz danebenliegt. Er holt sein Handy aus der Hosentasche, geht ebenfalls zum Mast und bückt sich, er findet Teile des Isolierkopfes am Fuße des Mastes. Er schüttelt wieder den Kopf, und ich sehe ihn telefonieren, kann aber nicht verstehen, was er sagt. Wir stehen alle einige Zeit herum und diskutieren, was die Ursache sein könnte und wieviel Glück ich gehabt habe. Noch immer entferne ich vorsichtig Dornen aus meiner Kleidung und diversen Körperteilen. Honda schaut dabei etwas verlegen zur Seite. Er hatte es doch wirklich nur gut gemeint.

In diesem Augenblick fahren zwei Autos vor, ein Polizeiwagen, und direkt dahinter im Schlepptau erkenne ich Andôs neuen Toyota. Au Backe!

Sofort sperren die Polizisten alles ab, und Andô nimmt Anna und mich zur Seite. »Jan, was ist wieder los? Ich habe über Polizeifunk gehört, wie unsere Leute gerufen wurden und habe deinen Namen verstanden, ich bin sofort hergefahren.« Ich erzähle ihm von dem Kabel und davon, daß Honda mir das Leben gerettet hat, mehr kann ich nicht sagen. Ein drittes Auto, ein kleiner Bus, trifft ein. Mehrere Leute in Arbeitsuniform steigen aus und begeben sich sofort in den Garten. Starke Scheinwerfer beleuchten die Szene, und die Leute des kriminaltechnischen Labors, die Andô wohl gerufen hat, machen sich an ihre Arbeit. Eine lange Leiter taucht auf. Wir sehen dem Team zu, können aber nicht recht erkennen, was sie machen. Der Chef kommt zu Andô, und alles was ich hören kann ist: »Da hat einer rumgefummelt, das Ding ist nicht von alleine geplatzt.« Einer der Männer hat eine große Motorsäge und schneidet kurzerhand einfach das obere Ende des Mastes samt den Resten des Isolierkopfes ab. Im Labor wird das genau untersucht, erklärt der Forensiker. Die Nachbarn, deren Haus normalerweise mit dem Strom aus dieser Leitung versorgt wird, sind glück-licherweise nicht im Lande, sonst säßen sie für einige Zeit im Dunkeln.

Ich habe immer noch keine rechte Ahnung, was eigentlich los ist. Ich weiß nur, das war knapp, und ich verdanke Honda mein Leben.

15. September – Mejiro

Der Spezialist, der sicher und unbemerkt in der dunklen Einfahrt des auf der anderen Straßenseite stehenden Hauses versteckt war, um zu beobachten, wie sein Opfer in Flammen aufgeht, verläßt unauffällig seinen Beobachtungsposten, entfernt sich und steigt ungesehen in ein Auto.

Verdammt, wie konnte das schiefgehen, alles war so sorgfältig geplant, so stolz war er auf diesen originellen Einfall gewesen, die Isolierung mit Hilfe von flüssigem Stickstoff und einem kleinen Hammer zum Zerspringen zu bringen. Das Kabel lag genau richtig. Wolf hatte sich schon danach gebückt. Und dann dieser zu lang geratene Idiot, alles vermasselt hat er. Der Spezialist fühlt sich in seiner Berufsehre gekränkt. Später an diesem Abend, als er in seiner winzigen Wohnung sitzt, kommen ihm Zweifel, ob er vielleicht den Beruf wechseln soll. Er spürt, Satô wird den Fehlschlag nicht verzeihen. Etwas wie Angst steigt in ihm auf, Satô wird ihn für einen Versager halten.

Das Treffen der Unterbosse im Juli fällt ihm ein. Vielleicht sollte er doch mal vorsichtig mit diesem Watanabe sprechen, oder vielleicht besser mit Masuda oder Nogami, denen er mehr vertraut als dem undurchsichtigen Watanabe. In letzter Zeit macht Satô zu viele Fehler, und es sterben zu viele Leute in seinem Umfeld, und ich möchte nicht dazu gehören, denkt der Spezialist. Andererseits ist

Satô gerissen und vielleicht noch lange nicht am Ende, gibt er sich zu bedenken. Er steckt in einer echten Zwickmühle. Was tun? Nach einigen Minuten schüttelt er die düsteren Gedanken ab, er wird vorläufig weiter für Satô arbeiten. Widerwillig wählt er die Geheimnummer auf seinem Handy.

16. September – Tôkyô

Andô zögert keinen Augenblick, Satô wird jetzt auf die harte Art lernen, was er gemeint hat, als er ihn warnte, Wolf anzugreifen. Noch in der gleichen Nacht gibt es eine Großrazzia in Dutzenden von Clubs, Bars und Love Hotels, die der Yamaguchi-*gumi* nahestehen. Es gibt peinliche Situation, wenn Prominente oft nur mit einem Handtuch bekleidet aus den Bordellen in die Gefängnisbusse geführt werden. Die übliche Skandalpresse, vorher eingeweiht, macht reichlich Beute in Form von kompromittierenden Schnappschüssen.

In der folgenden Woche tauchen bei Kaneda Electronics und anderen legalen Firmen der *Yakuza* Steuerprüfer auf, die zwar nichts finden, sich aber für Wochen einnisten und alles bis ins kleinste durchwühlen.

Die Razzien auf die Clubs und Hotels setzten sich fort, Tag für Tag, Woche um Woche in ganz Japan. Die Geschäfte der Chinesen, die unbehelligt bleiben, boomen. Andô läßt nichts aus, um nicht nur Satô, sondern alle seine Unterbosse durch gezielte Indiskretionen, direkt aus dem Polizeigebäude, wissen zu lassen, daß es Satô, ihr *Oyabun,* ist, der ihnen diesen Ärger eingehandelt hat.

Satô kocht vor Wut, kann aber nichts machen, Watanabe, sein Widersacher, spricht jetzt offen aus, daß Dinge sich ändern müssen. Den Spezialisten kann Satô seit Tagen nicht erreichen, wo der wohl stecken mag. Es wird eng für ihn. Die Sache wird zu teuer für mich, nicht mal dieser *Gaijin* ist das wert, denkt er.

30. September – Mont St. Michel

Während dies alles geschieht, Andô hat es mir Wochen später erzählt, sitzen Anna und ich gemütlich und vor allem einigermaßen sicher in unserem Ferienhaus weit weg in der fernen Bretagne bei Rotwein, Käse und Baguette. Der Blick über den Atlantik, das laute Rollen der Wellen, herrlich. Wie Gott in Frankreich.

Andô hatte uns gewissermaßen gezwungen, in Urlaub zu gehen, mindestens für vier Wochen, besser mehrere Monate, hatte er gesagt. Während er sich um Satô kümmern wolle, sei es gesünder für uns beide, außer Landes zu sein, so weit wie möglich. Meine Einwände, daß ich zuviel Arbeit hätte, ließen weder er noch Anna, mit der er sich gemeinerweise verbündet hatte, gelten, und aus irgendeinem Grund fand sogar mein Chef, ich sollte doch endlich mal einen ausführlichen Urlaub nehmen. Wahrscheinlich hatte auch da Anna ihre Finger im Spiel. Na ja, verdient habe ich es ja, und vielleicht ist es wirklich besser, mal eine Zeit lang unterzutauchen.

30. Oktober– Tôkyô

Zufrieden studiert Andô still in seinem Zimmer im Polizeipräsidium sitzend den ganzen Tag die Polizeiaktionen gegen die Yamaguchi-*gumi*, die seit dem Anschlag auf seinen Freund, seit mehreren Wochen, laufen. Razzien, Verhaftungen, richtig ungemütlich für die feine Gesellschaft ist es geworden. Es war ein Fehler, den die *Yakuza* gemacht haben, als sie einen »Zivilisten« mit in ihr mörderisches Spiel zogen, ein noch größerer, daß es sich dabei ausgerechnet um Andôs Freund Jan handelte.

Andô ist schon zu lange Polizist, es ist ihm fast gleichgültig, was die Gangster treiben, so lange sie sich nur gegenseitig schaden und abmurksen, aber wenn Unschuldige ins Kreuzfeuer geraten, dann reagiert die japanische Polizei erstaunlich schnell und effizient, und Andô ist einer der besten. Die Schlinge zieht sich enger und enger um den Hals des *Yakuza*-Bosses in Ôsaka, jenen Mann, der vorgibt, ein schlichter Geschäftsmann zu sein. Du hast dich verrechnet, denkt Andô zufrieden. Satôs Geschäfte stehen durch die Polizeiaktionen so unter Druck, daß es nur eine Frage der Zeit ist, bis seine Kollegen genug haben und ihn abservieren werden. Andô kann sich ein Grinsen bei diesem Gedanken nicht verkneifen. Ich wünschte mir nur, Jan würde sich nicht immer überall einmischen und den Cowboy spielen. Am besten bleibt er ganz in Frankreich, ich hab dann meine Ruhe und kann ihn ja ab und zu besuchen und ihm seinen Bordeaux wegtrinken, denkt Andô halb besorgt, halb amüsiert.

Daß das Telefon läutet, registriert er, ganz in seine Gedanken versunken, erst nach dem fünften oder sechsten Klingeln. Er hebt ab: »Ja?«

»Hier ist Satô, ich denke, wir sollten uns treffen.«